회생무사 12(완결)

초판 1쇄 발행 2025년 3월 24일

지은이 ㅣ 성상현
발행인 ㅣ 최원영
편집장 ㅣ 이호준
편집디자인 ㅣ 박민솔
영업 ㅣ 김민원 조은걸

펴낸곳 ㅣ ㈜ 디앤씨미디어
등록 ㅣ 2002년 4월 25일 제20-260호
주소 ㅣ 서울시 구로구 디지털로32길 30 코오롱디지털타워빌란트 1301-1308호
전화 ㅣ 02-333-2513(대표)
팩시밀리 ㅣ 02-333-2514
E-mail ㅣ papy_dnc@dncmedia.co.kr
블로그 ㅣ blog.naver.com/gnpdl7

ISBN 979-11-364-6070-7 04810
ISBN 979-11-364-5380-8 (SET)

※ 저자와 협의하여 인지는 붙이지 않습니다.
※ 이 책은 ㈜ 디앤씨미디어(파피루스)가 저작권자와의 계약에 따라 발행한 것으로 본사와 저자의 허락 없이는 어떠한 형태나 수단으로도 내용을 이용할 수 없습니다.

1장 ······ 7

2장 ······ 73

3장 ······ 137

4장 ······ 211

5장 ······ 293

民草武士

1장

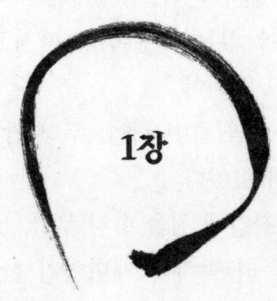

1장

무림맹의 귀빈실.

남궁풍양과 남궁벽운의 건너편에는 용태계가 앉아 있었다.

"그나저나, 북경에는 무슨 일인가?"

"딸아이를 만나러 왔습니다."

용태계는 여유로운 미소를 지었다.

"난 가둔 적 없네. 그녀는 자기가 좋아서 황궁에 머무르고 있는 거야."

"죄인이 아님을 알기에 만나서 얘기하려는 것이지요."

남궁풍양은 귀족적인 태도로 말했다.

"역적 장평과 연좌하지 않으신 관대함을 깊이 새겨두고 있으니까요."

"나 자신이 장평의 본색을 눈치채지 못한 판에, 다른 사람을 탓할 수야 없는 노릇이지. 따지고 보면, 혼례를 마친 것도 아니고 말이야."

그야말로 언중유골(言中有骨). 두 사람의 일상적인 대화는 말속에 뼈가 있었다.

남궁벽운이 긴장감에 침을 삼킬 무렵.

"오래간만에 돌려 말하니 재미있긴 한데, 좀 귀찮군. 편하게 가자고. 편하게."

용태계는 피식 웃었다.

"내 얘기하러 온 거지?"

"예."

"장평은 어디까지 얘기했나?"

용태계의 입에서 역적의 이름이 나오자, 남궁벽운은 움찔했다.

그러나, 남궁풍양은 대수롭지 않게 답했다.

"맹주님께는 숨겨진 목적이 있다고 하더군요. 광인도 폭군도 아닌 자가, 광인과 폭군의 흉내를 내면서까지 감춰야 하는 진면목이 있다고요."

"내 목적이 무엇인 것 같나?"

"모르겠더군요. 그래서 물어보러 왔습니다."

"자네의 딸에게?"

"그럴 생각이었습니다."

남궁풍양은 귀족적인 미소를 지었다.

"그 아이는 가장 가까운 곳에서 맹주님을 지켜봤으니

까요."

"장평의 측근이기도 했고."

용태계의 장난스러운 말에, 남궁벽운은 움찔했다. 그러나 남궁풍양은 잔잔한 미소만 지을 뿐이었다.

"합리적인 판단일세. 남궁 부인은 현명한 사람이며, 알려지지 않은 많은 것들을 직접 보고 겪었으니까."

"내다 버린 씨앗이 꽃을 피웠더군요. 드물게 일어나는 기분 좋은 착오였지요."

남궁풍양은 웃으며 말했다.

"어쨌건 이용할 가치가 생겼으니, 이용하지 않을 이유가 없지 않겠습니까?"

"남궁 부인의 식견에는 의심의 여지가 없네. 하지만, 내 생각에는 굳이 그녀와 논의 할 필요는 없을 것 같군."

"어째서요?"

"용태계의 속셈을 제일 잘 아는 사람이 자네의 눈앞에 있지 않은가?"

"……그렇군요."

남궁풍양의 미소가 미묘하게 바뀌었다.

"말해 주실 겁니까?"

"묻는다면."

"그럼, 여쭙지요."

남궁풍양은 용태계를 보며 물었다.

"맹주님의 목적은 무엇입니까?"

"자네와 같네."

용태계는 당당한 표정으로 말했다.

"미래. 더 좋은 미래와 더 좋아진 세상을 후손들에게 물려주는 것이지."

남궁풍양의 미소가 지워졌다. 놀라는 일이 드문 노회한 호족인 그는, 드물게 당혹스러운 표정으로 용태계를 바라보았다.

"……무슨 말씀이신지 모르겠군요."

예상과는 너무 멀리 떨어진 답변이기 때문이었다.

"회귀라는 현상에 대해 알고 있나?"

"우화나 민담에 나오는 그 회귀 말입니까? 과거로 돌아간다는 황당무계한 일이요?"

"회귀는 실재하네. 태조께서도 회귀자셨고, 나 또한 그러하네."

"……."

말문이 막힌 남궁풍양을 보며, 용태계는 당당한 목소리로 말했다.

"우리의 목표는 같네. 나는 최선의 제국을 만들 것이니, 그 안의 남궁세가 또한 그 어느 때보다 번영할 수 있을 걸세."

"……."

잠시 침묵하던 남궁풍양은 물었다.

"혹시, 장평도 그 사실을 압니까?"

"놈은 내 회귀에 딸려 온 불순물이라네. 일종의 노폐물 같은 거지."

"……그렇군요."
남궁풍양은 귀족적인 미소를 지었다.
"놀랍고 믿기 힘든 이야기지만, 그게 사실이라면 맹주님의 행보를 이해할 수 있겠군요."
"이해하는 건가?"
"예."
남궁풍양은 귀족적인 태도로 고개를 끄덕였다.
"반복할 수 있다면 반복한다. 더 좋은 결과가 나올 때까지 회귀한다. 천하를 경영하는 자가 회귀까지 할 수 있다면, 응당 품을 법한 이상입니다."
"협력을 기대해도 되겠나?"

* * *

"천하를 석권한 백면야차가 회귀자라는 사실까지 알게 되면, 더 거부하기 힘들겠지."
장평은 담담한 표정으로 말했다.
"그가, 자신의 손이 닿지 않는 '다음 세상'에서 무슨 짓을 저지를지 모르는 일이니까."

* * *

"……맹주님께서는 짓궂은 면이 있으시군요."
남궁풍양은 쓴웃음을 지었다.

"맹주님께서 '최선의 제국'을 만드신다면, 제가 어찌 거절하겠습니까? 회귀를 거듭하며 결국에는 그 이상향을 구현하실 것이 분명한데, 굳이 불순물이 되어 멸문지화를 자처할 이유가 무엇이겠습니까?"

용태계는 희미한 미소를 지었다.

"이해가 빨라서 다행이군."

용태계의 고백은 협박을 겸하고 있었다.

'최선의 제국'을 정의하는 것은 결국 회귀자인 용태계의 판단. 그가 남궁세가를 불순물이나 방해물이라 결정하면, 용태계가 구현할 미래 속의 남궁세가는 파멸할 수밖에 없는 것이었다.

"불초 남궁풍양은, 맹주님의 뜻에 기꺼이 협력하겠습니다."

남궁풍양은 온화한 미소를 지으며 말했다.

"제국과 남궁세가의 번영을 위해서."

남궁벽운은 당혹감을 금치 못했다.

'이렇게 빨리?'

남궁풍양답지 않은 모습이었다.

그는 모든 가능성을 열어 두고 숙고하는 인물이었다. 하오문에도 자신의 심복을 심어 두었고, 궁지에 몰린 장평에게도 기회를 줄 정도였다.

〈모든 것은 남궁세가를 위하여.〉

세상 사람들은 그의 태도가 의뭉스럽고 의심스럽다며 악담을 늘어놓았지만, 남궁풍양은 개의치 않고 신중을

기할 뿐이었다.

'심지어 약속까지 하신다고?'

그런 그가 협잡꾼이 아니라 무림의 거물로 인정받는 이유는, 신용 때문이었다. 남궁풍양은 애매한 태도와 외교적인 화법으로 빠져나가면 빠져나갔지, 거짓말을 하거나 약속을 어기는 일이 없었다.

'뭔가 이상하다. 아버님답지 않아.'

남궁벽운은 용태계를 바라보았다.

천하를 울리는 악명과는 달리, 오랫동안 알고 지낸 친척을 만나는 기분이었다. 너그럽고 친절하며, 언제나 자신에게 도움을 줄 것 같은 안도감이 남궁벽운을 사로잡고 있었다.

'대체 무슨 일이 벌어지고 있는 거지?'

* * *

"용태계에게는 사람의 마음을 사로잡는 힘이 있다."

장평의 말에, 파리하는 냉소했다.

"힘 있고 권력 있는 자를 미워하는 사람도 있나?"

"아니. 그런 의미가 아니다."

장평은 착잡한 표정으로 말했다.

"용태계를 대면하면, 본능적으로 그에게 호감을 품게 된다는 말이다."

"사술이라도 걸린 것처럼?"

"비슷하다."

무림맹 시절. 백면야차를 찾던 장평은 모든 사람을 의심하곤 했지만, 가장 유력한 용의자였던 용태계는 마지막까지 의심할 수 없었다.

"생각해 보면 사람에 대한 호오는 갈리는 것이 정상이다. 선량함은 나약함으로 오인되기 쉽고, 소탈함을 무례하다 볼 수도 있지."

피의 혼례식이라는 파국은 장평이 회귀자임을 고백했기에 벌어진 일이었다. 용태계가 아니면 용의자가 없는 상황에서도 용태계를 믿어버린 오판 때문에.

"그러나, 무림맹이나 황궁에서는 용태계를 싫어하는 사람은 단 하나도 없었다. 정도의 차이는 있지만, 모든 이들이 그를 존경하거나 숭배했었지."

"너를 포함해서."

"그래, 나를 포함한 모두가…… 용태계의 기류에 휘감겨 있었으니까."

아직 황백부였던 시절. 본인이 바라지 않는데도 용태계를 황제로 추대하겠다며 무장봉기를 일으키는 세력이 있을 정도였다.

그러나 직업상 권신(權臣)을 가장 경계해야 했을 황제 용균조차도, 용태계를 의심하거나 경계하지 않았다.

그에 의해 시해당하는 순간마저도…….

장평은 이를 갈았다.

"우리 모두가 압도당해 있던 거다."

존재감을 발하는 이들은 대개 무림인이었고, 강자였다. 그들이 뿜는 존재감은 대개 살기(殺氣)였기에, 압도당한 자들이 느끼는 감정은 대개 두려움이었다.

"두려움 같이 흔한 반응이 아니라서 자각하지 못했을 뿐."

도사나 스님 같은 종교인의 색채가 강한 고수들이 현기(賢氣)나 경외심을 불러일으키듯이.

"황태자로 자라난 그의 왕기(王氣)가, 타인에게 호감이나 존경심을 강요하는 것이었다."

"……그러니까 네 말은."

파리하는 심각한 표정으로 물었다.

"이미 천하를 석권한 무림지존이, 직접 마주치면 세뇌까지 할 수 있단 말이지?"

"그래."

살기는 용기를 내어 대응할 수 있고, 현기는 무시할 수 있었다. 하지만, 왕기는 달랐다.

"모른다면. 저항해야 한다는 사실도, 저항할 수 있다는 사실도 모른 채 용태계를 마주하게 된다면……."

알지 못하는 것에 대응할 수는 없었다.

"……용태계에게 호감을 품게 될 거다. 그의 매력이라고 착각한 채로."

* * *

남궁풍양의 육두마차가 북경에서 출발한 것은, 사흘이

나 지난 뒤였다.

본래 손이 큰 용태계는 남궁풍양을 접대하는 일에 돈을 아끼지 않았고, 대호족인 남궁풍양조차도 감탄할 정도의 호사를 누릴 수 있었다.

"괜찮으시겠습니까?"

남궁벽운이 묻자, 아직 취기가 가시지 않은 남궁풍양은 웃으며 물었다.

"무슨 의미더냐?"

"용......."

용태계에게 너무 쉽게 넘어간 것 같다는 말을 하려던 그는, 조심스럽게 말을 바꿨다.

"......연아를 보지 않고 가시는 것 말입니다."

"이미 답을 얻었으니, 굳이 볼 필요는 없다."

"연아는 다른 견해를 가지고 있을지도 모릅니다."

"그 아이가 할 말이야 뻔하지 않느냐. 제 남편의 복수를 위해 싸워 달라 말하겠지."

남궁풍양은 웃었다.

"굳이 들을 필요도 없는 말이다."

"옳건 그르건 의견 정도는 들어보는 것이 아버님의 방식 아니었습니까?"

"충분하다. 운아야. 이미 충분해. 굳이 연아를 만나서, 저들의 의심을 살 필요가 없다."

남궁풍양은 웃는 얼굴로 말했다.

"벼락출세한 상놈이 내 앞에서 지껄인 말만으로도, 죽

여야 할 이유는 충분하니까."

"……아버님?"

남궁풍양의 굳은 미소를 본 순간, 남궁벽운은 깨달았다.

그가, 그 어느 때보다 격노하고 있다는 사실을.

* * *

"그리고, 호감을 강요하는 그 권능이야말로 백면야차 최대의 약점이다."

장평의 비웃음에 파리하는 의아한 표정을 지었다.

"호감을 사는 능력이 약점이라고?"

"그래."

"어떻게?"

장평은 자신만만한 표정을 지었다.

"호감이나 존재감 같은 거창한 단어에 휘둘리지 말고, 건조하게 생각해 봐라. 무언가를 계산하는데, 통제도 예측도 불가능한 변수가 계산에 간섭한다고."

파리하는 깨달았다.

"오차가 생기는군."

"그래. 그러니, 약점일 수밖에 없다."

잘못된 계산은 잘못된 판단을 부르고, 잘못된 판단은 잘못된 대처를 부를 수밖에 없었다.

"그들이 상대해야 하는 것은, 기인이사와 별종 투성이

인 무림인들."

처음에는 사소한 오류라 하더라도, 가면 갈수록 눈덩이처럼 불어날 수밖에 없었다.

"남궁풍양 같이 난해한 위선자를 상대한다면, 그 착오는 치명적일 수밖에 없으니까."

* * *

남궁벽운은 느낄 수 있었다.

"동의하셨던 것 아니셨습니까?"

치밀어 오르는 분노 위에, 간신히 거짓 미소라는 뚜껑을 덮어 두었을 뿐이라는 사실을.

"내가 등신처럼 보이느냐? 이백 년 따리 용가놈이 천년 남궁세가의 명맥을 끊으려 하는데, 넙죽넙죽 고개를 끄덕일 정도로?"

"하지만, 협력을 약속하지 않으셨습니까?"

"약속했지."

세인들은 남궁풍양의 약속을 천금처럼 여겼다. 단 한 번도 어긴 적이 없기 때문이었다.

"지키진 않겠지만."

남궁벽운은 당황했다.

"거짓말을 하셨다고요? 지킬 생각이 없는 약속을요?"

"그래."

"어째서……?"

"왜 놀라느냐? 손해를 감수하며 신용을 쌓는 것은, 거짓말을 해야 할 때를 위함인 것을?"

거짓말쟁이에게, 신용은 거짓말을 포장하는 자원일 뿐이었다.

남궁풍양은 정직한 것이 아니라, 신용을 쌓아 온 것이었다. 필요할 때, 제일 비싼 값으로 거짓말을 하기 위해서.

"겨우 이백 년 전에는 땅 파먹는 천민이던 용가 놈이, 줘도 안 가질 제위 따위로 천명을 운운하다니."

남궁세가의 역사는 천년. 군웅할거의 시대를 수없이 겪은 그들이 단 한 번도 제위를 탐내지 않은 것은, 힘이 부족해서가 아니었다.

새로운 패자가 왕조를 세울 때, 제일 먼저 하는 것이 망국의 황족들을 멸족시키는 것임을 수없이 목격했기 때문이었다.

〈화무십일홍(花無十日紅)이 피할 수 없는 운명이라면, 꽃 따위는 피우지 않아도 좋다.〉

씨를 뿌리고, 가지를 치는 것.

건강한 아들딸을 많이 낳고 잘 키워서, 더 크고 더 강대한 가문을 후대에 물려주는 것.

그것이 남궁세가가 추구하는 가훈이자, 진정한 '천명'에 도전하는 법이었다.

"하오문을 통해 장평에게 연락해라."

미소로 굳은 뺨 속에서, 남궁풍양이 이를 가는 소리가

들려왔다.

"저 방자한 놈이 내 앞에서 간뇌도지(肝腦塗地) 하는 꼴을 보고야 말겠다고."

"진정하십시오. 아버님."

남궁벽운은 당황하며 만류했다.

"대체 왜 그렇게 격노하시는 겁니까? 용태계의 제안이 무슨 문제였기에?"

"복종하면 번성하게 해 준다는 말이 무슨 문제냐고? 복종하지 않으면 대를 끊겠다는 말이잖느냐!"

남궁풍양의 미소가 깨어지며, 격노가 솟구쳐 올랐다.

"자기가 회귀할 때마다 협박할 것이니, 계속 복종하라는 말이잖느냐. 결과가 자기 마음에 안 들면 또 회귀하겠지만, 그래도 우리는 얌전히 복종만 하라고!"

"……."

"충성은 공짜가 아님이 용인술의 근본이거늘. 배우다 만 제왕학이 지 애비 얼굴에 똥칠을 하는구나."

태어나서 처음 보는 남궁풍양의 감정적인 모습에 남궁벽운은 조심스럽게 물었다.

"용태계에게 호감을 품은 것이 아니셨습니까?

"호감? 놈에게?"

남궁풍양은 경멸 섞인 비웃음을 날렸다.

"수십 년 전 처음 본 순간부터, 내가 놈에게 품은 것은 경멸밖에 없었다!"

* * *

"그렇군. 용태계가 가진 사람의 호감을 끌어내는 능력은……."

파리하는 깨달았다.

"……맹목개의 계산을 어긋나게 만들 뿐이군."

차라리 영구적인 호감이라면 나름대로 가치가 있겠지만, 북경에 있는 동안. 즉, 백면야차가 마주하는 동안만 유지되는 호감이라니.

맹목개 입장에서 보자면, 앞에서는 설설 기던 작자들이 돌아가면 바로 배신하는 것처럼 느껴지리라.

"백면야차의 근본적인 약점이지."

장평이 눈앞에 닥친 소소한 상황을 임기응변으로 해결하는 부류라면, 맹목개는 큰 그림을 그려서 큰 계책을 쓰는 부류였다.

"틀릴 준비가 안 되어 있다는 것."

정보는 오염되었고, 계산은 어긋난다. 큰 그림을 그릴 수도 없고, 그려본들 잘못된 그림만 튀어나올 뿐이었다.

"내가 강해질 수 없다면, 상대방을 약해지게 만들면 되는 것 아니겠는가?"

그렇기에, 장평은 사람의 마음을 두고 경쟁해야 하는 상황을 만들어 냈다.

인세를 걷는 신과, 맹목적인 노예.

사람의 마음을 모르는 자들이, 실수하고 오판할 수밖에

없는 상황을.
"와라. 백면야차. 진흙탕 싸움을 벌여보자."
장평은 자신만만하게 말했다.
"누가 더 많이 실패하느냐의 싸움을!"

* * *

전장이 바뀌었다.
맹목개는 이를 악물었다.
'빌어먹을.'
파라락!
책상 위. 서류의 산을 쓸어버린 그는 무림지도를 책상 위에 펼쳤다.
'이제부터는 국지전이다.'
책상 너머에, 흐릿한 인영이 느껴졌다.
안개 너머에서 도사리는 불길한 그림자.
장평의 환영이었다.
〈내가 왔다. 맹목개. 나는 마침내, 여기까지 도달했지.〉
첩보와 책략의 세계에서는 드물게도, 두 사람은 서로의 모든 것을 알고 있었다.
서로가 불구대천의 숙적임을 알고, 어떤 사람인지도 안다. 장점이 무엇이고 단점이 무엇인지. 피차 무엇을 노리고 있는지도 잘 알았다.
〈백면야차는 죽어야 한다.〉

'백면야차는 불멸이다.'

상대방의 입장이라면 무엇이 최선의 수인지 예측할 수 있을 정도로.

그렇기에, 맹목개는 장평의 환영과 대화를 나눌 수 있었다.

'정예를 집결해 주군을 습격할 생각이겠지?'

〈숫자로 맞설 수는 없으니까.〉

'최소한 피의 혼례식 이상의 전력이 필요할 텐데?'

〈모을 거다. 여기, 중원의 무림 안에서.〉

맹목개는 무림지도를 보며 숫자를 셌다.

중원의 초절정고수는 서른에서 마흔 사이. 은거기인까지 포함하면, 그 이상일 수도 있었다.

이를테면 국지전. 아니, 고지전을 벌여야 하는 것이었다. 영토 대신 초절정고수를 놓고 경쟁하는 수십 곳의 교전을.

'잔존한 마교도를 감안해도, 최소한 다섯은 모아야 할 거다. 그게 가능하리라고 생각하나?'

〈그 반대다. 맹목개.〉

장평의 환영은 비웃음을 지으며 말했다.

〈내가 다섯 명을 모아야 하는 것이 아니라, 네가 마흔 명을 내게서 지켜내야 하는 거다.〉

지켜야 하는 백면야차와, 따내야 하는 장평.

그러나, 백면야차에게는 약점이 있었다.

〈첩보망 속의 배신자는 찾았나?〉

〈변장하고 다니는 초절정고수인 우리들을 찾을 방법은 있고?〉

〈무림인들에게 충성 서약을 받아 봤자 믿을 용기는 있는 건가?〉

이를 악문 맹목개를 보며, 안개 너머의 장평은 맹목개를 비웃었다.

〈틀릴 준비도 안 되어 있으면서?〉

상황 자체는 대충 엇비슷했다.

차이는, 마음가짐이었다.

본질적인 문제였다.

−실패했다면, 다시 시작하라.

현장요원 출신인 장평에게, 이 상황은 수십 번의 기회였다. 설득에 실패해도, 툭툭 털고 일어나 다시 시도하면 그만이었다.

−실패했다면, 다시 시작한다.

백면야차가 추구하는 것은 완벽함.

회귀하면 다시 시작할 수 있는데, 실패를 용납할 이유가 없었다. 실패 자체를 용납할 수 없기에, 큰 실패건 작은 실패건 모두 패배였다.

〈틀려라.〉

흙탕물이 튀고, 진흙이 엉켰다. 털어내고 닦아내는 사이, 이제는 아예 늪지가 되어 백면야차를 삼키고 있었다.

〈틀리고 틀리고 틀려라.〉

'놔라. 이 괴물아!'

헤어나올 수 없는 늪지 깊은 곳에서, 악의에 찬 괴물이 발목을 끌어당기고 있었다.

'주군의 꿈을 방해하지 말란 말이다!'

발버둥치는 맹목개의 귀에, 비웃음 소리가 들려왔다.

흐…….

환청일까? 아니면 현실?

가슴이 답답했다. 숨이 막혀왔다. 어디서부터 현실이고 어디까지가 환상인지 구분조차 할 수 없었다. 압박감에 무너지는 맹목개는 눈앞에 아른거리는 무언가를 향해 손을 뻗었다.

'장평……!'

결코 닿지 않을 손길을.

* * *

남궁세가.

"미꾸라지 한 마리가, 무림에 흙탕물을 일으키고 있다. 마교의 주구가 된 장평이란 미꾸라지가."

남궁풍양은 가문의 수뇌부를 모아놓고 차분한 목소리로 말했다.

"하지만, 이 모든 일의 기저에는 용태계의 책임 또한 적지 않다. 관무불가침을 어긴 그가 무림맹과 황실을 섞어 버린 탓에, 조정의 혼란이 무림까지 이어진 것이지."

남궁풍양이 결단을 내렸다는 것은 분명했다. 문제는,

어떤 결단이냐는 것이었다. 사람들이 눈치만 보고 있는 가운데, 남궁세가의 이인자 격인 남궁운성이 조심스럽게 입을 열었다.

"가주님께서는 결단을 내리신 것입니까?"

"그래."

남궁풍양의 짤막한 대답은, 수수방관이 끝났음을 고하는 것이었다.

"미꾸라지가 용과 맞서고 있다. 손을 더할 필요까지는 없겠지만, 패자의 편에 설 이유도 없다."

"용태계의 편에 선다는 뜻이군요."

"그래."

아들을 잃은 남궁운성은 장평에 대한 원한을 감추지 않고 물었다.

"그렇다면, 마침내 대마두 장평 놈을 죽일 기회가 온 것입니까?"

"본가는 관망할 것이나, 네 복수를 막지는 않겠다."

남궁세가의 최정예. 창궁단. 그 단주를 보며, 남궁풍양은 가문의 신물인 제왕검(帝王劍)을 건넸다.

"창궁단 중, 자원하는 자들을 데리고 가라. 본가는 물론, 무림맹과 황실이 너희들을 보조해 줄 것이다."

"예. 가주님."

남궁운성은 정중한 태도로 제왕검을 받들었다. 검을 건네준 남궁풍양은 엄숙한 목소리로 말했다.

"인고의 시절을 인내한 자."

"그 결실은 풍성하리라."

가훈이 선언됨과 동시에, 남궁세가의 간부들은 웅성거리며 밖으로 나갔다.

남은 것은 부자 둘뿐. 남궁벽운은 아버지를 보며 조심스럽게 물었다.

"창궁단을 보내도 괜찮으시겠습니까?"

"백면야차도 눈과 귀가 있거늘, 맞장구 정도는 쳐줘야 속지 않겠느냐?"

가장 위험한 적은 강적이 아닌 미지의 적.

가장 치명적인 배신을 하려면, 의심하지 못하게 만들어야 했다.

남궁풍양은 백면야차를 속이기 위해, 남궁세가부터 속이는 것이었다.

남궁벽운은 걱정스러운 표정을 지었다.

"하지만, 만에 하나 장평이나 숙부님이 서로 생사결이라도 벌이게 된다면……."

"고작해야 창궁단 하나 다루지 못한다면, 손을 잡을 가치도 없다는 의미겠지."

남궁풍양은 온화한 미소를 지으며 말했다.

"안 그런가, 장평?"

남궁세가의 담장 밖. 늙고 병든 거지의 행색으로 기대어 있던 장평은 씨익 웃었다.

〈옳으신 말씀이십니다.〉

동격인 두 사람은 서로의 존재를 느낄 수 있고, 위치를 알면 전음을 날릴 수 있었다.

굳이 직접 얼굴을 보고 얘기할 필요는 없었다. 둘 다, 표정이나 목소리에서 빈틈을 드러낼 정도로 무능한 자들이 아니었으니까.

"결행일까지, 우리가 접촉하는 일은 없을 걸세. 서로의 움직임에 맞춰 행동하도록 하세나."

〈유념하겠습니다.〉

"중추절에 다시 보세. 장평."

남궁풍양은 이를 갈며 말했다.

"백면야차는 죽어야 하니까."

대화는 끝났다. 장평은 자리에서 일어나 걸음을 옮겼다.

어느 창고의 지하.

하오문의 은신처에는 잡역부로 변장한 파리하가 기다리고 있었다.

"어떻게 됐어?"

"잘 풀렸다."

장평은 찜찜한 표정으로 말했다.

"너무 잘 풀려서 수상할 정도로."

"잘 된 거 아니야?"

"반응이 너무 빨라서."

신중하고 생각이 깊은 남궁풍양은 섣불리 예상할 수 없는 사람이었다.

장평의 의도는 백면야차에 대한 의심을 품게 만드는 것까지. 추후의 진도는 그의 반응을 보면서 이어갈 생각이었다.

"이 단계에서 넘어 올 사람이 아닌데……."

"함정일까?"

"남궁풍양은 신중함의 위력을 잘 아는 사람이다. 그가 함정을 팠다면, 의심을 품기 전에 당했겠지."

장평은 고민했다.

"……뭐지? 내가 모르는 뭔가가 있는 건가?"

"네 말대로, 네가 모르는 이유가 있겠지."

파리하는 심드렁한 표정으로 말했다.

"원래부터 용태계를 싫어했다던가."

"에이. 설마."

장평은 피식 웃었다.

"천하의 남궁풍양이 고작해야 그런 이유로 칼을 뽑겠어?"

변장을 바꾼 두 사람은 인파 속에 스며들었다. 약간의 거리를 둔 그들은 서로 다른 방향을 보며 이야기를 나누었다.

"명단. 몇 명 남았어?"

"서른두 명."

호로견자가 건넨 명단에는 초절정고수들의 이름과 위치가 적혀 있었다.

은거기인 두 명까지 포함해, 총원 서른여섯 명. 그중 세 명에게는 거절당했고, 남궁풍양 한 사람만이 손을 내밀었다.

머릿속에서 명단을 떠올린 파리하는 미간을 찌푸리며 말했다.

"마교에 원한 있는 놈들이 절반이 넘는군."

역사와 저력이 있는 명문거파들은 대개 마교와 싸웠던 경험이 있었고, 부모나 형제를 잃은 이들도 적지 않았다.

동정호에서 악양 혈전을 치렀던 구파는 무공 파훼와 내부의 배신을 겪어야 했다.

"가능성이 있는 사람들은 사실상 열 명 남짓인데, 괜찮겠어?"

"상관없어."

장평은 대수롭지 않게 말했다.

"최소한의 인원은 보장되어 있고, 앞으로도 백면야차가 계속 삽질해 줄 테니까."

"보장되어 있다니?"

"내 지인들."

검후 비천검후 백옥령.

구명의선 오방곤.

그리고…….

"……개방의 방주. 선봉신개 범소."

잠시 생각하던 파리하는 말했다.

"다른 둘은 그렇다 치고, 범소가 문제네."

무림에서 발을 떼고 은둔하는 검후는 반쯤은 신비고수에 가까웠고, 구명의선 오방곤은 무림인들의 영역 바깥에서 방역 활동을 하는 경우가 많았다.

그리고 무엇보다도, 맹목개도 그들이 장평과 인연이 있다는 사실을 잘 알고 있었다.

초절정고수의 영입으로 경쟁하는 이 국면에서, 장평이 영입할 가능성이 높다는 의미는······.

"그 둘은 자기 목숨이 걸린 문제지만."

······의심 많은 백면야차가 삭초제근(削草除根)하기 위해 제거할 수도 있다는 뜻이었다.

별다른 세력 없이 단독행동을 하는 두 사람이라면 불안감을 느낄만한 상황이었다.

"범소는 죽이기엔 너무 거물이잖아."

개방은 무림최대의 방파이자 광역 정보조직.

협의라는 하나의 신념으로 단결한 개방을 적으로 돌릴 필요는 없었다.

"워낙에 똘······ 아니, 협객이라 설득하기도 쉽지 않을 테고."

"그렇겠지."

비록, 그가 장평의 의형이라고는 해도 그 이전에 천하만민을 생각하는 대협객이었으니까.

"다른 사람들 만나면서 기다려 봐야지."

"뭘?"

그때, 건너편에서 다가오던 누군가가 그를 스치고 지나갔다.

장평은 대수롭지 않은 표정으로 손을 펼쳤다. 손에 쥐어진 쪽지를 펼쳐 그 안에 적힌 글을 읽었다.

〈고왕추. 투옥.〉

그는 종이를 파리하에게 건네며 말했다.

"이런 기회를."

* * *

검후. 비천검후 백옥령.

무림행이 드문 그녀에 대해 알려진 것은 단 두 가지뿐이었다. 당대의 검후라는 것과, 고왕추의 연인이라는 것.

둘 중 후자는 치명적인 약점이었다.

신비인으로서 쌓아 온 품격을 깎아 먹는 추문이자…….

"……인질을 잡아 협박하기 딱 좋다는 점에서."

고왕추는 지금 관아에 풍기문란과 간통죄로 체포된 상황이었다. 사실, 지금까지는 무림인 취급 받아 무시했을 뿐. 법으로 다루자면 훨씬 전에 잡혀가고도 남을 인물이었다.

"올 것이 왔네."

백면야차 입장에서는, 고왕추를 인질로 잡은 셈이나 마찬가지. 검후에게 양자택일을 강요할 수 있었다.

협박에 굴해 백면야차에게 협조하던가, 반역자로서 무력으로 강탈해 가던가. 어느 쪽이건 처치 곤란한 상황에 놓인 것이었다.

"함정이겠지?"

"함정이겠지."

적이 될 경우를 대비해, 검후를 죽이고도 남을 전력을 배치해 뒀으리라.

"그러고 보니, 네 고향에 아버지가 살고 있지 않았어?"

"왜 우리 아버지를 인질로 삼지 않냐고?"

장평은 냉소했다.

"상대가 나니까."

"하긴."

함정에 빠졌다 해도 초절정고수. 제거하기 위해서는 그를 제거할 정도의 전력을 배치해야 했다.

냉정함으로 명성 높은 장평을 상대로, 함정에 배치할 병력을 낭비할 이유가 없었다.

"그럼, 검후는 걸릴 것 같아?"

"걸릴 거다."

그녀는 추문을 피하기 위해 정인까지 죽이려 했을 정도로 품위와 명예를 중시하는 사람이었다. 그와 동시에 정인을 위해서라면 품위와 명예를 포기할 정도로 속정이 깊은 사람이기도 했다.

"그럼, 어쩔 수 없군."

"그래. 어쩔 수 없지."

장평은 씨익 웃었다.

* * *

하남의 성도(成都). 개봉.

한때는 제국의 심장이기도 했던 유서 깊은 대도시였다. 한 성의 재판을 총괄하는 안찰사(按察使)가 위치한 곳이며, 무림의 태산북두 소림사가 관장하는 지역이기도 했다.

 소림사는 개방이 분타를 설치하는 것은 묵인했어도 하오문의 침범은 허락하지 않았고, 그 덕분에 하오문은 발을 뻗지 못한 곳이기도 했다.

 그런 개봉의 번화가엔 양명각(陽明閣)이 있으니, 족히 수백 년을 이어 온 역사 깊은 고급 객잔이었다.

 목재와 기와 모두 수백 년을 버티진 못하는 법. 옛 양명각은 이름만 남았을 뿐이었지만, 이름값만으로도 충분한 값어치를 하고도 남았다.

 이름을 비롯한 아무것도 묻지 않는 조건으로 다섯 배의 숙박료를 지불한 귀부인이 지내는 곳이기도 했다.

 "저 왔습니다."

 처음 보는 사내가 방문을 두드리자, 귀부인은 얼굴을 찌푸렸다.

 "……들어와라."

 장평과 검후는 서로를 바라보았다.

 "어떻게 알았지?"

 "들키기 싫다면 그냥 가명을 대시는 편이 낫습니다. 지금처럼 이름을 묻지 말라고 돈을 주면 당연히 눈에 띄니까요."

 "나도 안다."

검후는 쌀쌀맞은 표정으로 말했다.

"내가 죄인도 아닌데, 가짜 이름을 댈 이유가 있겠는가?"

"여전하시군요."

곤경에 빠진 상황에서도 품위와 명예를 중시하는 그녀의 모습에, 장평은 쓴웃음을 지을 수밖에 없었다.

"안녕. 구선희."

"안녕. 장평."

두 사람이 간단한 인사를 나누는 동안, 검후의 쌀쌀맞은 눈빛이 파리하에게 향했다.

"동행한 애꾸눈은 마교의 버러지겠지?"

"그래. 혼돈대마 파리하다."

파리하는 냉소했다.

"이제부터 네가 섬기게 될 마교도의 대마 되시는 몸이지."

"죽고 싶으냐. 마두야?"

벽에 세워두었던 세 자루의 검이 웅웅 거리며 떠오르자, 파리하도 주먹을 말아쥐었다.

"멈춰. 파리하."

"저년이 먼저 긁었거든?"

"멈추라고 했다."

파리하가 짜증스럽게 주먹을 풀자, 장평은 검후 앞에 앉았다.

"짐작하셨겠지만, 다 알고 왔습니다."

"그럼 왜 내 앞에 앉았느냐?"
"정하실 때가 된 것 같아서요."
장평은 차분한 목소리로 말했다.
"백면야차입니까. 저입니까?"
"둘 다 싫다면?"
"저는 설득하러 온 겁니다. 협박당하는 검후에게, 선택의 폭을 늘려 드리려고요."
"……."
"정하시지요. 제가 설득하는 동안에 정하시던지, 모욕받으며 정하시던지요."
"도움이라도 주는 것처럼 말하다니. 뻔뻔함은 변함없구나."
검후는 이를 갈았다.
"일전에 네 놈과 얽힌 덕에 이런 굴욕을 겪는 것이늘."
"그래서 제가 먼저 찾아온 겁니다."
장평은 침착한 목소리로 말했다.
"만분지일이라도 은혜를 갚기 위해서요."
검후는 이를 악물었다. 장평의 말장난에 더욱 굴욕감이 치밀어 오르는 모양이었다.
"구할 방법은 있나?"
"힘이 있는데 머리를 쓸 필요가 있겠습니까?"
장평은 초절정고수의 위엄을 담아 말했다.
"까짓 관아 따위. 힘으로 뚫죠."
"소림사에 있는데?"

"……네?"

"소림사에 잡혀 있다고. 고왕추가."

장평과 파리하는 서로를 바라보았다.

"……왜 거기까지 갔답니까?"

"너희가 내가 올 것을 예상했거늘, 백면야차라고 너희가 올 것을 예상하지 못했겠느냐?"

"……관아에 잡혔다고 들었습니다만."

"호송단의 목적지가 개봉이긴 하지만, 그들은 지금 소림사에 머무르고 있는 모양이다."

"아마도, 계속 거기 있겠군요."

장평과 파리하는 서로를 보며 눈을 껌뻑거렸다.

'이거 일이 이상하게 꼬이네?'

장평은 양자택일을 강요당하는 검후를 도우러 왔지만, 백면야차는 되려 검후와 파리하를 포함한 장평에게 양자택일을 강요하고 있는 것이었다.

소림사를 적으로 돌리고 검후를 얻느냐. 검후를 포기하고 소림사를 놔두느냐의 양자택일을.

장평은 물었다.

"……일단 검후께선 어쩔 생각이십니까?"

"백면야차는 인질범치고도 믿을 수 없는 놈이다. 구출할 수 있다면 구출해야겠지."

"저희가 싫다면요?"

"굴욕을 감내하며 백면야차 편에 붙어야겠지."

검후는 냉소했다.

"긍정적으로 생각해 보면, 어쨌건 너희 둘을 죽여 버릴 기회는 얻을 수 있을 테니까."

장평은 솔직하게 인정했다.

'한 방 먹었군.'

맹목개가 선호하는 큰 계획이 아니었다. 혼란에 빠진 지금의 맹목개가 세울 수 있는 계획도 아니었다.

단독으로도 작동할 수도 있다는 점에서, 예전부터 설계해 둔 함정인 모양이었다.

'급한 대로 시간을 벌려고 던진 모양이지만, 후속조차는 불가능하겠지.'

장평은 검후를 보며 물었다.

"추가병력이 없다는 전제하에, 소림사를 뚫을 자신은 있으십니까?"

"너희 둘에게 달렸다."

장평은 파리하를 바라보았다.

"……왜?"

"소림사에 잠입시킨 첩자는 없나?"

"당연히 있었는데 누군가의 대활약……."

"……알았어. 그만해."

파리하의 말을 끊은 장평은 생각에 잠겼다.

'검후와 소림사의 양자택일. 부수적으로는, 내가 감춰 둔 무공들을 노출당한다는 점까지.'

변수를 배제한 덕분에, 계산은 단순했다.

검후는 장평을 보며 물었다.

"어쩔 셈이지?"

"까짓거. 가 보죠."

장평은 자신만만한 목소리로 말했다.

"긍정적으로 생각해보면, 대마두라면 소림사에서 깽판 한 번 정도는 쳐봐야 하는 거 아니겠습니까?"

"마교라면 소림사에서 깽판을 쳐야 한다고?"

파리하는 미심쩍은 표정으로 말했다.

"우린 그런 적 없는데?"

"……."

* * *

맹목개가 받아 든 쪽지는, 해석조차 필요 없을 정도로 눈에 익은 암호로 작성되어 있었다.

〈장평. 개봉.〉

그는 잠시 시간과 거리를 계산해 보았다.

'안 닿는다.'

장평이 초절정고수가 된 이상, 맹목개가 쓸 수 있는 패는 그리 많지 않았다.

'너무 빨라.'

빨라진 속도만큼 행동반경이 넓어졌다.

미리 예측하고 한발 먼저 준비하면 모를까. 장평의 움직임이 확인된 후에 대응하는 것은 불가능에 가까웠다.

'한숨 돌린다고 생각해야겠군.'

지모를 겨루는 싸움은 흔히 바둑이나 장기에 비견되곤 했다.

상대방이 하나의 수를 두면 내게도 응수할 기회가 주어졌고, 그 반대의 경우도 마찬가지였다.

지금, 맹목개는 세 수 정도 뒤쳐지는 상태였다. 그것도, 반상 위의 형세가 명확히 보이지도 않는 상황이었고.

'그럼, 이 기회에 무슨 수를 두어야 할까?'

장평 본인을 추적해 제거하는 것은 이미 늦었다.

남은 선택지는 둘.

도주 중인 하오문주를 추적하여 마교 쪽의 정보망을 와해시키는 것과, 아군 첩보망을 점검하여 내부의 배신자를 찾아내는 것이었다.

'가장 급하고 중요한 일은……'

그리고 결단했다.

'……첩보망 내부의 배신자를 찾는 것!'

* * *

이동 수단은 마차였다.

"검후된 몸으로 마두들과 손을 잡다니. 무슨 면목으로 선대 검후들을 뵙겠는가?"

검후는 우울한 얼굴로 한숨만 내쉬고 있었다. 그녀의 제자인 구선희는 장평과 파리하에게 묻고 싶은 것이 많아 보였지만, 사부의 눈치만 보면서 입을 꾹 닫고 있었다.

"……."

대화 시작하게 제발 말 걸어 달라는 간절한 눈빛을 보내는 그녀를 무시한 채, 파리하는 장평에게 전음을 날렸다.

〈그건 그렇고, 괜찮겠어?〉

〈뭐가?〉

〈우리 움직임이 노출된 거.〉

한창 수 싸움 중인 맹목개에게 기회를 준 셈이었다. 혹여 그가 묘책이나 기책을 발휘한다면, 벌려 둔 격차를 좁힐 수도 있었다.

〈합리적인 판단은 예상하기도 쉽지.〉

그러나, 장평은 대수롭지 않게 말했다.

〈지금의 그라면 하오문을 치거나 배신자를 색출할 텐데, 둘 다 쉽지 않을 테니까.〉

죽기 싫은 호로견자는 당연히 필사적으로 도망칠 테고, 서수리와 청소반은 그야말로 현존하는 최정예 첩보 조직이었다.

〈백면야차는 최강의 무력과 절대권력을 지니고 있지만, 그걸 쓰는 것은 결국 한 사람.〉

장평은 자신만만한 목소리로 말했다.

〈두뇌의 차이는 좁힐 수 없다.〉

〈자신감은 좋지만, 오만하지는 마. 맹목개는 약점을 찔렸을 뿐, 멍청하지 않아.〉

〈내가 그보다 똑똑하다는 소리가 아니다. 더 근본적인

차이에 대해 말하는 거지.〉
〈그게 뭔데?〉
〈숫자의 차이.〉
장평은 음험한 미소를 지었다.
〈두뇌의 숫자.〉

* * *

서수리는 여러 장의 서류를 읽고 있었다.
보낸 이는 여러 명.
서로 다른 정보조직에서 보내온 서류들은 모두 동일한 내용이었고, 그 내용은 짧고 단순했다.
하지만, 가벼운 일은 아니었다.
〈맹목개. 내사 착수.〉
서수리는 서류들을 태웠다.
"이제와서?"
황궁이야말로 음모의 조종(祖宗).
청소반은 음모를 꾸미는 것과 잡아내는 것 모두에 경험과 지식이 충분했다.
가장 무난한 대응책은, 역시 몸을 숨기는 것이었다. 자취를 감춰 내사가 실패하게 되면, 맹목개의 한 수를 망치는 것이었으니까.
하지만, 서수리는 그걸로 만족할 수 없었다.
어금니는 충분히 예리했다. 훤히 드러난 목줄기를 물어

뜯을 수 있을 정도로.

그리고, 무엇보다도…….

"물어뜯고 싶다."

복수심은 그녀에게 피를 보라 속삭이는데, 점잖아야 할 이유를 찾을 수가 없었다.

서수리는 생각에 잠겼다.

"어딜 어떻게 물어뜯어야 할까?"

백면야차의 급소가 어디일지. 맹목개가 가장 고통받을 방법이 무엇일지를.

"비극의 완성은 엇갈림이라고 했던가?"

일이 순조롭게 진행되는 것은 즐거운 일이었다. 그게 피비린내 나는 복수라 할지라도.

서수리는 붓을 들었다.

"후회할 수 있게 된 걸 후회해라. 배신자."

즐거운 미소와 함께.

* * *

소림사가 가까워질수록, 검후와 파리하의 얼굴은 어두워졌다.

"괜찮아. 나만 믿어."

장평은 자신만만한 표정으로 말했다.

"소림사에도 근본적인 약점이 있으니까."

"그게 뭔데?"

"두 가지지. 첫 번째는, 폭군인 백면야차를 위해 피를 흘릴 동기가 부족하다는 점."

따지고 보면, 소림사는 남의 골칫거리를 억지로 떠안은 셈이었다. 그들이 마교를 얼마나 증오하는 것과는 별개로, 관아가 무림을 넘은 상황이 달가울 리가 없었다.

"자의가 아닌 이상, 교섭의 여지가 있을 거다."

"내가 소림사라면 마교도랑 말 섞지 않을 것 같은데."

"물론 배신하라거나 거래하자면 콧방귀만 뀌겠지. 하지만, 우리는 초절정고수 세 명이나 되잖아."

어느 쪽이 이길지는 붙어 봐야 알겠지만, 양쪽 다 피해 없이 이길 수는 없는 전력이었다.

"남이 떠넘긴 싸움 때문에 문파의 명운을 걸고 싶진 않겠지. 그러니, 체면을 살려 주며 규칙을 조정하는 정도는 가능하지 않겠어?"

"어떤 식으로?"

"포기 가능한 비무 세 판."

"머릿수로 이기는데 비무를 치른다고?"

파리하는 미심쩍은 표정을 지었다.

"나라면 안 받을 거 같은데."

"거절하기 힘든 조건을 걸면 되지."

"거절하기 힘든 조건?"

소림사의 입구에 도착했다.

얼핏 보아도 범상치 않은 세 사람의 풍모를 보며, 문지기들은 두려움에 떨었다.

"나는 장평이오."

장평은 그들을 보며 점잖은 목소리로 말했다.

"소림사는 우리의 사람을 데리고 있고, 우리 셋은 힘으로서 되찾으려 하오. 그러니, 방장스님께 나의 말을 전해주시오."

"무, 무엇을 말입니까?"

"소림의 전통을 빌어, 삼세번의 비무를 청하오. 이긴다면 사람을 내주고, 진다면 우리들이 뇌옥 안에서 평생을 회개하며 수행하겠소."

파리하와 검후는 깜짝 놀라 장평을 바라보았다.

〈미쳤어? 그걸 왜 니 맘대로 정해?〉

〈나만 믿어.〉

문지기들은 금새 돌아와 공손히 말했다.

"그리하시겠답니다. 들어오시지요."

"그러지요."

정중히 예를 표한 장평은 전음을 보냈다.

〈소림사의 두 번째 약점은, 백면야차와 마찬가지야. 수적 열세지.〉

〈적진에 뛰어들면서 수적 우위? 미쳤어?〉

〈들어봐. 우린 초절정고수 셋이고, 소림사의 초절정고수는 방장인 원현대사 하나밖에 없어. 그리고 세 번을 싸워야 하지.〉

세 번을 싸우는 이상, 두 번을 이길 수 있다면 이긴 것이나 다름없었다. 사실상 소림사에게 모양 좋게 물러날

퇴로를 열어 준 것이나 다름없었다.

이 규칙을 받아들였다는 것은, 저들도 합의했다는 의미이리라.

〈……와, 진짜 비열하다.〉

〈지혜롭다고 해 주지?〉

자신만만하게 소림사 한복판으로 들어서자, 비무대 위에 서 있는 무승들이 보였다.

그 순간, 검후의 얼굴이 어두워지고 파리하는 이를 악물었다.

"빈승 원현이 소림사를 대표하여, 손님들께서 제안한 비무를 받아들이는 바요."

원현의 정중하지만 자신만만한 인사말 속에서, 파리하는 살기 어린 눈으로 장평을 노려보았다.

〈뭐? 퇴로를 열어 준 것이나 다름없어?〉

소림사에서 유일한 초절정고수여야 할 원현의 옆에, 또 다른 초절정고수가 서 있었다. 딱 봐도 원현보다 한 수 위로 보이는 고수가.

'동정호에선 못 본 얼굴인데……?'

그리고, 문제는 그게 전부가 아니었다.

"폐관 중이던 각현 사숙께서 특별히 세 손님을 맞으실 거요. 물론, 빈승 원현과……."

두 노승 뒤에 서 있는 사람들이 문제였다.

"나한각의 칠십이나한 또한 미흡하나마 손님들을 맞이하겠소."

참다못한 파리하가 따졌다.
"양심도 없는 땡중놈들아! 일흔 두명으로 한 명을 상대한다고?"
"설마, 소림의 관례를 청하면서 나한은 일심동체로 다루는 관례를 모르셨단 말이오?"
원현은 증오심로 불타는 눈빛으로 장평을 노려보았다.
"지혜로 명성 높은 필두대마께서?"

* * *

장평은 파리하를 바라보았다.
〈괜찮아. 질 거 같으면 튀면 되니까.〉
〈좋은 생각인데, 기왕이면 적진 한가운데 들어오기 전에 말하지 그랬어?〉
두 사람이 전음을 나누는 사이, 검후는 장평을 바라보았다.
"장평. 이것도 네 계획에 속하는 것인가?"
"아닙니다. 하지만, 진다 해도 대책이 있습니다."
"설마, 보무도 당당히 쳐들어온 주제에 비겁하게 도망치자는 말은 아니겠지? 발이 느린 내 제자와 갇혀 있는 고왕추를 남겨 둔 채로?"
깜짝 놀란 구선희가 눈을 동그랗게 뜨고 장평을 바라보았다.
"잠깐. 저 버리고 도망친다고요?!"

"……."

우연히 그녀와 눈이 마주친 장평이 슬며시 고개를 돌리는 모습을 보며, 검후는 이를 악물었다.

"우리가 패하여 뇌옥에 들어간다 해도, 너는 갇혀 지낼 일은 없을 것이다. 검후의 이름에 맹세코, 내가 직접 네 목을 따 줄 테니까……."

"튀실 생각은……?"

"이 한 몸 보전코자 검후의 이름을 더럽히느니, 면벽수련 속에서 명예를 지킬 것이다."

장평은 등줄기에 식은땀이 흐르는 것을 느꼈다. 그가 진짜로 궁지에 몰렸음을 깨달은 파리하는 머리를 움켜쥐며 탄식했다.

"소림사 건드릴 거면 은거고수 예상도 했어야지……."

잠시 대화하는 사이, 어느새 다가온 소림사의 무승들이 그들을 포위했다.

"빈승 원현이 가르침을 받겠소."

비무대 위의 원현은 그들을 노려보며 말했다.

"어느 대마께서 빈승에게 교훈을 주시겠소?"

장평은 속삭였다.

"이길 자신 있는 사람?"

파리하는 솔직히 말했다.

"소림사면 달라붙을 거 아냐. 난 못 이겨."

"나 또한 승리를 장담할 수 없다."

장평은 착잡한 표정을 지었다.

"사숙보다는 저 양반이 더 약할 텐데요."
"그럼 어떻게든 저 양반 이겨야겠네."

전음이라도 주고받았는지, 두 여자는 슬그머니 뒤로 한 걸음 물러났다. 그러자 원현은 제 자리에 서 있던 장평을 보면서 말했다.

"잘 되었구려. 빈승은 동정호에서의 석별 이후, 장평 대마를 다시 뵙기를 학수고대하고 있었다오."

"어…… 저기…… 비무는 없던 일로 하면……."

"대마께서는 손님이시니, 세 초식을 양보하겠소!"

장평은 반문했다.

"그럼, 세 초식 펼치기 전에는 출수하지 않겠다는 겁니까?"

"……무슨 개수작을 부리려는 거요?"

장평은 손짓으로 두 여자를 불렀다.

"파리하. 약점 아는 거 있어? 약점?"

"어…… 원거리 공격 수단이 백보신권밖에 없고…… 내문철포삼으로 옷소매를 무기나 방어구로 쓸 수도 있다고 들었어."

"검후께서는 아시는 거 없으십니까?"

"묵직하고 강맹한 일격을 선호한다 들었다."

대놓고 작전회의를 하는 모습에, 수양 깊은 원현은 격노하여 성큼성큼 다가왔다.

"야 이 비겁한 놈아!"

그가 손을 뻗자, 장평은 몸을 피하며 재빨리 말했다.

"삼 초식. 삼 초식."
"……!"
원현이 움찔하자, 장평은 다시 몸을 돌렸다.
"좋아. 하던 얘기 계속하자. 뭐가 약점이라고?"
"항복하는 사람은 죽이지 않는다고 맹세했다던데."
"지면 종신형인데 무슨 의미가 있어? 딴거."
원현은 얄미움에 치를 떨었다.
"장평. 이 간사한 놈! 어떻게 중도에 변절한 놈이 마교도들보다도 비열한 것이냐?!"
"난 원래 이랬소."
고개만 돌려 말대꾸한 장평이 다시 등을 보이자, 참다못한 원현은 장평의 뒤통수를 후려쳤다.
빡!
그 순간, 장평은 비무대에서 풀쩍 뛰어내렸다.
"어딜 도망가?!"
"싸움 끝났잖습니까."
원현이 발끈하자, 장평은 태연하게 말했다.
"원현 대사의 반칙패로."
"세 수 양보는 관례지 규칙이 아니다!"
"이 비무도 관례 아닙니까? 마음에 드는 관례만 지키시는 겁니까?"
"아니. 애초부터 규칙이 아니었……."
그 순간, 그의 사숙이라던 각현이 원현을 제지했다.
"그만두시게. 방장 사질. 손님과 입씨름하여 무엇 하겠는가?"

"사숙께서 그리 말씀하신다면……."

원현은 장평을 노려보았다.

"……제가 기권하는 것으로 하겠습니다."

각현은 위엄있는 태도로 비무대 두 여고수를 바라보았다.

"어느 손님께서 이 노승에게 가르침을 주시려오?"

파리하와 검후는 서로를 바라보았다.

둘 다, 못 이길 게 분명했기 때문이었다.

둘 다 주저하는 그 순간. 장평은 구선희를 비무대 위로 떠밀었다.

"엥? 뭐, 뭐야?!"

"어차피 아무도 못 이겨. 바로 항복해."

당황한 각현이 말문이 막힌 사이, 구선희는 재빠르게 검을 내던지고 두 팔을 번쩍 들었다.

"항복! 저 졌어요! 때리지 마세요!"

원현과 각현은 서로를 마주 보았다.

'뭐지 저 새끼…….'

'뭐 저런 놈이 다 있지…….'

이겼다는데 무슨 말을 덧붙이겠는가? 각현은 찜찜하나마 걸어 내려왔다.

칠십이나한이 비무대를 올라오는 동안, 장평과 숙덕대던 검후와 파리하가 동시에 비무대 위로 올라왔다.

원현은 기가 막혀서 장평을 바라보았다.

"……너 지금 뭐 하는 건데?"
"일흔두 명이 한 몸이면 두 사람도 한 몸일 수 있는 거 아니겠소?"
뻔뻔한 태도에 말문이 막힌 원현은 똑같은 마교도인 파리하는 무시하고 검후에게로 시선을 돌렸다.
"……부끄럽지도 않소?"
"수치스럽기 짝이 없군요……."
검후는 부끄러움에 치를 떨었다.
"하지만 여기까지 왔는데 어쩌겠어요? 소림에서 한 번만 자비를 베푸신다면, 맹세코 그 은혜를 잊지 않겠어요."
"검후께서 마두들이랑 같이 다니더니 뻔뻔함이 옮았구려."
"……말이 나왔으니 하는 말인데, 뻔뻔함으로 따지면 일흔두 명도 너무하긴 마찬가지 아닌가요?"
"……그래. 알겠소."
원현은 대화를 포기했다.
"무승들에게 명하노니, 저 비열한 마두들을 제압하여 뇌옥에 처넣어라!"
검후는 당황했다.
"비, 비무는요?! 관례잖아요?!"
"관례란 관례는 다 무시해 놓고, 이제 와서 무슨 놈의 관례 타령이야?!"
무승들이 움직이기 시작하자, 원현은 선봉을 놓치지 않

고 장평에게 달려들었다.
"변절했다는 소문을 들었을 때부터, 네놈을 벼르고 있었느니라!"
그 순간.
"……."
파앙!
음속을 낸 장평이 원현의 허를 찔러 발검술을 펼쳤다. 원현의 소맷자락이 잘려 나가는 동시에, 장평은 비무대 위를 짓밟으며 한 걸음을 더했다.
"……놀랍군."
목줄기에 흑검이 닿자, 각현은 침음성을 발했다.
"분명 지켜보고 있었는데도, 놓치다니……."
원현이 일격을 당한 것은 근거리에서의 기습에 방심했기 때문이었다. 하지만, 각현은 방심한 것이 아니었다. 흑검이 원현을 베는 모습을 똑똑히 지켜본 각현은 장평이 자신에게 쇄도할 것을 예측하고 이미 전투태세를 취한 상태였다.
방심이 아니었다. 그저, 장평이 빨랐을 뿐이었다. 각현이 본 무엇보다도, 들은 무엇보다도 빨랐을 뿐이었다.
심지어, 그의 상상보다도.
"잠시 무례를 범했습니다."
장평이 목례하며 검을 치우자, 각현은 목덜미에 난 가는 혈선을 매만졌다.
조금만 더 들어왔다면, 목을 땄을 상처를.

"……시주의 일격은 고금제일의 신속함이구려."

각현이 손발을 거두자, 원현은 장평을 노려보았다.

"이놈! 무슨 사술을 쓴 거냐?!"

"폭풍을 짓밟았소."

"무슨 헛소리를……."

원현이 발끈하자, 각현은 조용히 말했다.

"방장 사질."

원현이 흠칫 놀라자, 각현은 비무대의 바닥을 가리켰다.

비무대 정중앙에, 깊은 발자국이 새겨져 있었다. 비정상적으로 깊은 흔적이었다.

'천근추……?'

원현은 장평과 발자국을 번갈아 바라보았다.

각현은 타이르듯 말했다.

"손님께서는 정중함을 잃지 않으셨소. 우리도 그리합시다."

"그가 날래다는 것은 인정하겠습니다만……."

그 순간, 장평은 비무대 바닥을 향해 가벼운 참격을 날렸다.

그 순간.

서걱!

견고한 비무대가 돌과 나무를 가리지 않고 모래 가르듯 잘려 나갔다.

'베지 않은 것이지, 베지 못한 것이 아니오.'

장평은 원현을 보며 천천히 납검했다.

"……."

그 의미를 깨달은 원현은 침묵했다.

어안이 벙벙하여, 무슨 일을 겪은 것인지도 이해할 수 없었다.

마치, 도깨비에게 홀린 기분이었다.

그러나 그가 인정해야 하는 것이 있었다.

베지 않은 것이지, 베지 못한 것이 아님을. 벨 수 있었음을 잊지 말아야 한다는 것을.

"이 필부가 공명정대한 소림에 찾아온 것은, 무례를 범하고 소란을 피우기 위함이 아니었습니다. 오직 사람을 되찾기 위함이었습니다."

장평은 정중히 포권하며 말했다.

"논하기를, 관과 무림은 불가침. 저들은 손님을 가장해 소림에 분란을 끌어들인 자들입니다. 청컨대, 관의 일은 관의 몫으로 보내 주시고 무림의 일만 무림의 일원으로 대하소서."

원현은 그 포권의 의미를 십분 이해하고 있었다. 이것이, 장평이 한 수 접어 주는 마지막 기회라는 것임을.

〈얼마나 죽일 수 있었지?〉

〈강한 순서대로 절반.〉

원현의 전음에, 장평은 예를 표한 채 답했다.

〈너희 둘부터 시작해서. 최소한 절반.〉

〈기습으로 두 번 놀라울 수는 없다.〉

〈하나의 생명으로 두 번을 논하는가?〉

원현은 너털웃음을 지으며 맞포권 해 보였다.

"한 손님께 두 번이나 가르침을 받다니. 참으로 은혜로운 하루로구려."

그는 무승들을 돌아보며 말했다.

"무림의 것은 무림으로 다루기로 합시다. 집법원주께서는 뇌옥의 거사님을 모셔 오시오."

두 사람 다 포권을 풀자, 원현은 장평을 보며 말했다.

"청컨대, 잠시 머물며 다담(茶談)이라도 나누지 않으시겠소?"

"풍문을 몰고 다니는 몸이니, 불필요한 오해를 사실까 두렵습니다. 곤경을 지난 후, 편안한 마음으로 뵙겠습니다."

원현은 잠시 눈을 가늘게 떴다.

그러나, 그야말로 잠시.

그는 온화한 미소와 함께 말했다.

"귀빈께서 귀한 약속을 주셨으니, 이 또한 부처님의 뜻이겠지요. 시주께서 편안함에 이르렀을 때, 편안함 속에서 재회토록 합시다."

두 사람이 허례허식으로 시간을 끄는 동안, 어리둥절한 얼굴의 고왕추가 끌려왔다.

"엥? 장평?"

"맘 바뀌기 전에 튀자."

포권으로 작별인사를 한 장평은 빠른 걸음으로 일행을

몰고 나갔다.

각현은 원현을 바라보며 말했다.

"……잘 참으셨소. 방장 사질."

그는 장평과 원현의 침묵 사이에서 오간 전음들을 짐작하고 있었다. 그리고, 두 사람이 나눈 작별 인사의 의미도.

곤경을 지난 뒤에 만나자는 말은 싸움이 끝나기 전에 끼어들지 말라는 경고였고, 편안함 속에서 재회하자는 말은 싸움이 끝나기 전에는 만날 일 없을 거라는 확답이었다.

"아군일 때 의지할 수 있던 자는, 적으로서 만나면 두려운 존재로군요."

원현은 비무대를 바라보았다.

흑검에 잘려 나간 부분과 깊이 새겨진 발자국 모두를.

"오늘. 글자 그대로 식견을 넓혔습니다. 단점이 없는 완벽함은 보았어도, 장점으로 단점을 덮는 정묘함은 처음 보았습니다."

용태계가 부족함이 없는 존재라면, 장평은 한 가지에 모든 것을 집중한 자.

한계는 분명했다. 약점도 명확했다.

그러나, 원현은 포기할 수밖에 없었다.

한계에 달할 때까지 흘릴 피와, 약점을 찌를 때까지 잃을 목숨을 도저히 외면할 수 없기에.

"악령이 흉신을 노리니, 괴물끼리 싸우라고 합시다."

원현은 옷소매를 갈무리했다. 철포삼을 펼치고 있었음에도 잘려 나간 옷자락을.

"둘 중 하나만 남은 뒤에도, 구세는 늦지 않을 터이니……."

* * *

"하마터면 면벽수련 당할 뻔했네."

장평이 안도의 한숨을 내쉰 것은, 소림사에서 충분히 멀어졌다고 확신했을 때였다.

"이젠 나도 마교도인가……."

검후는 착잡한 표정으로 말했다.

"이게 다 장평. 네놈 탓이다."

"약속대로 구출했잖습니까."

장평은 고왕추의 어깨를 탁탁 두드리며 말했다.

"천하의 소림사에 쳐들어가면서까지."

"네놈 때문에 잡혀갔던 거잖나……."

목소리에 체념이 섞여 있는 것이, 검후도 상황을 받아들이긴 한 모양이었다.

일이 이렇게 된 이상, 싸움은 피할 수 없었다. 자존심이 강한 그녀는 협박에 굴해 백면야차의 주구가 되느니, 차라리 장평과 함께 복수라도 하는 것이 낫다고 판단한 모양이었다.

"검후의 몸으로 마교와 손을 잡다니. 선대 검후들을 뵐

낯이 없구나……."

한숨을 내쉰 그녀는 장평을 보며 말했다.

"이제, 어쩔 셈인가?"

"고수를 모을 겁니다."

"동행하지."

파리하는 물었다.

"숨어 다녀야 하는데, 변장할 수 있겠어?"

"인피면구라면 익숙하다."

장평과 파리하는 서로 눈빛을 주고받았다.

둘보다는 셋이 나았다.

두 사람 다 같은 생각이었다.

"일단 고왕추와 구선희는 안전한 곳으로 대피시키지요."

검후는 잠시 생각하다가 말했다.

"남해의 대만도(臺灣島)에 내 본가가 있다. 그곳이라면 백면야차도 손을 뻗지 못 하리라."

장평과 파리하 모두 처음 듣는 지명이었다.

안전한 은신처라는 뜻이었다.

"괜찮을 것 같군요. 여정은 저희 쪽에서 준비해 줄 겁니다."

"그래."

고왕추와 구선희는 마차에 남았고, 세 사람은 마차에서 내렸다.

고왕추는 포권하며 인사했다.

"다음에 또 봅시다. 장평 대협."

"그래."

"백 누님도 무사히 돌아오시고요."

"그러자."

"에…… 처음 뵙는 마두…… 님도 가능하면 무사하십쇼."

"……왜 나만 인사가 그따위야?"

투덜대는 파리하를 놓아둔 채, 마차가 움직이기 시작했다.

구선희는 웃으며 장평에게 손을 흔들었다.

"안녕. 장평."

"안녕. 구선희."

마차가 멀어지자, 파리하는 장평을 바라보았다.

"이제 남은 건 구명의선이랑 선봉신개인가?"

"그래."

"제정신이라면 선봉신개는 못 건드리겠지. 일단 구명의선부터 만나러 가자."

파리하는 검후를 바라보았다.

의견이 있냐는 그녀의 눈빛에, 검후는 고개를 저었다.

"간교함은 내 자질이 아니다. 더러운 일은 더러운 이들에게 맡기마."

"오냐. 큰일은 현명한 어르신들이 논의할 테니, 졸자인 너는 얌전히 명에 따르거라."

파리하는 빈정거렸다.

"갓 들어 온 마교의 주구답게 말이다."
"······주구?"
 발끈하며 검을 뽑는 검후의 모습을 보며, 장평은 쓴웃음을 지었다.
 '쉽지 않은 여정이 되겠구나.'

* * *

 전력이 보강되는 것과는 별개로, 검후와 파리하는 궁합이 절망적으로 안 맞는 사이였다.
 중간에서 장평이 잘 중재해야 했다.
"웬만하면 칼 뽑지 말고 말로 하시죠······."
"언쟁에서 밀리는데 검을 멀리할 이유가 있나?"
 자존심 강한 검후는 쉽게 긁히는 주제에 긁히면 칼부터 뽑는 성격이었고, 파리하도 그녀가 마음에 안 드는지 작정하고 긁고 있었다.
 중간에 낀 장평은 하루에도 대여섯 번씩 진심 어린 살기를 접하곤 했다.
"······너도 시비 좀 그만 걸고."
"검후는 대대로 마교의 적이었거든?"
 순조로운 여정이었다.
 '괜히 데려왔나?'
 근래 위장이 욱신거리는 점만 제외하면.
 비 내리는 어느 날 밤.

비를 긋기 위해 버려진 폐사당에서 노숙하던 그들의 앞에, 두 사내가 나타났다.

"오래간만이군."

구명의선 오방곤이었다.

"의외의 장소에서 만나게 되는군요."

오방곤은 특유의 신농씨 탈을 벗은 모습이었다. 언제나 탈을 쓰고 있던 탓에, 되려 맨얼굴로 다니면 변장이 되는 셈이었다.

"날 만나러 오던 것 아니었나?"

"맞습니다."

장평은 오방곤 곁에 있는 초면의 청년을 바라보았다.

초일류 고수. 연배에 비하면 높은 무위로 볼 때, 명문거파의 후계자 급인 모양이었다.

"동행에 대해 여쭤봐도 되겠습니까?"

"네 앞에 있잖나. 직접 말해라."

장평은 쓴웃음을 지었다.

그를 소개해 달라는 말이었지만, 투박하고 마모된 오방곤은 이해하지 못한 모양이었다.

"형장께서는 내가 누군지 아시오?"

"마교의 필두대마이신 회생대마 장평 대마가 아니십니까."

청년의 말은 정중했지만, 건조하고 사무적인 태도였다.

"반갑소. 악명 높은 대마두 장평이오."

장평은 너스레를 떨며 물었다.

"형장께서는 존성대명이 어찌 되시오?"
"무명소졸이라 들어봤자 모르실 겁니다."
"들어도 모른다니 어쩔 수 없구려. 무명소졸 형장께서 오신 이유라도 가르쳐 줄 수 있겠소?"
"평화를 제안하러 왔습니다."
청년은 사무적인 태도로 말했다.
"무림과 마교의 평화협정을요."

* * *

첩보망의 내사는 진행 중이었다.
맹목개는 의심스러운 이들을 조사했고 부를 수 있는 자들은 직접 심문했으나, 그가 얻은 결론은 단 하나뿐이었다.
'실패다.'
맹목개는 개방의 보고서를 펼쳤다.
〈장평. 검후와 동반하여 소림사 방문.〉
소림사에 설치해 둔 검후용 함정에 정면으로 뛰어든 모양이었다.
〈소림사. 교전 없이 고왕추 석방.〉
큰 기대는 하지 않았지만, 정말로 아무 일 없던 모양이었다. 맹목개는 착잡한 표정으로 소림사의 서신을 펼쳤다.
"……후."

조롱처럼 느껴질 정도의 예의와 격식을 갖춘 서신.
〈우린 빠질 거다. 너희들을 위해 피를 흘릴 가치를 못 느끼겠다.〉
허례허식을 뺀 본문은 냉담한 손절이었다.
'어떻게 하지?'
맹목개는 방황하고 있었다.
'어떻게 해야 하고, 어떤 걸 할 수 있지?'
안개 너머에서, 장평이 도사리고 있었다.
실수를 놓치는 법이 없는 교활한 짐승이, 늪지에서 허우적대는 맹목개를 빤히 쳐다보고 있었다.
숨이 막히고 가슴이 답답했다.
장평의 행동보다도, 장평에 대한 압박감에 마음이 무너질 것 같았다…….
그 순간. 어느새 다가온 무림맹의 무사가 맹목개에게 말했다.
"부장님."
"음?!"
깜짝 놀란 맹목개를 보며, 무사는 당황했다.
절정 고수이자 주의 깊은 맹목개가 처음으로 보이는 낯선 모습이었다.
"괜찮으십니까?"
"괘, 괜찮네."
맹목개는 헛기침을 하며 말했다.
"무슨 일인가?"

"손님이 오셨습니다."

"손님? 나에게?"

맹목개를 찾아오는 이는 대개 사전에 일정을 조율한 업무 관계자들 뿐이었다.

"당분간은 예정 잡힌 사람이 없는데?"

그러나 어중이떠중이라면 돌려보내면 그만이지 굳이 보고하러 올 이유도 없을 터. 맹목개는 고개를 갸웃거리며 물었다.

"누구인가?"

"개방 방주. 선봉신개 범소 대협께서 기다리고 계십니다."

"……본인이? 사전 통보도 없이?"

"예."

맹목개는 미심쩍은 표정으로 말했다.

"……모시게."

잠시 뒤. 낯익은 모습의 사내가 맹목개의 방 안으로 걸어 들어왔다.

"오래간만이군. 맹목개."

"개방도 맹목개가 방주님을 뵙습니다."

"허허. 이 사람 보게?"

선봉신개는 너털웃음을 지었다.

"무림맹으로 옮겼다고 이젠 내외하자는 건가?"

"……아닙니다. 선배님."

"님?"

"……아닙니다. 선배."

"음. 그래야지."

선봉신개는 구석의 의자를 가져 와 책상 앞에 앉았다. 그러자 맹목개도 쓴웃음을 지으며 자리에 앉았다.

"무슨 일로 오셨습니까?"

"겸사겸사 왔다네. 겸사겸사."

선봉신개는 소탈한 미소를 지으며 말했다.

"자네가 무림맹에 들어 온 후 처음 보는 것이니, 얼굴 본지도 스무 해는 되지 않았나."

"벌써 세월이 그렇게 되었군요."

"그래. 그렇지. 서로 할 일을 하는 사이, 시간이 우리를 스쳐 지나가 버렸지."

선봉신개는 웃었다.

"아직도 눈에 선하다네. 자네가 우리 분타에 찾아와서 떼쓰던 모습이. 자네는 그때, 자네가 했던 말이 기억나는가?"

"기억납니다."

맹목개는 쓴웃음을 지었다.

그의 주군. 신이 되어 버린 황태자 용태계는 이제 무림인이 되겠다며 황태자 자리를 내던졌고, 그에게 배정된 심복이던 맹목개에게 자유를 주었다.

〈난 이제 황태자가 아니니, 너도 네가 살고 싶은 대로 살아라.〉

아니. 좀 더 정확히 말하자면, 자유롭게 살라는 명령을 내린 것이었다.

〈쓸모 있는 사람이 되고 싶어요.〉

그가 고민 끝에 내린 판단은, 가장 가까운 곳에 있던 개방 분타를 찾는 것이었다.

〈무림인을 도울 수 있는 사람으로 만들어 주세요.〉

값비싼 옷을 입은 꼬마가 거금이 든 전낭을 내밀며 억지를 부리는 모습에, 개방도들은 당황할 수밖에 없었다.

"자넨 정말 고집불통이었지. 사흘 밤낮을 주저앉아 밥도 안 먹고 떼를 썼으니."

선봉신개는 그리운 눈빛으로 과거를 떠올렸다. 분타의 막내였던 그가, 후배 개방도를 받던 그날.

시간이 어린애를 청년으로 키워 내는 동안, 청년을 노인으로 꺾어 놓는 동안. 그들은 늘 함께하곤 했었다.

개방의 양면. 협객과 정보집단.

범소가 양지에서 협객의 길을 걷는 동안, 맹목개는 음지에서 정보에 대한 지식과 경험을 쌓아갔다.

"그리고, 자네는 여기에 있지."

무림맹의 중역으로 파견될 정도의 능력을.

"자네의 목표였던 이 자리에."

"선배와 형제들의 도움 덕분입니다."

"만족하나?"

선봉신개는 차분한 목소리로 말했다.

"주군을 섬기고 있는 지금. 자네는 만족하고 있는 건가?"

"왜 물으시는 겁니까?"

개방의 방주는 조용히 말했다.

"사람들은 우리 개방을 협객들의 방파라고 여기지. 우리가 행하는 지키는 모든 것이 협의(俠義)에 의거한 것이라고."

무림인들이 흔히 착각하는 부분이기도 했다.

협(俠)의 본질은 거칠고 난폭한 법. 협객이라는 칭호보다 유협(遊俠)이라는 칭호가 주로 쓰이던 시절에는, 모르는 이의 원한을 갚기 위해 관계없는 자를 죽이는 자도 협을 행하는 것이라 높이 평하곤 했다.

"협의를 쫓는 우리가 제일 경계하는 것은, 정의(正義)에서 벗어나는 것임을 이해하지 못할 테지."

개방을 위시한 현대의 협객들은, 협의만으로 움직이는 것이 아니었다. 신중히 상황을 살펴 정의로운 일이라는 확신이 들 때만 행동하는 것이었다.

"자네는 지금 원하던 곳에 왔네. 맹목개. 충의(忠義)의 길을 걸어, 여기까지 왔지."

"……무슨 말씀을 하시려는 겁니까?"

"자네의 충의에, 대의(大義)를 겸할 수는 없는 것인가?"

선봉신개는 간절한 표정으로 말했다.

"주군을 섬기기 위해 능력을 필요로 했듯이, 주군을 바른길로 이끌 생각은 없는가?"

맹목개는 깨달았다.

"저를 설득하러 오신 겁니까?"

"맹주를 설득할 수 있는 유일한 사람이 자네니까."

"뭘 바라시는 겁니까?"

"정말로 장평과 싸워야만 하나? 작게는 무림이, 크게는 천하가 흔들릴 싸움인데. 정말로 그 싸움을 피할 방법이 없는 것인가?"

"……."

"내게 기회를 주게. 맹목개."

선봉신개는 진솔한 어조로 말했다.

"장평과 화해하게 돕겠네. 화해할 수 없다면 그가 십만대산으로 물러나게 돕겠네. 끝까지 물러나지 않겠다면 그와의 싸움도 돕겠네. 그저, 회담만이라도 가져보세."

예상치 못한 접근에, 맹목개는 당혹감을 느꼈다.

"……무얼 위해 이러시는 겁니까?"

선봉신개는 떳떳한 눈빛으로 말했다.

"옳은 일이니까."

* * *

장평은 개방도에게 물었다.

"그러니까. 범소 형님께서, 백면야차와 나의 화해를 주선하러 북경에 가셨다고?"

"예."

장평은 개방도를 바라보았다.

비 내리는 밤을 등진 채, 무표정하게 서 있는 개방도.

장평이 찾아가던 사람을 데리고 온 젊은 후기지수를.
 장평은 무거운 목소리로 물었다.
 "······돌아오셨소?"
 "아뇨."
 무표정한, 아니, 무표정하려고 노력하는 개방도는 건조한 목소리로 말했다.
 "사부님은, 용태계에게 살해당하셨습니다."

回生武士

2장

2장

맹목개는 자신 앞에 앉아 있는 사내를 바라보았다.

"충의에 대의를 겸하라……."

그 사내는 한 사람이었으나, 두 면모를 가지고 있었다.

무림의 거두. 개방 방주 대협객 불굴신개.

그리고 후배를 아끼는 선배 범소.

의(義)도 정(情)도 포기하지 않고, 궁리하고 노력한 끝에 공(公)과 사(私)를 완벽히 일치시켰다.

〈충의에 대의를 겸할 수는 없나?〉

그것이 질문이라면, 그 대답이 눈앞에 있었다. 평생 협의를 추구하면서도 단 한 번도 정의를 포기하지 않는 한결 같은 사내가.

〈충의에 대의를 겸할 생각이 있나?〉

그것이 제안이라면, 그 해법이 눈앞에 있었다. 청사진을 그리고 계획까지 준비한 채, 도와줄 준비를 마친 무림의 거두가.

〈충의에 대의를 겸하지 않을 이유라도 있나?〉

결심하기만 하면 일사천리로 진행될 수 있도록 준비해둔 끝에, 손을 내밀고 있었다.

"별다른 외부활동이 없으셔서 의아했는데…… 이런 일을 준비하고 계셨군요."

맹목개는 개방의 내부구조를 잘 알았다.

개방도들은 적은 급료와 고된 생활 속에서도 불평하는 법이 없었고, 명령이 떨어지면 분골쇄신하며 목숨까지 기꺼이 내던지곤 했다.

오직, 의로운 명령일 때만.

뼛속부터 협객인 개방도들은 굴종하는 법을 모르니, 부당한 명령을 거부하거나 항명하는 것을 당연하게 여겼다.

개방의 방주는 거부할 수 없는 권력을 지닌 군주가 아닌, 받아들일 가치가 있는 명령만을 내려야 하는 지도자였다.

"방도들을 설득하고 계셨던 겁니까? 장평이 중원에 들어왔을 때부터?"

그렇기에, 불굴신개는 개방에 명령할 수 없었다. 대화하고 설득해야 했다.

"그렇네."

그렇기에 이제야 온 것이었다.

개방의 총의(總意)를 모아서, 평화협정을 준비한 지금에서야.

"후배와 동생이 다투고 있는데, 형이 되어서 수수방관할 수야 없지 않은가?"

"선배는…… 참으로 좋은 사람이로군요……."

묘수이자 묘책이었다. 파국을 막기 위한 해결책일 수 있었다.

만약, 이 싸움이 단순한 정사대전이었다면.

만약. 용태계가 단순한 폭군에 불과했다면.

"해결책일 수도…… 있었을텐데……."

맹목개는 슬픈 표정을 지었다.

그 모습을 본 불굴신개는 흠칫 놀랐다.

"자네……."

불편함이나 불쾌감이라면 이해할 수 있었다.

하지만, 슬픔이라니?

그건…… 맹목개답지 않았다. 짧지 않은 인연 속에서, 처음으로 보는 모습이었다.

그때. 불굴신개의 등 뒤에서, 나직한 목소리가 들려왔다.

"판단해라."

눈치채지 못한 사이에 다가온 용태계가 맹목개를 바라보고 있었다.

"……맹주?"

그러나, 용태계는 불굴신개에게는 눈길조차 주지 않고

말했다.

"너는 자유다. 그러니, 판단해라. 나는 무얼 해야 하는지. 너는 무얼 하고 싶은지를."

"……섬기고 싶습니다."

"그 또한 네 자유겠지."

뭔가 이상했다.

세간에 알려진 폭군과 간신의 모습이 아닌, 좀 더 뒤틀고 기괴한 무언가가 느껴졌다.

불길함을 느낀 불굴신개가 맹목개를 돌아본 순간. 맹목개는 고개를 떨구며 읊조렸다.

"……베십시오."

그 순간. 세 가지 일이 동시에 일어났다.

맹목개의 볼이 태어나서 처음으로 눈물에 젖었고, 불굴신개는 비탄 속에 입을 열었다.

"하지만……."

그리고 그의 말이 채 끝나기도 전에, 불굴신개의 목에 가는 혈선이 그어졌다.

불굴신개의 얼굴에 남은 슬픔은, 세상을 떠날 자신을 위한 것이 아니었다. 세상에 남을 사람들. 이제부터 고통을 겪어야 할 사람들에 대한 슬픔이었다.

'내가 막았어야 했는데.'

울 수 있게 된 후배를 보며, 울 수도 없을 의동생을 떠올리며.

범소는 한탄했다.

"하지만…… 평화가……."
스륵.
툭.
대협객의 목이, 바닥을 굴렀다.

　　　　　　＊　＊　＊

휘청.
턱.
장평의 몸이 벽에 닿았다.
"내 잘못이다. 이게 다 내 잘못이야."
장평의 얼굴이 기괴하게 뒤틀렸다. 분노와 슬픔. 후회가 뒤섞인 표정. 목과 얼굴까지 핏줄이 툭툭 불거졌고, 눈에는 핏발이 섰다.
〈범소 형님은 확실히 내 의형이시지만, 그 이전에 협객이시다.〉
장평이나 파리하 같이 이성적이고 타산적인 자들은 협객의 반응이나 행보를 도저히 예상할 수 없었다.
〈범소 형님의 포섭은 가능한 뒤로 미루는 편이 낫다.〉
그 때문에 장평은 범소와의 접촉을 뒤로 미뤄왔다. 폭군인 백면야차는 마교도인 장평보다 위험하며 그릇된 존재라는 사실을 증명하여 범소를 설득하려 했었다.
"범소 형님이 수수방관할 사람이 아님을 왜 몰랐을까?"
그러나, 협객인 범소는 이번에도 장평이 예상치도 못한

일을 시도하고 있었다.

무림맹과 마교. 아니, 맹목개와 장평의 화해라는 또 다른 길을.

"범소 형님부터 찾아갔어야 했다. 제일 먼저 만나서 이야기를 나눠야 했어!"

장평은 탄식했다.

개방은, 그리고 범소는 이 싸움의 전모를 착각하고 있었다. 회귀를 비롯한 괴력난신에 대해 알 도리가 없던 그는, 장평과 백면야차의 싸움을 온전히 이해할 수 없었다.

피할 수 없는 싸움이었고, 막을 수 없는 싸움이라는 사실임을 모르고 있었다.

'내가, 말하지 않았기 때문에!'

후개. 아니, 개방의 신임 방주는 감정을 억누른 목소리로 말했다.

"화해에 동의하십니까?"

"아니. 그럴 수 없소."

"……그렇군요."

개방의 신임방주는 장평을 바라보았다.

"사부님께서는 이번 화해 교섭에 큰 기대를 걸고 계셨습니다. 정확히는 장평 대마께요."

"내게 말이오?"

"현명함이 지나쳐 교활할 때가 있긴 하지만, 근본은 의로운 사람이라 하셨습니다. 장평 대마께서 합류할 정도면, 마교에도 나름대로의 올바름이 있을지도 모르겠다고요."

점잖은 태도는 범람하는 슬픔을 막은 둑이었고, 무미건조한 말투는 분함을 덮은 뚜껑이었다.

"맹목개는 한솥밥을 먹던 후배요, 장평 대마는 의형제. 마침내 무림과 마교의 평화협정을 이룩할 수 있을지도 모르겠다고 희망을 품고 계셨지요."

개방의 신임 방주는 장평을 바라보았다.

"하지만, 이 싸움은 세간에 알려진 것보다 복잡한 내막이 있는 모양이군요."

"그건······."

개방의 신임 방주는 장평의 변명을 끊었다.

"사부님의 죽음을 확신하셨잖습니까. 북경에 갔다는 이야기만 듣고도."

"······."

장평과 용태계. 두 회귀자들이 벌이는 이 싸움은 '현재'에서만 벌어지는 것이 아니었다.

장평과 백면야차는 서로를 완전히 이해하고 있었고, 그들이 무슨 생각을 할지도 예측할 수 있었다.

"······맞소."

화해는 불가능했다.

불굴신개가 개방을 등에 업고 화해를 압박한 순간, 맹목개는 생각했을 것이다.

〈우리가 이 제안을 거절하면, 공은 장평에게 넘어간다.〉

물론, 장평도 이 화해 자체는 거절할 수밖에 없었다.

그러나, 그다음이 문제였다.

〈장평은 불굴신개에게 회귀에 대해 말할 것이다.〉

장평에겐 명분이 있었다. 크게는 회귀의 연쇄를 끊고 작게는 폭군에 맞선다는 명분이.

사회 통념에 크게 어긋나지 않는 일이었다.

하지만, 백면야차의 목적은 달랐다.

무한히 회귀하여 완벽한 세상을 만들겠다는 그들의 야망은, 공감받기 어려운 것이었다.

〈진실을 알게 되면, 개방은 떠날 것이다.〉

크게는 천 리를 어지럽히는 것이며, 작게는 현세의 모든 이를 저버리는 일.

개방의 협객들이 용납할 수 없는 일이었다.

〈어차피 개방을 잃게 될 바에야……〉

포섭할 수는 없으되 적이 될 것은 분명한 초절정고수. 맹목개가 할 수 있는 일은 하나밖에 없었다.

〈……장평도 얻지 못하게 만들자.〉

현실적이고 합리적인 판단이었다.

화평 교섭을 위해 북경에 갔다는 말만 듣고도, 모든 것을 예상할 수 있을 정도로.

"내가 먼저 만났어야 했다."

그렇기에, 장평은 한탄했다.

시간은 많았고, 기회도 많았다.

"형님은 나를 먼저 만나셨어야 했어……."

그러나, 범소는 백면야차에게 찾아갔다.

하오문의 협조를 받아 잠행하는 장평을 찾는 것은 어려

운 일이지만, 백면야차는 늘 북경에 상주해 있었으니까.

"그래야 했습니다."

개방의 신임 방주는 장평을 노려보았다.

"장평 대마께서 얼마나 위대하고 정교한 계획을 짜셨는지는 모르겠지만, 그 계획을 숨겨 둔 탓에, 사부님이 돌아가셨으니까요."

"……."

아무 말 못 하는 장평을 보며, 개방의 신임방주는 살의를 담아 말했다.

"아직 살아계실 수 있던 사부님이요."

* * *

불굴신개 범소의 몸은 꼿꼿이 앉아 있었다.

그 모습을 보며, 바닥을 구르는 그의 머리를 보며, 맹목개는 말없이 눈물을 흘렸다.

"선배……."

감정이 없던 시절에 새겨진 회색빛 기억들에, 뒤늦게 색이 입혀지고 있었다.

범소가 얼마나 그를 아꼈는지. 얼마나 좋은 사람이었는지를 뼈저리게 느낄 수 있었다.

맹목개는 후회했다.

육체의 통증은 익숙했다. 살점을 잘리고 뼈가 부러져도 참을 수 있었다. 어떠한 고문도 그를 흔들 수 없었다.

'이토록 괴로워야 한다면, 사람의 마음 따윈 되찾지 않았으면 좋았을 것을.'

하지만, 슬픔은 견딜 수 없었다.

단장지애(斷腸之哀)라 했던가?

그야말로 내장이 찢어지는 것 같았다.

혈도를 짚을 수도, 움켜쥐어 통증을 달랠 수도 없는 어딘가가 후벼 파이는 느낌이었다.

맹목개는 흐느꼈다.

"……이런 일을 겪을 사람이 아니었습니다."

밀린 고마움과 닥쳐오는 회한 속에, 맹목개는 한탄할 수밖에 없었다.

"선배는…… 이런 꼴을 당해도 될 사람이 아니었습니다……."

용태계는 맹목개를 바라보았다.

"그렇다면 왜 그를 베라고 말했나?"

"주군을……."

범소의 머리가 맹목개의 눈에 들어왔다. 채 감기지도 못한, 슬픔이 담겨 있는 그의 눈이.

"……아니. 저를 위해서요."

맹목개는 눈물 속에 한탄했다.

어쩔 수 없는 일이었다. 그가 맹목개의 앞에 앉은 이상, 이런 결정을 내릴 수밖에 없었다.

"저는 틀리지 않았습니다. 이게 최선이었습니다."

몇 번을 반복해도, 맹목개는 같은 답을 내리리라. 답이 정해져 있는 악의적인 질문이니까.

이 질문의 정답은 질문 밖에 있었다.

"이런 상황 자체가 일어나서는 안 되는 거였습니다."

그 질문을 받지 않는 것.

눈물이 마른 그의 눈은, 깨달음을 얻은 사람 특유의 현기(賢氣)가 깃들어 있었다.

"틀렸다면……."

"……다시 시작하라."

용태계는 미소를 지었다.

타성에 젖어 현재를 버리지 못하던 그의 반신이, 마침내 깨달음을 얻어 일심동체(一心同體)가 되었기 때문이었다.

잃어선 안 될 사람을 잃은 뒤에야…….

"갑시다. 주군. 우리가 겪은 것들은 등 뒤에 놓아둔 채, 실수한 적 없는 다음 세상을 향해 나아갑시다. 벗어날 수 없는 악순환을 끊고……."

뒤틀리고 비뚤어진 확신이 맹목개를 완성 시키는 순간이었다.

"다시 시작하기 위해서!"

* * *

장평은 개방의 신임 방주에게 물었다.

"복수를 위해 오신 거요?"

"……아닙니다."

그러나 그는 애써 감정을 눌러 앉히며 말했다.

"다만, 진실을 듣고 싶긴 하군요. 사부님께선 듣지 못하셨던 진실을."

"나와 용태계는 회귀자요."

장평은 씁쓸한 표정으로 말했다.

"용태계는 완벽한 세상을 추구하며, 맹목개는 그 주구요. 그리고 나는 전생의 원한과 천하를 위하여 그들을 죽이려 하고 있고."

"……왜 사부님께 말씀하지 않으셨습니까?"

"어떤 결론을 내릴지 예상할 수 없었소. 그렇기에, 가능한 뒤로 미루고 있었소. 백면야차의 모순들을 드러내어, 그가 타도해야 마땅한 존재임을 증명한 뒤에 대화하려 했소."

"두려워하고 있었군요."

개방의 신임 방주는 장평을 바라보았다.

"예상할 수 없는 협객들과, 이해할 수 없는 협의를."

"맞소."

"날 보시오."

개방의 신임 방주와 대마두 장평은 눈을 맞췄다.

"장평 대마께서는 협의를 외면하셨소. 협객들을 이해하길 거부하셨소. 그리하여 사부님께서 돌아가셨소. 그러나 사부님께서는 이제 고인이시니, 내가 사부님을 대신하여 대마께 가르침을 드리겠소."

그가 타구봉을 뽑는 모습을 보며, 장평은 무거운 표정으로 고개를 끄덕였다.

"피하지 않겠소."

검후가 눈을 찌푸렸으나, 파리하는 그녀를 제지했다.

개방의 신임 방주는 타구봉을 휘두르지 않았다. 무기가 아닌 신물(神物)이자 상징으로서, 중간을 쥔 채 앞으로 내밀 뿐이었다.

"나는 진솔개(眞率丐)요. 부모가 버린 갓난아기였고, 개방은 나의 부모요. 나의 소망은 내게 주어진 선의를 갚는 것이오. 망설임 없이 나를 주워 길러 준 이들과, 그들이 망설임 없이 선의를 베풀도록 길러낸 개방에 보답하는 것이오."

진솔개는 흐느끼고 있었다.

해야만 하는 일 때문에 오랫동안 참아 온 눈물을, 이제서야 흘리고 있었다.

"이 모든 일이 대마께서 협의를 이해하지 못해 일어난 일이라면, 지금 이 자리에서 이해하시오. 앞선 사람들에게 선행을 빚진 이들이, 다음 사람들에게 선의를 갚는 것이 개방의 존재 의의임을 깨달으시오. 세상에 만연한 불의와 불운. 부당함과 부조리가 언제나처럼 약자들을 덮칠 때, 무고한 자들이 겪을 이유가 없는 고통을 받지 않도록 그 앞을 막아서는 것이 협의임을 잊지 마시오."

턱.

울먹이는 진솔개는 장평의 가슴에 주먹을 갖다 댔다.

"옛사람이 이어온 선의의 연쇄를, 장평 대마의 대에서 끊어지지 않도록 하시오. 이것이 협의고 협객의 삶이니, 이제 더 이상은 이해할 수 없다 외면하지 마시오."

타구봉을 쥔 주먹을.

"사부님께서 남기신 대마께서 행하는 일들이…… 사부님의 생애를 완성하는 것이니까……."

장평은 수십 가지의 징벌을 예상했고 수백 가지의 비난을 각오했지만, 그가 마주한 것은 정말이지 조금도 예상치도 못한 말이었다.

"……그 가르침. 평생 잊지 않겠소."

협객이란, 정말이지 예상할 수 없는 자들이었다.

"그리고, 선의의 연쇄를 이어 온 이들 앞에 맹세하겠소."

이제부터, 그가 되어야만 하는 사람은.

"다시 시작하겠다는 것을!"

장평이 엄숙히 선언하자, 진솔개는 긴 탄식과 함께 눈물을 닦았다.

"이로써, 사부님의 장례가 끝났소."

눈시울이 붉어진 그는 쉰 목소리로 말했다.

"혹시 숙부께서 양금이 남으셨다면, 조카나 개방이 아닌 천하에 갚으시지요."

"……숙부?"

"의숙부도 숙부 아니겠습니까?"

말투가 다시 존대로 변한 것을 보니, 진솔개는 마음의

앙금을 모두 털어낸 모양이었다.

 사실, 따지고 보면 범소를 죽인 것은 어디까지나 백면야차. 막지 못했을 뿐인 장평은 원한을 품을 대상은 아니었다.

 그러나 논리는 어디까지나 논리일 뿐. 사람의 감정은 그렇게 딱 맞아떨어지지 않는 법이었다.

 '털어냈구나. 이렇게 간단히.'

 맺고 끊음이 분명한 시원스러운 태도는, 장평이 도저히 닮을 수 없는 부분이었다.

 '협객…… 될 수 있을까……'

 장평이 착잡함을 느끼는 사이, 차분함을 되찾은 진솔개는 말했다.

 "이제, 산 사람들의 이야기를 하시지요."

 "알겠소."

 "……."

 "아니. 알겠다."

 무언의 압박을 못 이긴 장평이 말투를 바꾸자, 진솔개는 침착하게 입을 열었다.

 "개방은 중립을 취할 것입니다."

 "짐작하고 있었다."

 개방도 개개인이 호쾌하고 충동적인 것과는 달리, 개방이라는 조직의 움직임은 신중하고 조심스러웠다.

 큰 힘에는 큰 책임이 따르는 법.

 구휼마저 이뤄내는 개방의 저력이 잘못된 방향으로 펼

쳐지면, 되돌릴 방법이 없기 때문이었다.

특히, 인명이 빗물처럼 사라지는 무림의 일원이기에, 더욱 조심할 수밖에 없었다.

물건이야 배상이라도 할 수 있지, 죽은 자를 되살릴 방법은 없기 때문이었다.

"폭군과 대마두 중에서, 누가 더 불의한 자인지 판단할 수 없기 때문이겠지."

"회의를 진행 중이긴 하지만, 결론이 날지는 모르겠습니다."

진솔개는 착잡한 표정으로 말했다.

"저는 사부님이 아니니까요."

갑작스레 승계받은 신임 방주인 그는 전임자였던 불굴신개 범소가 가진 명성과 신뢰가 없었다.

"하지만 한 가지 확실한 것은, 파벌과 지위를 막론하고 백면야차에 대해서는 이를 갈고 있다는 겁니다."

"그렇겠지."

적국과 전쟁을 하는 도중에도 사신은 해치지 않는 것이 도의였다. 하물며 선의로 찾아간 중재자를 자기 집에서 해치다니?

강호의 도리와 손님의 법칙. 그리고 사신의 불문율 모두를 깬 무도한 짓이었다.

"개방은 황실 및 무림맹과의 협력을 중단했습니다. 이로써, 무림에서의 첩보망은 사실상 와해 되었습니다."

개방은 자체적인 정보력도 정보력이지만, 그 거대한 규

모를 활용해 일종의 허리 역할을 맡고 있었다. 우호적인 조직의 첩보원들에게 개방의 연락망을 공유해 주는 것으로서.

그런 개방을 잃은 이상, 백면야차는 눈과 귀가 막힌 것이나 다름없었다.

"이제부턴 변장 안 해도 되겠군."

파리하가 피식 웃을 정도였다.

죽은 범소의 명망을 생각하면, 초절정고수 영입 경쟁도 끝난 것이나 마찬가지였다.

장평은 석상처럼 서 있는 오방곤을 바라보았다.

"구명의선은 선물로 가져온 것인가?"

"제 호위를 겸해서 모셔 왔습니다. 그냥 놓아두면 놈들이 무슨 수작을 부릴지 모르니까요."

오방곤은 그제서야 장평에게 눈을 돌렸다.

"내가 네 선물이라고?"

"예. 백면야차와의 싸움을 도와주실 테니까요."

"난 백면야차와 싸울 이유가 없다."

"그들을 방치하면 사람들이 죽을 겁니다."

"전염력이 얼마나 되지?"

장평은 간단히 말했다.

"이 세상 모든 사람이요."

"역병이군."

"중병이기도 하고요."

감정이 희박한 오방곤은 드물게도 심각한 표정을 지으

며 말했다.

"치료법은?"

"감염원을 쳐 죽이면 됩니다."

"명료하군."

"참전하실 겁니까?"

"내가 역병과 싸워 생명을 구한 것은 더 비참한 최후를 선사하기 위함이 아니었다. 내 환자들이 천수(天壽) 이외의 사인으로 죽는 것은 용납할 수 없다."

오방곤은 고개를 끄덕였다.

"함께 하겠다."

대답한 그는 다시 석상처럼 움직임을 멈췄다. 기인이 초목처럼 많은 무림에서도, 오방곤은 유별나게 기이한 사람이었다.

장평은 진솔개에게 물었다.

"백면야차의 대응은?"

개방은 여러 분야에서 긴밀하게 협조하고 있었다. 그 말은, 백면야차의 상황을 훤히 꿰뚫고 있다는 뜻이었다.

진솔개는 차분히 답했다.

"무림은 아예 포기한 모양입니다. 남아 있는 인력들을 관원들의 감사와 고관대작들의 감찰 업무로 재배치하고 있습니다."

금의위와 동창은 본래 무림이 아닌 행정체계의 감시자들. 개방의 이탈로 효율이 떨어지자, 본업에 집중하게 된 모양이었다.

"무림맹 첩보부는 아직 남아 있을 텐데?"

"이유는 잘 모르겠지만, 태조의 행적을 조사하고 있는 모양입니다. 태조의 출생지인 봉양현(鳳陽縣)에서부터 승전을 거둔 전장 모두를 뒤지고 있습니다."

장평은 깨달았다.

'회생옥을 찾는 거로군.'

백면야차는 이번 회차를 포기한 모양이었다.

그들의 근본적인 모순. 상처투성이의 승리에는 가치가 없다는 사고방식이 너무 빨리 손을 놓게 만든 셈이었다.

'찾는데 얼마나 걸릴까?'

장평은 잠시 가늠해 보았다.

설령 청소반이 지니고 있다는 것을 알아낸다 해도, 정해진 질문을 현직 황제가 해야 했다. 질문의 존재조차 모르며 섭정에 불과한 용태계는 결코 단서를 찾을 수 없었다.

설령 단서를 찾는다 해도, 무수한 비밀통로 전체를 뒤져 이름 모를 무덤을 파헤쳐야 했다.

쉬운 일이 아니었다.

'인력이 늘었다 해도, 최소한 몇 년은 더 걸리겠지.'

진솔개는 장평을 보며 말했다.

"그리고, 지휘권을 위임받은 첩보부의 간부들이 항마부를 이끌고 움직이고 있습니다. 아마도, 은거고수들을 찾거나······."

"······사전에 제거해 두려는 거로군."

현재를 포기하고 회생옥을 찾는 것에 주력한다 해도, 장평과의 일전은 피할 수 없었다.

아군이 되지 않을 자들을 미리 죽여, 적이 될 가능성을 없애는 것이었다.

'현재까지 확보한 전력은······'

장평은 생각에 잠겼다.

일물자와 파리하. 그리고 북궁산도.

검후와 오방곤. 그리고 남궁풍양.

장평 본인까지 일곱이었다.

'부족하다.'

피의 혼례식 당시, 마교는 여덟 명을 보냈다. 초절정고수의 한계에 달한 북궁산도와 비효율적인 입신지경의 일물자. 그리고 대마 여섯까지.

기류를 비축해 둔 용태계의 신위 앞에 대패하여 패주했지만, 어쨌건 교전 자체가 벌어지긴 했었다.

장평이 노리는 것도 그 상황이었다.

최대한 많은 고수를 모아서, 인명피해를 무시하고 용태계에게 접근시킨다.

용태계가 손을 쓸 수 없고 발이 묶이는 상황을 만들어서, 장평을 위한 길을 열어 주는 것이 북경 습격전의 작전 목표였다.

'그래야 나를 쏠 수 있으니까.'

필살의 암기인 장평에게 길을 열어 주기 위해서 나머지 모두가 희생해야 하는 구조가.

'최소한 피의 혼례식 수준의 전력은 갖춰야 한다.'

그렇기에, 장평은 무림에서 최소한 다섯 명의 초절정고수를 영입할 생각이었다.

하지만 지금 모인 것은 셋.

검후와 오방곤. 그리고 남궁풍양 뿐이었다.

'범소 형님은 백면야차가 죽였고, 호연결은 내가 죽였다.'

그리고 호연결의 죽음을 목격한 척착호는 장평에게 원한을 품었다.

"……그래. 척착호."

장평은 진솔개를 바라보았다.

"척착호에 대한 정보는 없나?"

"북경으로 들어가긴 한 모양이지만, 그 뒤의 정보는 없습니다."

"북경……."

북경은 정보의 개미지옥. 모든 정보를 흡수하지만, 어떠한 정보도 내보내지 않는다. 개방이 등을 돌린 지금도 그 사실은 마찬가지였다.

"북경에서 아예 안 나온 건가? 아니면 나왔는데 추적할 수 없는 건가?"

"양쪽 다 확답할 수 없습니다만, 외부 활동이 목견된 사례는 없었습니다."

헤어졌을 때 그가 보였던 반응을 볼 때, 아군이 되기보다는 적이 될 가능성이 높았다.

'만약 그가 백면야차 측에 선다면, 힘의 균형은 무너질 수밖에 없다.'

백면야차로 향한 혈로를 뚫지 못하면, 장평을 쏠 기회조차 없었다.

장평이 고민하는 모습을 본 파리하는 차분히 말했다.

"전력 문제로 고민하는 거지?"

"그래."

"백면야차라면 지금 전력으로도 충분해."

"머릿수가 부족하다."

"그 대신 우리는 머리가 좋지."

파리하는 자신의 관자놀이를 톡톡 치며 말했다.

"패배는 경험이고, 경험은 지식이지. 우리는 분석하고 연구했으니, 전과는 다를 거야."

"그럼, 척착호는?"

최소한 북궁산도 수준의 무위. 그것도 권각이나 장풍 등의 타격은 흡수하여 내공으로 만드는 버리는 특이체질까지. 어떤 의미에서는 용태계보다도 까다로운 난적이었다.

"척착호. 그 괴물 말이지……."

파리하도 착잡한 표정을 지었다.

그녀 또한 비슷한 결론을 낸 모양이었다.

"척착호가 적으로서 참전한다면, 이 계획은 포기해야 해."

근본적인 구도 자체가 무너지는 셈이었다.

"설득하거나 암살해서 참전하지 못하게 만들던가……."

"……척착호를 전담할 전력을 추가로 확보하지 못한다면."

둘 다, 쉬운 일은 아니었다.

침중한 표정을 짓는 두 사람을 보며, 진솔개는 입을 열었다.

"도움이 될지는 모르겠지만, 드릴 정보가 남아 있습니다."

"그게 뭐지?"

"백면야차가 가지고 있던 초절정 고수들의 명단에는, 총 마흔한 명이 있었습니다."

진솔개는 한 장의 종이를 내밀었다.

"하오문의 명단에는 없는 다섯 명은 제가 적어 두었습니다."

장평이 받아서 읽어보자, 제일 첫머리에는 익숙한 이름이 적혀 있었다.

〈숭산 소림사. 각현. 생존 확인. 은거 중.〉

소림사에서의 일들을 떠올리며, 장평은 착잡한 표정을 지었다.

'하오문의 정보력이 딸리긴 딸리는 모양이군…….'

각현의 존재를 사전에 알고 있었다면, 그런 난장판을 겪지는 않았을 텐데.

별생각 없이 훑어보던 장평은 마지막 이름을 보며 흠칫 놀랐다.

"이 정보가 확실한가?"

"저희들은 잘 모르겠습니다. 백면야차 쪽에서 일방적으로 통보한 정보입니다."

장평이 명단의 마지막 이름을 짚자, 진솔개는 애매한 표정으로 말했다.

"찾기는 전부터 찾고 있던데, 최근에서야 단서를 찾은 모양입니다."

장평은 심각한 표정으로 종이를 읽었다.

〈모산(茅山). 현재 수색 중.〉

예상치 못한 곳에서 마주한, 결코 잊지 못할 이름.

〈허천영. 생존 유력.〉

무림삼신. 허공무신(虛空巫神) 허천영.

그 이름이 장평을 이끌고 있었다.

"모산으로 가자."

장평은 사람들을 돌아보며 말했다.

"역전의 기회를 잡으러."

* * *

목적지는 강소성 모산.

오방곤까지 더해진 네 초절정고수는 거침없이 내달렸다. 빠르고 평탄한 길을 골라 경공술을 펼쳤고, 휴식은 마차에서 취했다. 수면은 이틀이나 사흘에 한 번씩만 취했다.

"천하의 동향이 바뀌긴 바뀌었네."

파리하는 복잡한 표정으로 읊조렸다.

지금의 순조로운 강행군이 가능한 것은, 더 이상 남들의 이목을 피할 필요가 없어졌기 때문이었다.

언제나 느껴지던 감시의 시선도 사라졌고, 무림 방파들은 장평 일행의 움직임을 인지하고도 대응하지 않고 무시했다.

"불굴신개의 그림자가 드리운 덕분이겠지."

검후는 착잡한 목소리로 말했다.

예전의 무림인들은 명목상이나마 백면야차를 지지하고 있었다. 그를 위해 손해를 볼 생각은 추호도 없었지만, 장평을 견제하거나 정보를 공유하는 등 손해 보지 않는 선에서는 협력하곤 했었다.

그러나 지금. 무림인들은 명목상의 지지마저 거둔 상황이었다. 백면야차를 무림공적으로 선언하고 연합군을 결성하지 않는 것은, 장평을 위시한 마교가 백면야차와 격돌하기를 기다리고 있기 때문이었다.

폭군과 마두가 공멸하거나, 악전고투 끝에 약해진 승자를 해치울 기회를.

"백면야차가 무림 공적이 된 상황에서도, 마교 편은 안 드는 건가······."

장평이 한탄하자, 검후는 냉소했다.

"마두들과 한통속이 되어 오명을 뒤집어 쓸 정도로 어리석은 자가 얼마나 되겠나?"

파리하는 비웃었다.
"여기 있네. 자기 상황도 까먹는 얼간이가."
스릉…….
말없이 검을 뽑아드는 검후를 보며, 장평은 한숨을 내쉬었다.
"……작작 하십쇼. 좀."
그런 강행군 속에서도 사흘에 한 번 꼴이나마 객잔에 머무는 것은, 수면과 휴식보다도 세탁과 목욕을 위해서였다.
"흙먼지로 옷이 더러워졌다. 오늘은 객잔에 들리도록 하자."
"개인위생은 중요하다. 질병에 대한 효율적인 예방책이지."
품위를 중시하는 검후와 위생에 까다로운 오방곤. 딱히 틀린 말이 아니기에 마다하기도 어려웠다. 건량과 노숙보다는 따끈한 식사와 침상이 편안하다는 점도 무시할 수 없었고.
"그럼 오늘은 여기서 묵어 갑시다."
해가 질 무렵 객잔에 들어가자, 제각기 필요한 것을 요구하고 뿔뿔이 흩어졌다.
"장평. 넌 목욕 안 해?"
"할 거다."
파리하의 말에 장평은 서신들에 시선을 둔 채 말했다.
"우선 개방의 정보부터 확인하고."

모산 일대의 개방 분타들은 장평의 위치를 예상하여 암호문을 보내고 있었다.

"어때?"

"내일 아침 출발한 이후에는 무림맹 사람들과 마주칠 가능성이 있다. 미리 경고해 두는 편이 낫겠군."

"피해서 가자고? 아니면…… 보이는 족족 죽이자고?"

"피해가지. 굳이 원한을 쌓을 필요는 없으니까."

"그래."

파리하는 책상에 쌓인 여러 장의 종이들을 힐끗 보며 말했다.

"확실한 정보는 그게 전부야?"

"그래. 나머지는 부록 같은 거다."

하오문처럼 가짜 정보도 팔아 치우는 양아치들과는 달리, 개방은 정보의 신뢰도에 대한 구분도 확실했다.

〈확실: 무림맹의 여유 인력 태반이 모산에 투입되어 있음.〉

〈확실: 산 아래부터 훑고 올라가는 방식으로 수색을 진행 중.〉

〈가설: 실존한다는 사실은 확신하지만, 정확한 은거지는 모르는 것으로 추정.〉

내부 사정까지 면밀하게 전해 주는 정보에, 장평은 새삼스레 진솔개의 얼굴을 떠올렸다.

개방도들도 자신들이 할 수 있는 선에서는 장평에게 협조하고 있는 것이었다.

〈확실: 무림맹의 수색대는 신분이 불분명한 은거자를 발견할 경우 직접 접촉을 피하고 즉각 본부에 보고할 것과 상대방에서 먼저 말을 걸어 온 경우, 연배가 가장 높은 도교인이 대표로 대화할 것을 명령 받았음.〉

〈불확실: 수색대 내부에서는 허천영을 모산파(茅山派) 출신의 도사로 추정하고 있음.〉

〈참고자료: 모산파는 대략 당나라 시대에 폐문된 것으로 추정. 마찬가지로 지금은 폐문된 전진교(全眞敎)가 그 후신으로 추정.〉

〈가설: 정말 모산파 소속이라면 최소 수백 년 전에 은거했을 것이고, 수백 년 넘게 생존했다면 최소한 천수(天壽)를 넘어선 초절정고수 이상일 것으로 추정됨.〉

정보들을 확인한 장평이 생각에 잠기자, 파리하는 물었다.

"왜? 수상한 부분이라도 있어?"

"수상한 부분이 없다."

장평은 담담한 목소리로 말했다.

"그게 문제고."

지나칠 정도로 일관적이고 합리적이었다. 투자한 자원과 행보만으로도 허천영의 존재를 확신하고 있다는 것이 느껴질 정도였다.

장평이 수상함을 느낀 점은 바로 그 부분. 확신을 갖고 있다는 점이었다.

"개방이 실존 여부도 확신하지 못하는 은거기인을 무

슨 수로 찾았는지 모르겠군."

"회생옥처럼 황실 내부에 전해오는 기록이 있지 않았을까?"

"전진파가 망한 것도 삼백 년 전이다. 모산파는 최소한 그 이전에 망했겠지."

파리하는 장평을 바라보았다.

"허천영이란 사람. 실존하긴 해?"

"모른다. 전생의 '장평'도 풍문으로만 들었을 뿐. 실존 여부를 확신할 정도의 증거는 없었다."

"풍문치고는 너무 진지한데?"

장평은 신중한 목소리로 말했다.

"용태계와 척착호 둘 다 공언했기 때문이다."

"둘 다 한통속 아냐?"

"전생에는 아니었다. 천생투신 척착호는 용혈무신 용태계와 비무 친구였지만, 어디까지나 동등한 입장이었다."

전투광인 척착호는 무림지존인 용태계와 여러 차례 도전했고, 몇 번은 서로 큰 부상을 입을 정도로 격렬히 싸웠다.

그러나 두 사람은 서로 허물없이 편안한 사이였으나, 나이와 지위의 차이를 무시하는 그 친분은 노인과 청년이 바둑 친구나 장기 친구를 대하는 모습과 마찬가지였다.

"용혈무신이 거짓말을 했다 해서, 천생투신이 입을 맞춰 줄 이유는 없는 사이였지."

현재의 척착호가 용태계를 상관으로 대우하는 것은, 어디까지나 장평이 무림맹에 끌어들인 탓이었다.

파리하는 이야기를 정리했다.

"하여튼, '장평'의 기억과 어긋나는 부분은 없다는 거지?"

"그래."

"그럼, 좋건 싫건 허천영을 찾아야겠네."

장평도 고개를 끄덕였다.

"그렇겠지."

그 말을 끝으로, 해야 할 일은 모두 끝났다. 이제부터는 휴식을 취할 시간이었다.

장평은 서류들을 불태우고 점소이를 불렀다.

"목욕물을 준비해 줄 수 있겠나?"

"개인용 목욕통은 다 나갔고, 대형 하나밖에 안 남았습니다."

부모가 아이를 씻기거나, 연인이 서로를 희롱하기 위해 쓰는 목욕통이었다.

장평은 파리하를 바라 보았다.

"너 먼저 씻어라."

"피차 수면 부족인데, 굳이 내외하느냐고 휴식 시간을 줄일 필요는 없지 않아?"

파리하는 짓궂은 눈빛으로 장평을 바라보았다.

"같이 씻으면 되는데?"

* * *

 욕조에는 김이 모락모락 오르는 물이 찰랑거리고 있었다. 뜨거움과 따뜻함 사이의 어딘가에 머물고 있는 수온. 불필요한 배려로 띄워진 꽃잎들은 자극적인 향을 자아내고 있었다.

 그리고, 나신의 장평은 두 다리를 죽 뻗고 나른함을 즐기고 있었다.

 "후……."

 그리고 그 건너편에는 파리하가 있었다. 오래간만에 역용술을 푼 그녀는 마찬가지로 날씬한 두 다리를 장평 쪽으로 뻗은 채 목욕을 즐기는 중이었다.

 "외간 여자에게 알몸을 드러내다니."

 파리하는 장난스러운 눈빛으로 장평을 바라보았다.

 "참으로 음탕하군. 장평?"

 "그런 소리 할 거면 벗지를 말았어야지."

 파리하의 날씬한 여체를 보면서도, 장평의 눈은 건조하고 차분했다.

 "피차, 서로의 밑바닥을 본 사이잖나."

 "그래. 봤지."

 파리하는 씁쓸한 표정을 지었다.

 "서로의 밑바닥을 봤지……."

 무림맹 시절의 장평은 파리하에게 몇 번이고 굴욕적인 패배를 안겨 주었고, 십만대산으로 후송된 장평은 절망과 후회에 짓눌려 추한 모습을 보였다.

파리하는 장난스러운 미소를 지었다.

"특히, 무림에 돌아 온 이후에 말이야."

"……."

무림의 수많은 이는 장평을 두려워하고 있었다. 숙청당한 한 사내가 대마두로서 중원에 복귀한 이후, 모든 것이 바뀌었기 때문이었다.

섭정이자 무림맹주였던 용태계는 이제 무림공적으로 낙인찍혔고, 배신자이자 마교도였던 장평은 무림을 종횡무진하고 있었다.

"하지만, 나는 네 진면목을 알고 있지."

파리하는 다리를 꼬았다. 그녀의 발가락이 장평의 종아리를 훑어 올라가자, 장평은 파리하의 작은 발을 손으로 막았다.

물에 젖은 발가락들은 진주알처럼 고왔다.

파리하는 속삭이듯 말했다.

"우린 그냥 운이 좋았을 뿐이었다는 걸."

"아니라곤 못 하겠군."

장평은 선선히 인정했다.

장평의 교활함은 기회를 놓치지 않는 결단력이었지, 기회를 만드는 능력이 아니었다.

"백면야차의 근본적인 약점을 물어뜯었을 뿐이니까."

세상 모든 사람에게 허세를 부릴지라도, 파리하에게만은 허세를 부릴 이유가 없었다.

장평에 대해서 장평 본인만큼 잘 알고 있는 그녀에게는.

"잘했어. 장평. 네 덕분에 여기까지 올 수 있었어."

"……의외의 말이군."

"진심이야."

파리하의 외눈이 장평을 향했다.

평소와는 다른 친근한 눈빛이었다.

"이제, 모산에서의 일이 끝나면 북경 습격이겠지?"

"그렇겠지."

"우리가 길을 열어 주면, 백면야차를 끝장낼 자신은 있어?"

장평은 잠시 침묵했다. 그는 평소와는 달리 솔직한 목소리로 말했다.

"잘 모르겠다."

"그래……."

입신지경에 이른 것이 용태계의 무(武). 그나마도 한계를 보인 적도 없는 상태였다.

아무것도 장담할 수 없었다.

"그저, 할 수 있는 것은 다 해 볼 뿐이지."

그 순간, 파리하는 몸을 앞으로 기울였다.

찰랑.

가벼운 물보라와 함께, 그녀가 다가왔다.

피하기엔 너무 좁은 욕탕 안에서 사내의 단단한 허벅지 위에 날씬한 여체가 실렸다.

숨결이 서로의 몸에 닿을 정도로 가까운 거리. 체온과 체취는 벌써부터 뒤섞이고 있었다.

"유혹하는 거냐?"

"그래. 유혹하는 거야."

파리하는 장평의 어깨 위에 두 팔을 얹었다.

"알고 있어?"

코끝이 닿을 만한 그 거리에서, 그녀는 속삭였다.

"초절정고수들. 아니, 환골탈태한 자들은…… 자식을 가질 수 없다는 것."

"안다."

매끈한 피부 너머로, 여체 특유의 부드러운 무게감이 수컷의 몸을 짓누르고 있었다.

"……무슨 의미로 한 말인지는 모르겠지만."

피임이 불필요하니 부담 없이 몸을 섞자는 말하는 것일까? 아니면 또 다른 목적이 있는 것일까?

장평은 판단할 수 없었다.

파리하답지 않은 행동이기 때문이었다.

"거래하자. 장평."

파리하의 두 팔이 장평의 목을 휘감았다. 깊이 파고든 파리하의 고개. 그녀는 장평의 귓가에 입술을 둔 채 속삭였다.

"내가 줄 수 있는 모든 것을 줄게. 내가 해 줄 수 있는 모든 것을 해 줄게."

사내의 거친 뺨과 여자의 부드러운 뺨이 닿았고, 건강

한 두 육체는 빈틈없이 포개어졌다.
"한 가지만 약속해 준다면, 뭐든지."
"원하는 것이 있다면 그냥 부탁해라."
장평은 파리하의 등허리를 손가락 끝으로 훑어내렸다.
"……안 어울리는 짓 하지 말고."
"……훗!"
움찔한 그녀의 온몸이 굳어지는 모습을 보며, 장평은 쓴웃음을 지었다.
'처녀구나…….'
맨얼굴을 보이는 것조차 동요하던 모습에 어느 정도 짐작하고 있었지만, 아직 남자를 모르는 것이 분명한 모습이었다.

장평은 조심스럽게 그녀를 밀어냈다.

촉감은 멀어졌지만, 그 대신 그의 눈이 날씬한 나신을 담았다.

"약속해라. 장평."
"그 소리 한 번만 더 하면, 들어보지도 않을 거다."
"……."
파리하는 복잡한 눈으로 장평을 바라보았다. 그러나, 자신이 장평을 이긴 적이 한 번도 없음을 떠올린 그녀는 체념하며 말했다.

"……너는 백면야차로 향하는 길을 열기 위해, 모든 고수를 화살받이로 쓰겠지. 교주님을 비롯한 모든 고수를."

장평은 미간을 찌푸렸다.

"……이제 와서 비난하려는 것은 아니겠지?"

"비난하지 않아. 장평. 그게 우리의 최선이라는 사실은 나도 인정하고 있으니까. 나는 그저, 네게 부탁하려는 것뿐이야."

"무엇을?"

"작전을 짜는 것은 너지. 모든 고수들을 내던질 생각을 하면서도, 누가 먼저 희생될지를 계산하고 있을 거야."

파리하는 장평을 보며 말했다.

"안 그래?"

"아직은 아니지만, 작전을 짜긴 짜야겠지."

"선택의 여지가 넓진 않겠지만, 네가 선택할 수 있는 부분도 있을 거야."

"있겠지."

"아마도 너는, 가능한 적은 희생을 목표로 하고 전술을 짜고 있을 거야."

장평은 파리하를 바라보았다.

그녀가 하려는 부탁. 아니, 모든 것을 내주면서까지 원하는 것이 무엇인지를 깨달았기 때문이있다.

"……일물자에 대한 얘기를 하려는 거냐?"

"그래."

비효율적이긴 하지만 일물자 또한 입신지경의 고수. 장평은 그를 중심으로 대 용태계 전술을 짤 생각이었고, 일물자 또한 그 사실을 받아들이고 있었다.

"나 같은 범인과, 교주님처럼 위대한 현인의 목숨이 같은 값이어선 안 되는 거잖아."

그러나 지금. 북경이 저 멀리 보이는 이 순간. 파리하는 자신의 몸을 장평의 품에 내던지며 말하고 있었다.

"불필요한 인정에 이끌리지 말고, 공정하게 계산해."

찰랑.

찰랑대는 목욕물 속에서, 파리하는 닫혀 있는 장평의 입술에 억지로 입술을 포갰다.

"세상에서 가장 위대한 지성을, 인류에게서 빼앗지 말아 줘……."

파리하의 몸은 장평이 기억하고 있던 것보다 훨씬 작고 날씬했다.

그녀의 약점이 육박전인 것도 그 때문이리라. 겉으로는 거인처럼 꾸밀 수 있을지 몰라도, 그 안에 들어있는 근골은 변함이 없으니까.

'작구나.'

장평은 느꼈다.

'위대한 아버지를 둔, 작은 소녀로구나.'

일물자는 좋은 사람이었고 좋은 군주였다. 입신지경의 무인이자 세기의 석학이었다.

"네 아버지는 그렇게 말하지 않을 거다."

"알아. 교주님은 책무를 방기할 사람도, 자기 대신 자식을 희생시킬 사람도 아니니까."

그리고, 위대한 아버지였다.

딸의 인생에 본의 아니게 그림자를 드리울 정도로.

"그래서 네게 부탁하는 거야."

파리하는 장평을 보며 말했다.

"너도 알잖아. 내가 천년을 산다 한들, 교주님이 백 년 동안 이룬 것들의 반도 이루지 못할 것임을."

"네겐 미래가 있다."

파리하는 초절정고수이자, 일가를 이룬 기책의 달인이었다. 객관적으로 볼 때, 그녀는 어리석음이나 무능과는 거리가 멀었다.

"교주님께도 미래는 있어."

그저, 일물자가 너무 거대한 사람이었을 뿐.

"교주님과 내 나이 차이는 고작해야 수십 년에 불과해. 범인들의 수십 년이야 한평생이지만, 환골탈태를 한 우리는 최소한 수백 년 이상 살아남을 거니까."

장평은 문득 깨달았다.

〈환골탈태한 사람은 자식을 가질 수 없다.〉

그 말은 일물자와 파리하에게 동시에 적용되는 말이었다.

피차 자식을 가질 수 없고 수명에 구애되지 않는다면, 못난 자식이 위대한 부모보다 오래 살아야 할 이유가 무엇이겠는가?

"……그게 널 몰아붙였던 거냐."

장평은 새삼스레 적으로 마주했던 시절의 혼돈대마를 떠올렸다.

책략가에 걸맞지 않게 쉽게 동요하던 그녀의 모습은,

아버지보다 유능한 유일한 분야인 첩보전에서는 질 수 없다는 자부심과 압박감 때문이었다…….

"우리가 정말 백면야차를 무찌르고 미래를 쟁취할 수 있다면, 그 미래가 필요로 하는 것은 내가 아닌 교주님일 테니까……."

파리하는 장평의 가슴에 머리를 기댔다.

"그러니, 약속해 줘. 장평. 내가 줄 수 있는 것은 나 자신밖에 없지만, 이거라도 받고 올바른 판단을 해 줘……."

"……네 입장은 기억해 두겠다."

장평은 팔을 뻗어 파리하를 끌어안았다.

파리하는 잠시 움찔했으나 그대로 눈을 감았다.

그러나 그것은 수컷이 암컷을 옭아매는 구속이 아닌, 어린아이를 다독이는 어른의 손길이었다.

"하지만 내 마음을 바꾸기 위해 이럴 필요는 없고, 벌써부터 정해야 할 필요도 없다."

스물다섯의 어른은 예순을 넘긴 어린 소녀를 다독이며 말했다.

"어디서 어떻게 죽을지는, 싸울 수 있을 때 생각해도 늦지 않다. 일단은 허천영을 찾는 일에 집중하자."

"만약 허천영을 얻는데 실패한다면……."

"그 또한, 실패한 뒤에 생각할 일이다."

장평은 파리하의 정수리에 자신의 이마를 부딪혔다.

"……아야."

딱 소리와 함께, 파리하는 뾰로통한 표정을 지었다.

"왜 때려?"

"뭐? 바닥을 본 사이? 외간여자 앞에서 알몸이라 음탕하다고? 처음부터 덮칠 생각이었던 것은 너였으면서?"

장평은 투덜거리며 파리하의 볼을 꼬집었다.

"……뭐 하는 거야?"

"미인계가 장난으로 보여? 옷만 벗었다고 걸려 주게? 세상에, 손길만 닿아도 움찔거리는 주제에 무슨 놈의 미인계야?"

파리하는 발끈했다. 부끄러움 섞인 홍조를 띤 채로.

"내 몸가짐이 떳떳한 게 욕먹을 짓이냐?"

"떳떳함이 자랑거리라면, 끝까지 떳떳하지 못한 것은 부끄러운 일이겠지?"

"……욱."

말문이 막힌 파리하는 투덜거릴 수밖에 없었다.

"……얄미운 놈."

장평은 쓴웃음을 지으며 욕조에서 일어났다. 그는 피부에 기를 돌려 몸에 남은 물기를 그대로 증발시켰다.

"난 밥 먹으러 갈 거다. 너는 네 편할 대로 해라."

옷을 꿰어 입은 장평은 문밖으로 나왔다.

식당으로 내려갔을 때, 이미 목욕을 마친 검후와 오방곤이 식사를 하고 있었다.

장평은 잠시 거리와 소음을 가늠해 보았고, 그리 달갑지 않은 결론을 내렸다.

장평은 그들의 식탁에 앉았다.

"듣고 계셨습니까?"
"그래."
초절정고수의 청력이라면, 들을 수밖에 없다는 것을.
"짓궂으시군요."
장평은 두 사람을 바라보았다.
"제가 걱정해야 할 일이 생겼습니까?"
"아니."
검후는 젓가락 끝으로 먹고 입술 끝으로 마셨다.
"무림인들이 지켜보고 있거늘, 이제 와서 죽음이 두렵겠느냐? 비굴하게 살아남아 호사가들의 조롱거리가 되느니, 당당하게 죽어 명성을 남길 것이다."
"하지만 검후께는 고왕추가……."
"남겨질 사람들에 대한 준비는 마쳤다."
우아한 태도의 그녀는 대수롭지 않게 말했다.
"구선희는 대만도에 남겨 둔 내 유산을 상속받을 것이다. 그 안에 영약과 비급도 남겨 두었으니, 다음번은 무리여도 다다음 번 검후 자리를 쟁취할 수 있을지도 모르지."
"고왕추는요?"
"내가 그를 필요로 한 것이지, 그가 나를 필요로 한 것이 아니다. 그를 위해 금은을 넉넉히 남겨 두었으니, 내 할 몫은 다 한 셈이다."
검후는 짓궂은 표정으로 말했다.
"그리고, 너 또한 내 유산이 될 것이고."

"제가 말입니까?"

"만약 내가 죽고 너만 살아남는다면, 네가 그들을 돌봐줄 것이 아니냐."

"저라고 딱히 목숨을 아낄 마음은 없습니다만……."

"용태계를 죽이는 데 성공한다면, 네 계획대로 되었다는 뜻이 아니겠느냐? 설마하니 성공해 봤자 죽게 될 계획을 짜진 않을 것 아니냐?"

장평은 쓴웃음을 지었다.

"그도 그렇군요."

오방곤도 무미건조한 목소리로 입을 열었다.

"대역(大疫)을 상대하는 싸움이니, 나 또한 죽을 각오는 되어 있다. 죽음 이후의 일도 준비해두었고."

"죽음 이후의 일이라면……?"

"진솔개와 거래를 했다. 내가 작성한 진료 일지들과 쓰다 만 의서. 그리고 내 무공을 포함한 모든 의발을 자격 있는 후인에게 전하겠다고."

오방곤은 희미하게나마 미소를 지었다.

"개방에는 의로운 자가 넘치니, 그 안에 의술로서 의로울 자 하나쯤은 있겠지. 사람이 서툰 내가 직접 고르는 것보다 훨씬 나은 인재가."

"살아서 하실 일도 많을 것입니다."

"이만큼 살았으면 죽을 때도 됐다."

오방곤은 무표정한 얼굴로 말했다.

"나보다 나은 후인이 내 뒤를 잇는다면, 현세의 대역을 외면할 이유는 없으니까."

 장평이 묵묵히 고개를 끄덕이는 그 순간.

 검후는 장평에게 물었다.

 "그러는 너는 준비가 되어 있느냐?"

 "예?"

 "오늘. 혹은 먼 훗날에 네 삶이 다하게 된다면, 넌 무엇을 남길 것이냐?"

 그녀는 장평을 보며 물었다.

 "누구에게 남길 것이고?"

 장평의 뇌리에 한 가지 사실이 스쳤다.

 〈환골탈태한 사람은 자식을 가질 수 없다.〉

 그 말에 속하는 것은 일물자와 파리하뿐만이 아니었다.

 '그렇구나. 나도, 자식을 가질 수는 없는 거구나.'

 장평 또한, 환골탈태를 거쳤으니까.

 그와 동시에, 한 가지 사실을 깨달았다.

 '나 홀로, 수백 년을 살아야 하는 거구나.'

 무공을 모르는 남궁연연과 용윤은 천수를 넘지 못할 것이다. 북궁산도도 언젠가는 죽음에 따라잡힐 것이다.

 '아무도 없는 삶을…….'

 아내도 잃고, 자식도 없는 삶.

 그 길이 얼마나 길고 쓸쓸할지를 떠올려보니, 장평은 가슴이 답답해졌다.

 '나는 이 세상에 무얼 남길 수 있을까?'

 장평은 억지로나마 잠을 청했다.

긴 밤을 뜬눈으로 지새우면서.

*　*　*

다음 날 아침.

간만의 숙면으로 피로를 푼 장평 일행은 다시 강행군에 돌입했다.

"무림인들이다."

고수는 하수의 인기척을 느낄 수 있지만, 하수는 고수의 인기척을 느낄 수 없는 법.

"우회하죠."

장평 일행은 어렵잖게 이목을 피해 모산으로 접근할 수 있었다.

잠시 쉬면서 잡담을 나누던 동안.

"안색이 안 좋은데, 고민이라도 있어?"

파리하의 질문에 장평은 쓴웃음을 지었다.

"잠을 좀 설쳤을 뿐이다."

"이유 없이 설치진 않았을 거 아냐."

장평이 침묵하자, 파리하는 넌지시 권했다.

"너 스스로 해결할 수 없는 고민이라면, 누군가에게 의지할 생각은 없어?"

"도움 받고 있잖나. 너와 다른 사람들에게."

"좀 더 근본적인 도움 말이야."

장평은 파리하의 말을 이해했다.

"신앙을 가지라는 말인가?"

"판단은 네 자유지만, 네가 결정한다면 내가 도와줄 수는 있어. 회교는 천하 종교 중에서 가장 합리적이고 과학적인 종교니까."

"괴력난신은 지긋지긋하다."

"……그렇구나."

파리하는 묘하게 씁쓸한 표정으로 고개를 끄덕였다.

"그렇다면…… 어쩔 수 없지."

다시 시작된 강행군 끝에, 모산의 지척에 도착했다.

"의원님."

나지막히 말한 장평은 오방곤을 보았다.

개중 최고수인 오방곤은 눈을 감고 기감에 집중했다.

"네 짐작대로다. 무공을 익힌 자들이 대열을 이루어 산을 오르고 있다."

"얼마나 됩니까?"

"수백. 고수는 얼마 없다."

"허천영은요?"

"못 느꼈다."

둘 중 하나였다.

오방곤보다 한 수 위. 입신지경의 고수이거나, 허천영이란 인물 자체가 존재하지 않거나.

일단은 믿어야 했고, 믿는다면 찾아야 했다.

"저들이 아래에서 위로 올라간다면, 우린 위에서 아래로 내려갑시다."

"우리는 넷에 불과해. 무작정 뒤지기엔 일손이 모자라."

파리하의 지적에, 장평은 산세를 훑으며 말했다.

"허천영이 실존한다면, 무림에 나서지 않은 은둔자였을 거다. 무명의 일개 도사에게 폐관수련을 할 만한 재력이 있을 것 같진 않군."

돌을 깎아 만드는 폐관수련용 석실은 공사비가 이만저만 드는 것이 아니었다. 거기에 산속이라면 공사는 더욱 어렵고 비싸기 마련.

천하의 흑검객조차도 자연 동굴에 문짝만 달아 놓은 수준이었다.

"사람이라면 물이 필요할 터. 폭포나 냇가 주위를 찾아보자."

"……그래."

장평은 사람들에게 하나씩 산봉우리를 배정해 주었다. 전음이 닿을 만한 거리였다.

"전음은 계속 유지해. 무림맹 사람들은 건드리지 말고."

"그래."

사람들은 제각기 흩어졌다.

장평이 수색할 곳은, 산 중턱에 안개를 두른 산봉우리였다.

'안개?'

장평은 고개를 갸웃거렸다.

다른 산봉우리에는 안개가 없었기 때문이었다.

'길조인가. 흉조인가.'

무심코 생각한 장평은 쓴웃음을 지었다.

신앙을 거부했으면서도, 길흉을 논하는 미신을 버리지는 못했기 때문이었다.

'가자.'

장평은 경공술을 펼쳐 산을 오르기 시작했다. 무림맹의 수색대를 교묘하게 통과한 그는 안개를 뚫고 정상에 올랐다.

"……흠."

뭔가…… 기분이 이상했다.

모산에 들어선 순간부터, 다른 곳에서는 느낄 수 없던 무언가가 느껴지고 있었다. 묘하게 익숙하게 느껴지는 무언가.

장평은 옆 산의 파리하에게 전음을 보냈다.

〈파리하.〉

〈왜?〉

〈뭔가가 느껴진다. 뭔지는 모르겠지만, 묘하게 익숙한 무언가가.〉

〈난 모르겠는데?〉

검후와 오방곤의 대답도 똑같았다.

'기분 탓인가?'

장평은 주변을 돌아보며 하산하기 시작했다.

어느새 주변은 안개로 가득했고, 장평은 자신이 길을 잃었음을 깨달았다.

방향도, 위치도 가늠할 수 없었다.

'……음.'

그는 눈을 감고 기감에 집중했다.

그리 멀지 않은 곳에서 한 사람이 느껴졌다.

'일류 무인. 한 사람.'

혼자인 것을 보니, 수색대 같지는 않았다. 아마도 원래부터 여기에 살던 현지인이리라.

장평은 인기척을 향해 몸을 날렸다.

"……?"

장평이 뭔가 이상함을 느낀 것은, 족히 일 다경 가까이 경공술을 펼친 뒤였다.

'왜 거리가 좁혀지지 않지?'

산속에서 길을 잃는 것은 불규칙적인 경사 때문이었다. 지금처럼 목표를 명확히 인지한 상태라면, 길을 잃을 이유가 없었다.

한 번 더 시도했지만, 인기척과의 거리는 변함이 없었다.

장평은 문득 발밑이 낯이 익음을 깨달았다.

'제자리로 돌아왔다.'

묘하게 익숙하게 느껴지는 무언가.

비정상적인 안개.

거기에 원위치로 돌아오는 기묘한 지형까지.

괴력난신에 이골이 난 장평은 확신했다.

'비현실적이다.'

장평은 '현실'의 세계관을 펼쳤다. 권(圈)이 안개를 밀어내자, 그는 천천히 걸음을 옮겼다.

안개를 뚫고 도착한 곳은, 하나의 계곡이었다. 작지만 수량이 많은 폭포를 중심으로, 그 주변에 오래전에 버려진 폐가들이 보였다.

'폭포?'

일반인도 놓치기 힘들 웅장한 물소리를 들으며, 장평은 당혹감을 느꼈다.

수원이 있고 폭포가 있다면, 물줄기가 있어야 했다. 하지만 이 산봉우리에 안개 아래로 이어지는 냇물은 존재하지 않았다.

'내가 대체 어디에 도착한 거지?'

길잡이는 단 하나. 인기척뿐.

장평은 일류 고수를 향해 걸음을 옮겼다.

썩어 무너져가는 폐가들 속에서, 그나마 집 형태는 갖춘 집이었다.

난방도, 조리도 아닌 연기가 굴뚝에서 오르고 있었다. 담장조차 없는 초가집 앞에서, 장평은 헛기침을 하며 인기척을 냈다.

"계시오?"

잠시 후, 문이 열렸다.

놀랍게도, 구면이었다.

"어……?"

"……엥?"

장평은 미묘한 표정으로 물었다.

"당신이 왜 여기에 있소?"
"왜 여기 있기는."
집주인은 퉁명스러운 표정으로 말했다.
"여기가 우리 집인데."
그 순간, 장평의 머릿속에 무언가가 스치고 지나갔다.
"모산(茅山)의 운무봉(雲霧峰)."
비정상적인 안개 속. 도착할 수 없는 비경(祕境). 아래로 이어지지 않는 계곡까지.
그 이름을 들어 본 적이 있다는 것을.
"……신선곡(神仙谷)."
눈앞의 사내. 화선홍의 잡담 속에서.

* * *

"살다 살다 손님 맞아 보긴 처음이네."
화선홍은 껍질을 덜 깐 삼을 내밀며 말했다.
"딱히 대접할 건 없고, 이거라도 먹을래?"
산삼인지 인삼인지는 모르겠지만, 족히 백 년은 묵었을 크기였다. 장평은 사양하며 말했다.
"여기가 신선곡인가?"
"몰랐나?"
"몰랐소."
장평은 주변을 돌아보며 말했다.
"무림맹에 남아 있을 줄 알았는데."

"백면야차 어쩌고 하면서 꼴이 요상하게 돌아가길래 일찌감치 퇴사했지. 슬슬 의서 집필하기 시작해야 할 때도 됐고 해서."

화선홍은 장평을 보며 물었다.

"어떻게 여기까지 온 거지?"

"사람을 찾고 있소."

"아니. 목적이 아니라 수단. 어떻게 신선곡에 들어왔냐고."

"일종의 진법? 결계? 사람의 발길을 되돌리는 무언가가 펼쳐져 있었소. 무공으로 뚫고 들어왔는데, 혹시 상하진 않았나 걱정되는 구려."

"진법? 결계? 이 주변에 그런 게 있었어?"

"꽤 강력하던데. 몰랐소?"

"뭐지……?"

화선홍은 고개를 갸웃거렸다.

"하여튼, 여긴 무슨 일로 온 건데? 누굴 찾고 있는 거고?"

"은거 기인을 찾고 있소. 짚이는 바가 있소?"

"뭐야. 또라이(奇人)를 찾으러 온 거냐?"

그는 피식 웃었다.

"잘 찾아왔네. 모산에 득시글거리는 '영험한 무당'들만 모아도, 천인대 하나쯤은 만들 수 있을걸."

"유명무실한 사이비를 찾는 것이 아니오. 고강한 무인. 혹은 그에 비견될 능력을 지닌 자를 찾는 거요."

화선홍은 미심쩍은 표정으로 말했다.

"무당들은 모두 사기꾼이니 그렇다 치고, 무림인을 왜 여기서 찾는 건데?"

"허천영이라는 이름을 들어 본 적 있소?"

"없는데. 내가 알아야 하는 이름인가?"

"모산파 출신의 고수니까."

"모산파 출신의 고수?"

화선홍은 고개를 갸웃거렸다.

"어디서 무슨 헛소리를 들었는지 모르겠지만, 모산파에는 무림인이 있을 수 없어."

"⋯⋯무슨 소리요?"

"무림인들은 파(派)자 붙으면 다 무림방파로 착각하는 모양인데, 모산파는 무공이랑 전혀 관계없는 도교의 분파야. 사이비 중에서도 덜떨어지고 정신 나간 놈들이 모인 쓸모없는 곳이라고."

"모산파에는 무림인이 없다고?"

장평은 등줄기에 식은땀이 흐르는 것을 느꼈다.

"모산파에 가 볼 수 있소?"

"어렵지 않지."

화선홍은 폐가 중 하나를 가리켰다. 폐가 중에서도 더 상태가 심각한, 폐허라고 불러야 마땅한 집이었다.

"저기 있으니까."

"⋯⋯그럴 리 없소."

"없긴 뭐가 없어?"

화선홍의 비웃음에, 장평은 이를 악물었다.

"모산파의 멸망은 수백 년 전. 당신이 잘못 알고 있을 수도 있소."

"모산파가 망했다고? 그건 또 누가 퍼트린 헛소리야?"

"모산파가…… 망하지 않았단 말이오?"

"안 망했어. 업종을 바꿨을 뿐이지."

"혹시 모산파의 사람이 남아 있다면, 찾아 줄 수 있겠소?"

"어렵지 않지."

화선홍은 삼을 아작아작 씹어먹으며 말했다.

"네 눈앞에 있으니까."

"……!"

장평은 눈앞이 아찔해지는 것을 느꼈다.

'당했다.'

장평의 뇌리에, 옛 기억이 스치고 지나갔다.

〈혹시, 허천영이라는 사람 아십니까?〉

장평 스스로가, 허천영이라는 이름을 입에 올렸음을.

〈기억이 안 나는군. 내가 알아야 하는 이름인가?〉

절대 말하지 말았어야 했던 자.

백면야차 용태계에게!

장평은 다급히 전음을 보내려 했으나, 그 누구에게도 전음이 닿지 않았다.

"치잇!"

장평은 경공술을 펼치며 신선곡을 빠져나갔다.

'함정이다.'

허천영이 실존하느냐 아니냐는 중요하지 않았다. 중요한 것은, 장평이 그 이름을 신경 쓰고 있다는 것이었다.

맹목개는 허구의 존재 허천영을 만들었고, 전력을 다해 그를 수색했다. 허천영이 실존한다면 취했을 일관적인 조치들로, 장평 또한 허천영이라는 허구를 공유하게 만들었다.

그게 함정이었다. 장평을 속이기 위한 함정.

그리고, 이 함정의 목적은 단 하나.

원하는 위치로 장평을 유인하는 것이었다.

신선곡의 안개에서 빠져나온 순간.

장평은 동료들에게 전음을 보내기 위해 기감에 집중했다.

그 순간.

쿵……

존재감은 하늘을 덮고, 위압감에 땅이 울렸다. 예민해진 기감을 후려치는 압도적인 존재감에, 장평은 순간적으로 현실 감각을 잃었다.

느껴지는 것은 오직 하나.

오장육부를 도려내는 듯한 끔찍한 살의뿐.

"오래간만이구나. 사기꾼."

악몽이어도 끔찍할 일이, 현실에서 이뤄지고 있었다. 충격으로 얼어붙은 장평의 눈앞에, 예상치 못했던 존재가 비웃음을 짓고 있었다.

"비참하게 도륙당할 준비는 됐나?"
인세를 걷는 흉신.
무림지존 용태계가.

* * *

고수가 존재감을 숨기면, 하수는 발견할 수 없었다.
중원 전체를 활용한 술래잡기가 성립할 수 있던 이유였다.
그러나, 무(武)의 규칙은 결코 장평의 편이 아니었다. 백면야차에게도 공정하게 적용되는 것이었다.
용태계가 존재감을 숨기려 한다면, 장평은 찾을 수 없었다…….
"다 끝났다고 생각했나? 이겼다고 생각했어?"
장평은 긴장하며 식은땀을 흘리고 있었다. 용태계는 비웃음 속에서 장평을 바라보았다.
"생각하고 있나? 지금 이 상황에서도 대책을 강구하고 있어?"
산속의 큰 호랑이가 하룻강아지를 툭툭 치며 장난치듯이, 용태계는 껄껄 웃었다.
"그래. 아직 네겐 선택의 여지가 있지."
빠름에 모든 역량을 투자한 장평은 단순히 속도로만 따지면 용태계와 비등하거나 우월했다. 용태계의 앞에 선 이 순간에도, 장평에게는 선택의 여지가 있다는 뜻이었다.

"다른 떨거지들을 어떻게 쓸지 판단할 기회가."

전음을 써서 동료들을 이곳으로 불러들인다면, 아무것도 모르는 그들은 용태계의 아가리 안으로 뛰어들 것이다.

"선택해라. 오늘 이 자리에서, 내게 도륙당할 버러지가 누구인지를."

그들이 죽어가며 번 잠깐의 시간으로, 장평은 도망칠 시간을 얻을 것이었다.

"너냐? 아니면 네 떨거지들이냐?"

그러나, 장평 혼자서는 북경 습격을 시도할 수 없었다. 그 반대도 마찬가지였다. 장평이 남아 동료들의 혈로를 연다 해도, 장평이 없다면 용태계를 잡을 자가 없었다.

'물론, 어떤 판단을 내려도 살아서 도망칠 수는 없을 테지만.'

맹목개는 이 한 번의 함정에 모든 것을 걸었다. 초절정 고수인 장평은 수색대의 무위를 알아볼 수 있을 터. 자신이라면 뚫고 지나갈 수 있다고 판단한 순간, 그들은 미리 준비시킨 암기들을 사용할 것이었다.

이 모든 함정과 준비보다 앞서는 것이 용태계 본인.

장평이 도망친다 해서, 용태계가 무사히 보내 줄 이유는 없었다……

"시간을 더 줘야 하나?"

용태계의 조롱에, 장평은 하늘을 우러러보며 긴 한숨을

토해 냈다.

"생각해 보면, 피의 혼례식 이후 처음으로 마주하는군."

"그래. 그런 셈이군."

"기회가 닿는다면, 네게 묻고 싶은 것이 있었다. 아마도 지금이 그 기회인 것 같군."

"그런 모양이구나. 사기꾼."

용태계는 어깨를 으쓱해 보였다.

"저승 가는 노잣돈 삼아 답해 주마. 뭐가 그리 궁금하더냐?"

"이래도 되느냐? 너는 정말로 이래도 된다고 생각하는 거냐?"

"그래."

"왜?"

"할 수 있으니까."

용태계의 말에는 일말의 주저도 없었고, 그 낯빛에는 한 조각의 그늘도 없었다. 그야말로 천하를 오시하는 제왕의 기풍이었다.

"이러면 안 되는 거라면, 왜 내가 이럴 힘을 가질 수 있었겠는가? 천명이 아니고서야 누가 나를 신으로 빚어냈겠는가?"

"그렇구나. 강함 그 자체가 네 답이구나."

장평은 씁쓸한 표정을 지었다.

"얄팍하다. 슬플 정도로 얄팍해. 용태계. 본색을 드러내기 전의 너는 지금보다 훨씬 아름다웠다."

"유언이 마음에 든다. 네 시체는 종잇장처럼 얄팍하게 잘라 주도록 하마."

주변의 산봉우리에서 인기척이 느껴졌다.

장평이 전음으로 동료들을 불러 모은 것이었다.

'도망칠 셈이구나.'

용태계는 은밀히 내공을 사지로 뻗었다.

호연결은 용태계의 하위호환. 그가 할 수 있는 것은 용태계도 할 수 있었고, 당연히 더한 것도 할 수 있었다.

천하의 모든 무공이 한 몸에 더해졌으니, 무림에서 존재하는 상승무공 중 용태계가 쓰지 못할 무공은 없었다.

'속임수를 쓰지 못한다면, 사기꾼이 어찌 날 상대할 수 있겠는가?'

그 순간. 장평은 몸을 날렸다.

"……어?"

정면. 용태계를 향해서!

'빠르긴 하다만, 대처할 수 있다.'

용태계는 순간적으로 당황했지만, 바뀌는 것은 없었다.

스스로 다가온다면 쳐 낼 뿐이었다.

용태계는 원거리 공격을 준비했던 내공들로 호신공을 펼쳤고, 동시에 장평을 요격할 준비를 했다.

'소림사의 정보대로다.'

장평이 오른손으로 흑검을 발검하는 그 순간.

쿵!

발밑이 울리며, 급가속한 장평이 예상을 넘는 속도로

쇄도했다.

'빠르······.'

빠르다는 경고는 받았지만, 예상보다 훨씬 빨랐다. 견제 한번 뻗어보지 못한 채 턱 밑까지 다가온 장평을 보며, 용태계는 이를 악물었다.

'흑검이 온다.'

오른손의 흑검이 위압적인 존재감을 발하고 있었다.

'베지 못하는 것이 없는 흑검이.'

용태계는 신법을 펼쳐 뒤로 물러나 예봉을 피하려 했다.

그러나 그 순간.

장평은 흑검을 손에서 놓았다.

그가 즐겨 쓰던 속임수. 검 놓기였다.

"······어?"

푸욱!

흑검의 검신이 땅에 박히는 것과 동시에, 장평의 왼 주먹이 용태계의 얼굴을 후려쳤다.

"생각했나? 용태계? 네 대가리로 생각씩이나 했나?"

용태계의 온몸에서 힘이 빠져나갔다. 언제나 충만했던 내공이 사라지자, 젖은 솜에 눌린 것처럼 사지가 무겁고 느려졌다.

'태허합기공······!'

용태계는 당황했다.

'설마 이게 나한테도 먹힐 줄이야?!'

장평의 무기는 둘. 태허합기공과 흑검이었다. 그러나 장평은 호연결과 소림사를 상대함에 있어 오직 흑검만을 활용했으니, 용태계는 내심 확신하고 있었다.

태허합기공에는 한계가 있을 거라고.

그러니 흑검일 거라고.

그리고 그는 모르고 있었다.

일부러 소림사에서 굳이 초음속과 흑검을 노출한 것은, 용태계를 오답으로 유인하기 위함이었다는 것을!

"네 저능함으로 나와 수 싸움을 하려 했어?"

쾅!

용태계의 몸이 허공에서 빙글 돌았고, 장평은 그대로 용태계의 턱을 잡고 바닥에 내리찍었다.

콰직!

"천명을 운운했느냐? 네가 할 수 있다는 것이 네가 해도 된다는 증거라고 했어?"

용태계는 천하의 모든 상승무공을 익혔지만, 상승무공 중 내공 없이 펼칠 수 있는 것은 없었다.

내공이 다할 일이 없는데, 내공 없이 싸우는 법을 배울 필요가 어디 있겠는가?

'어? 어어?'

그렇기에, 용태계는 수렁 속에 빠져들 수밖에 없었다.

경험 부족이었다.

진흙탕 막싸움으로 십년을 먹고 살았던 '장평'을 상대로, 내공이 없는 그가 할 수 있는 것은 아무것도 없었다!

"아직도 그렇게 생각하나? 지금도 그렇게 생각해?"

장평은 주먹을 퍼부었다.

용태계의 뒤통수가 대지를 들이받을 때마다 뇌가 흔들렸고, 용태계는 점점 주먹에 취해가고 있었다.

어질어질한 시야 속에서, 장평의 일그러진 얼굴이 보였다.

'정말이네.'

그리고, 용태계는 깨달았다.

'장평 이놈은…… 정말로 날 잡을 방법이 있었네……?'

그를 본 장평이 놀라고 당황했던 것은, 두려움이나 패배감 때문이 아니었다는 것을. 꿈도 꾸지 못한 기회가 제 발로 찾아온 것에 당황했을 뿐이라는 것을.

"약자로서 처맞고 있는 지금. 네게는 무엇이 남아 있느냐?!"

장평은 울분을 토해 내며 주먹을 꽂았다.

피 묻은 주먹을 낙인처럼 용태계의 얼굴에 꽂으며, 장평은 포효했다.

"이 덜떨어진 철부지 놈아!"

田生武士

3장

3장

무림맹 추살과의 공손첨은 눈을 비볐다.
'이게 대체 어떻게 된 일이지?'
피의 혼례식 이후, 무림의 동향은 안개 속과 같아 분명한 것이 아무것도 없었다.
특히나 무림맹은 그 중심. 안개 속에서 길 잃은 사람처럼 없는 명령들이 번복되고 철회되기 일쑤였다.
모산에서의 수색 작전만 해도 그랬다.
정확히 무얼 찾아야 하는지도 모르는 채로, 무작정 찾으러 가라고 윽박지를 뿐이었다.
당연하지만 공손첨은 이곳에서 장평을 보게 될 줄은 상상조차 하지 못했고, 용태계가 나타나는 것도 예상하지 못했다.

그러나 가장 놀라운 것은, 그의 눈앞에서 벌어지는 일이었다.

'내가 대체 뭘 보고 있는 거지?'

퍽! 퍽! 콰직!

무림지존이 두들겨 맞고 있었다. 무림공적은 뒷골목 깡패들처럼 주먹을 꽂고 있었고, 용태계는 주정뱅이처럼 저항조차 못하고 움찔거리고 있을 뿐이었다.

'저게 정말로 장평인가?'

이제는 먼 옛날처럼 느껴지는 혈옥혈사. 무당파의 배신자 이막연이 음모를 꾸몄을 때, 마교를 증오하던 무명소졸 장평은 그를 찾아왔었다.

〈공평무사하신 공손 대협의 존성대명은 전부터 익히 들었으니까요.〉

나중에야 알았지만, 그의 말은 모두 거짓이었다. 작전에 참가할 권한조차 없던 장평이 초면인 공손첨을 적당히 속여넘긴 것이었다.

훗날 떠올려보니, 그야말로 장평다운 일이었다. 교활함과 임기응변으로 위업을 이루시민, 무력도 실력도 없이 임기응변만으로 적당히 때워 넘길 뿐인 쭉정이라는 점에서.

'내가 알던 그 장평이 맞는 건가?'

외모에는 변함이 없었다. 무림에 출도한 지 서너 해. 청년이 늙기에는 너무 짧은 시간이었다.

'내 기억과는 전혀 다른 사람인데?'

달라진 것은 단 하나. 눈빛뿐이었다. 총명하지만 경박하던 혈옥혈사의 때와는 달리, 지금의 장평은 원숙함과 정한함을 겸비한 묵직한 눈빛을 발하고 있었다.

자신이 품은 복수심에 휘둘리던 얄팍한 청년은, 복수심을 덮을 정도의 깨달음을 자신의 넋에 품은 것이었다.

인세를 걷는 신을 막아서는 자.

사람 사이(人間)의 한 사람으로서!

'마교를 증오하던 자가, 마교의 주구로 돌아와 자신이 섬겼던 무림지존을 쓰러트리다니.'

용태계의 최후를 직감한 공손첨은 만감이 교차하는 것을 느꼈다.

'세상일이란 정말 알 수 없는 법이로구나.'

* * *

퍽. 퍽.

축 늘어진 용태계의 얼굴에 주먹을 꽂을 때마다, 끝이 다가오고 있었음을 느낄 수 있었다.

'백면야차는 여기서 죽는다.'

장평은 만감이 교차하는 것을 느꼈다.

예상하지 못한 때와 장소였지만, 어쨌건 승리는 승리. 여기서 용태계를 죽일 수 있다면, 북경에서는 싸움조차 벌어지지 않을 터였다.

회생옥만 찾아서 파괴하면 끝이었다.

안 그래도, 동료들도 지척까지 온 상황.

'악순환은 여기서 끝난다.'

여러 삶에 걸친 기나긴 악연. 회생옥으로 시작된 모든 기사(奇事)가, 마침내 인과응보로서 마무리 되는 것이었다......

그 순간, 안개를 뚫고 파리하가 모습을 드러냈다.

'태허합기공 상태구나.'

그녀는 한눈에 상황을 파악했다.

용태계의 내공을 봉하는 동시에, 장평의 내공도 봉해진 상황. 굳이 맨주먹으로 두들기고 있는 것은, 검 놓기의 속임수로 흑검을 버린 탓이리라.

파리하는 지풍을 장전하며 말했다.

"숙여. 장평."

봉해진 것은 장평의 내공이지 파리하의 내공이 아니었다. 장평이 고개를 기울여 발사각을 열어주자, 파리하는 주저 없이 지풍을 쏘았다.

핑!

살의 가득한 지풍이 용태계의 머리를 꿰뚫으려는 순간.

파앙!

어디선가 날아 온 또 다른 기운이 지풍을 부수고 지나갔다. 파리하의 지풍보다 두 배는 빠르고, 다섯 배는 강렬한 일격이었다.

"......?!"

장평과 파리하는 크게 놀랐다. 그들이 고개를 돌려 방

해자를 확인하려는 그 순간.

콰악!

엄청난 살기와 중압감이 장평과 파리하를 찍어 눌렀다. 송곳으로 내장을 찌르고 밧줄로 목을 조르고 있는 듯한 압박감이었다.

"흡…… 허윽…… 큭……."

특히, 내공이 봉해진 장평은 실제로 호흡이 어지러워질 정도였다.

'누구지?'

초절정고수인 장평이 존재감을 느끼지 못했고, 단순히 살기를 발하는 것만으로도 온몸이 굳어버렸다.

거기에, 이 기질(氣質).

'용태계나 일물자와는 본질적으로 다르다.'

군주의 자질을 가진 용태계는 사람을 사로잡는 왕기(王氣)를 발했고, 학자이자 종교인인 일물자는 경외심을 부르는 현기(賢氣)를 지녔다.

그러나, 이 존재감은 그들과는 궤가 달랐다.

'살기(殺氣).'

……나는 널 죽일 수 있으며, 지금부터 널 죽일 것이라는 일방적인 의지.

글자 그대로의 살기였다.

'완벽한 살인자다.'

장평이 진실로 두려움을 느낀 것은 그 순간이었다.

누군지 몰라서가 아니었다.

그 반대였다. 무위와 기질. 그리고 이 순간 이 자리에 존재한다는 점에서, 상대방이 누구인지 짐작이 갔기 때문이었다.

'아닐 거다. 아니어야 해.'

이를 악문 장평이 천천히 고개를 돌린 그 순간.

후욱!

운무봉을 맴돌던 안개가 흩어졌다. 하늘의 구름은 잘려 나갔다.

칼에 잘린 두부처럼 깔끔하고 간단하게.

그 칼은 한 사내의 눈빛이었고, 칼끝이 향한 곳은 장평이었다.

저벅.

장평과 용태계를 둘러싸고 서 있던 군중들은 자신도 모르게 한 걸음 물러나 대열을 열었다. 감히 그 사내의 걸음을 막아선 안 된다는 본능적인 두려움이었다.

인파 사이로 열린 오솔길을 걸으며, 사내는 장평을 바라보았다.

"약속을 지키러 왔다. 대마두."

예상하던 자의, 예상했던 눈빛.

"척착호……."

다가오는 사내를 보며, 장평은 이를 악물었다.

"네 교활함이, 정말로 내 성취를 감당할 수 있는지 시험하기 위해서!"

천부의 재능을 가진 자. 천생투신 척착호가 장평을 향

해 다가오고 있었다.

 입신지경에 도달한 두 번째 무림인이.

* * *

 '내 손으로 영입하고 수련시킨 사내가, 내 원수가 되어 내 앞을 가로막다니.'

 살기 등등한 척착호의 모습을 보며, 장평은 만감이 교차하는 것을 느꼈다.

 '세상 일이란 정말 알 수 없는 법이로구나.'

 긴장한 파리하는 뒤로 주춤주춤 물러나며 장평에게 전음을 보냈다.

 〈어떻게 할 거야?〉

 장평이 스스로에게 묻는 것도 그것이었다.

 '이 상황에서 내가 뭘 할 수 있지?'

 그는 모든 기억을 되짚으며 필사적으로 생각했다.

 '척착호의 파훼법이나 약점은?'

 단순한 무위만을 놓고 본다면, 용태계는 척착호보다 한 수 위였다. 완벽하게 설계된 육신과 무수한 상승무공들까지.

 그러나, 용태계에게는 근본적인 약점이 있었다.

 경험 부족. 그리고 방심.

 사람으로서 지닌 결점들이, 용태계를 파훼할 수 있게 해 주었다.

〈척착호는 약점 없어?〉

그러나, 척착호는 아니었다.

그는 오랫동안 전쟁을 치른 숙련병이었고, 방심의 위험함과 장평의 교활함을 잘 알고 있었다.

신중하게 다가오는 척착호를 보며, 장평은 숨이 턱 막히는 것을 느꼈다.

'틀렸다.'

도저히 파고들 구석이 보이질 않았다.

장평은 좌절했고, 그의 표정을 본 파리하도 상황을 깨달았다.

장평조차도 뾰족한 수가 없다는 것을.

"용태계를 죽여."

파리하는 차분한 표정으로 말했다.

"무슨 일이 벌어지건 신경 쓰지 말고."

불길한 말에 장평이 흠칫 놀라는 그 순간.

쉬익! 쉬익!

안개를 뚫고 두 자루의 비검이 척착호에게 날아들었다.

"검후?"

척착호는 보지도 않고 허공에 손을 뻗어 한 자루를 움켜쥐었고, 스스로 맥동하며 손아귀 안에서 발버둥 치는 검을 악력으로 제압했다.

"흡!"

그리고, 그 검으로 다른 한 자루의 비검을 후려쳤다.

뚝! 뚝!

두 자루의 검신이 부러지고 잘려 나가는 그 순간.

"죽어라. 얼간아!"

파리하는 필사적으로 돌진하며 장풍과 권풍. 지풍을 사격했다.

얼핏 보기에는 마구잡이처럼 보이지만, 탄속을 면밀히 계산해 동시에 적중하도록 펼친 탄막이었다.

두두두두두두!

십여 발의 공세가 척착호의 급소들에 적중했지만, 파리하의 표정은 승자의 것이 아니었다.

"괴물……!"

"너희들의 생각대로는 안 될 거다. 마교도."

척착호는 피하지 못한 것이 아니었다. 호신공을 펼친 채, 피하지 않고 맞아준 것이었다.

시선은 여전히 장평을 노려보고 있는 채로!

"너희가 무슨 수작을 부리건, 신경 쓰지 않을 테니까!"

파리하가 척착호의 등 뒤로 돌아가 연신 공격을 퍼부었지만, 호신공을 펼친 척착호는 신경조차 쓰지 않고 장평만을 주시하고 있었다.

정공법.

병법의 근본이자, 척착호가 선택한 장평의 파해법이었다.

힘으로 압도할 수 있는 상대를, 굳이 효율적으로 이길 필요는 없었다.

피해를 줄이려다 교활한 적에게 휘둘리느니, 손해를 보

고 피해를 입더라도 뚝심으로 밀어붙이려는 것이었다.
"어차피, 무슨 짓을 벌인다면 장평 네놈이겠지!"
파리하는 빠르게 움직이며 척착호의 사각지대에서 공격을 퍼부었으나, 척착호는 호신공으로 급소만 보호한 채 얻어맞으며 전진하고 있었다.
"이 사기꾼!"
타격을 흡수하는 사기적인 체질에, 무지막지한 방어력의 호신공까지. 파리하가 공격을 퍼부어봤자 내공만 보태주는 격이었다.
"일전의 가르침은 고마웠다. 마녀야!"
파리하에 대한 대책을 세우고 온 모양이었다.
"치잇……!"
점점 다가오는 척착호를 보며, 장평은 용태계와 척착호를 번갈아 가며 바라보았다.
'용태계를 놓고 척착호에게 가야 하나?'
때려죽이기엔 이미 늦었다. 그렇다고 태허합기공을 풀면 용태계도 회복될 터였다.
장평이 고민하는 그 순간.
안개 속에서 두 인영이 쇄도했다.
검후와 오방곤이었다.
"하아압!"
맨손의 검후는 손날에 기를 실어 검술을 펼치려 했으나, 척착호는 그녀가 실은 기 이상의 내공을 집중한 손바닥으로 손날을 받아냈다.

"검후와 검술을 다투지는 않겠다."
콰직!
척착호는 검후의 손을 악력으로 부수고, 그대로 안개 속으로 집어 던졌다.
그 순간. 어느새 쇄도한 오방곤이 무감정한 얼굴로 말했다.
"용태계의 동지(同志)인가?"
"부하다."
"그렇군."
오방곤은 그대로 척착호의 뺨을 후려쳤다.
"……?"
생사결 와중에 따귀를 때리다니?
'뭐지? 치매인가?'
천하의 척착호도 예상하지 못했는지 고개를 갸웃거렸다.
그 순간.
퍽!
척착호의 귀에서 피가 주룩 흘러내렸다.
따귀로 얼굴이 흔들리는 그 미세한 진동에 내공을 실어 고막에서 터트린 것이었다.
"의술이군."
척착호는 오방곤의 얼굴을 향해 주먹을 휘둘렀다. 그러자 오방곤은 내력을 실은 손바닥으로 척착호의 팔뚝을 후려쳤다.

주먹의 궤도를 틀어 수비를, 그 팔뚝의 근육을 파열시켜 공격을 가하려는 것이었다.

 퍽!

 "……음."

 절반의 성공이자, 절반의 실패였다.

 주먹은 궤도를 바꿔 오방곤의 얼굴 옆으로 스쳐 지나갔지만…….

 "훌륭하다."

 내공 공격은 실패. 오히려 오방곤의 손바닥이 터져 너덜거리고 있었다. 척착호의 주먹은 실초가 아닌 미끼에 불과했고, 그가 정말로 노리던 것은 내공의 싸움이었다.

 오방곤이 초절정고수 중에서도 내력 운용의 명인이었지만, 척착호는 교묘함이나 효율 따위는 신경 쓰지 않고, 압도적인 내공의 양으로 밀어붙인 것이었다.

 "사람 잡는 법에는 이골이 났군."

 오방곤은 무미건조한 목소리로 말했다.

 무인(武人)이 용태계의 대극, 초식이나 기교 같은 것은 신경조차 쓰지 않고, 제멋대로 차고 때리면서 내공만 퍼붓는 투사(鬪士)의 싸움이었다.

 "칭찬 고맙다. 마교의 앞잡이!"

 쾅!

 척착호는 오방곤의 가슴 정중앙을 후려쳐 안개 너머로 날려 버렸다.

 어느새 돌아온 검후가 안개를 뚫고 쇄도하는 그 순간.

"······셋?"

척착호는 검후가 차고 있는 검집이 셋임을 깨달았다.

"둘밖에 없었는데?"

그 순간, 척착호는 다급히 장평에게로 고개를 돌렸다.

"······아차!"

장평은 빈손을 높게 치켜들고 있었다. 마치 예리한 검을 쥐고 있기라도 하듯이.

"칠채보검?!"

척착호가 내공을 실은 주먹으로 허공을 후려치자, 주먹에 얻어맞은 공기가 대포알처럼 날아갔다. 장평과 용태계 사이의 허공을 스쳐 지나가는 순간, 척착호는 장평이 빈손이었다는 사실을 깨달았다.

'그럼, 칠채보검은?'

옆구리에서 화끈한 통증이 느껴진다 싶은 순간, 검후는 그대로 일장을 후려쳤다.

푸욱!

내장 깊숙이 검신이 들어왔다.

칠채보검을 손에 쥐지 않고 눈앞에 띄워 두었다가, 척착호가 한눈을 파는 순간 쑤셔 박은 모양이었다.

"생각하지 말걸."

척착호는 투덜거렸다.

그는 검후의 발목을 움켜쥐고 수건처럼 휘둘렀다.

빠각! 콰직!

발목이 부러지는 소리와, 팔이 부러지는 소리가 동시에

들려왔다. 어찌어찌 팔로 땅을 짚은 모양이었다.
 척착호는 검후를 거꾸로 들어 올린 채, 그녀의 가슴을 꿰뚫을 기세로 일권을 내질렀다.
 펑!
 그 순간, 검후의 몸이 그네처럼 흔들리며 척착호의 일권이 허공을 갈랐다. 파리하가 장풍으로 검후를 흔든 것이었다.
 그러나, 척착호는 파리하를 신경 쓰지 않았다.
 무시하는 것.
 그것이 그가 마련한 파리하 대책이기 때문이었다.
 "뒤를 봐라. 척착호."
 "싫다."
 검후의 말을 무시하고 다시 한번 휘두르려는 그 순간.
 스륵!
 무언가가 척착호의 목을 휘감았다.
 '혼돈대마겠지.'
 무시하고 힘을 쓰려던 척착호는 몸에서 힘이 쭉 빠져나가는 것을 느꼈다.
 "……태허합기공?"
 척착호가 용태계를 돌아본 순간.
 용태계는 홀로 누워 움찔거리고 있었다.
 "……혼자?"
 장평 없이, 혼자서.
 "무슨 짓을 벌일 거면 나일 거라고 하지 않았나?"

척착호의 목에 팔을 감은 장평은 냉소했다.
용태계의 봉인을 잠시 풀고 척착호에게 붙은 것이었다.
"생각하지 않겠다는 생각도 생각이다. 척착호!"
파리하가 장평에게 용태계를 죽이라고 말했을 때, 장평은 그 의미를 깨달았다.
'척착호에게 들려주는 거다.'
전음이 아닌 육성으로 말한 이유를.
'기회를 봐서 제압한다.'
장평은 척착호가 자신에게서 시선을 돌리기를 기다렸고, 그 기회를 놓치지 않았다.
그러나, 상대는 약자였던 적이 없는 용태계가 아니었다. 백전연마의 척착호는 당황하지 않고 뒤로 몸을 던졌다.
"이긴 것처럼 말하지 마라. 대마두!"
쿵!
장평의 등이 돌부리에 꽂혔다. 땅이 모루요 척착호의 몸이 망치였으니, 충격은 장평의 몸을 뒤흔들었다.
"커헉!"
장평의 집중력이 흐트러진 순간, 척착호는 목에 감긴 장평의 팔뚝을 붙잡았다. 속도에 치중해 초절정고수 중에서도 신체능력이 약한 장평을 완력으로 제압하려는 것이었다.
"척착호! 들어라!"
그 순간, 장평은 왼팔을 풀고 척착호의 옆구리에 박힌 칠채보검을 움켜쥐었다.

"이 일에는 네가 모르는 내막이 있다!"
"그렇겠지. 세상 모든 일에는 내막이 있고 곡절이 있을 테니까!"

척착호는 경멸 어린 목소리로 말했다.

"그런데, 내가 겪는 일들의 모든 내막을 알 필요가 있나? 우리나라가 백 년 전에 잘못했으면 날 죽이려는 눈앞의 왜구에게 죽어 줘야 해?"

"……!"

"누가 뭘 잘못해서 시작된 전쟁이건 전쟁은 전쟁. 어쩌다 내 앞에 섰는지는 몰라도 적병은 적병이다!"

척착호는 장평과는 또 다른 의미에서 '현재'에 집중하는 인물이었다. 과거에 신경 쓰지 않고, 미래를 생각하지 않으며 시시비비와 인과(因果)를 따지지 않는 자였다.

"나는 내가 본 것만 믿는다. 부장님은 기회를 주었다는 것과, 네놈은 그걸 뿌리쳤다는 것!"

"설명할 기회만이라도 다오."

"배신자에게 줄 것은 죽음뿐이다!"

척착호가 힘을 쓰기 시작하자, 장평도 마음을 굳혔다.

"……어쩔 수 없지."

장평은 그대로 칠채보검을 쑤셔 넣었고, 척착호는 장평의 왼팔을 움켜었다.

"끄으으으……."

힘 싸움에서 이긴 척착호는 장평의 팔을 비틀고 칠채보검을 허리에서 뽑아냈다.

"이겼다!"
"아니. 졌다."
장평이 척착호의 두 팔을 붙잡은 그 순간.
오방곤이 그들의 앞에 섰다.
"……!"
척착호는 당혹감을 느꼈다. 배를 보이고 누운 자세. 두 팔 모두 장평에게 붙잡힌 지금, 그는 모든 급소가 드러난 상황이었다.
우웅…….
오방곤이 주먹에 내공을 싣는 모습을 보며, 척착호는 호신공을 펼쳐 받아 내려 했다.
하지만, 내공이 일어나지 않았다. 그 순간, 척착호는 쓴웃음을 지었다.
"아, 맞다. 태허합기공."
저 멀리서 파리하가 용태계에게 쇄도하고 있었다. 자리를 비운 장평 대신 용태계의 숨통을 끊으려는 것이었다.
그 순간. 싸움은 끝났다.
"아아아아아아!"
용태계가 사자후 일성을 토해 내는 것으로.
"……어?"
삐이이이이…….
이명(耳鳴)이 들려왔고, 눈앞이 흔들렸다.
'그사이에 회복했단 말인가?'
장평은 취한 것처럼 일렁이는 시야로 그 모습을 지켜보

앉다.
 '심각한 뇌진탕 상태였는데?'
 용태계가 파리라도 쫓듯 팔을 저어 파리하를 튕겨 내는 모습과, 오방곤이 피를 토하며 무너지는 모습을.
 "으...... 으으으으......!"
 피에 물든 흉신이 포효하고 있었다.
 "아아아아아......!"
 천지를 흔드는 포효를 들으며, 장평은 이를 악물었다.
 '졌다.'
 사람의 교활함이, 신위(神威)에 꺾이는 순간이었다.

 * * *

 저벅. 저벅......
 용태계가 걸어오고 있었다.
 붓고 터졌던 얼굴의 상처들은 매 걸음마다 눈에 띄는 속도로 아물고 있었다.
 장평의 사투가 그에게 남긴 것은 겨우 두 가지. 피에 젖은 얼굴과 상처 입은 짐승처럼 흉험한 안광뿐이었다.
 "......"
 빠악!
 그 순간, 척착호는 뒤통수로 장평의 얼굴을 들이받았다. 튕겨 나듯 몸을 일으킨 그는 그대로 발을 들어 올렸다.
 "죽어라. 대마두!"

척착호의 발이 장평의 머리를 짓밟아 부수려던 찰나.

쾅!

어느새 다가온 용태계가 척착호의 발을 걷어찼다. 척착호는 허공을 한 바퀴 돌아 여력을 해소하고 땅에 내려앉았다.

"음?!"

용태계의 눈. 상처 입은 짐승과도 같이 흉험한 눈은 장평을 향한 것이 아니었다. 그가 노려보고 있는 것은 척착호였고, 분노와 살기가 향하는 것도 척착호였다.

"……맹주님?"

그 사실을 깨달은 척착호는 당혹스러운 표정을 지었다. 그로서는 도저히 이해할 수 없는 상황이기 때문이었다.

'왜 나한테 화를 내는 거지?'

용태계는 상처 입은 짐승처럼 이를 악물고 물었다.

"네가 왜 여기 있는 거냐?"

"명령을 받았으니까요."

"맹목개냐? 맹목개가 보냈냐?"

"예."

척착호는 고개를 끄덕였다.

"뒤에서 지켜보고 있다가 무슨 일이 생기면 도와드리라고 했습니다."

"무슨 일이…… 생기면……?"

퍽!

그 순간, 용태계의 온몸에서 혈관이 불뚝 솟아 올랐다.

"……무슨 일이 생길 수도 있다고 생각했다는 거냐?"
 용태계는 격노하며 그르렁거렸다.
 "맹목개가…… 내가 장평에게 질 수도 있다고 생각해서 널 보낸 것이라고……?!"
 척착호는 당혹스러운 표정을 지었다.
 '뭐가 문제지? 죽을 걸 살려줬는데 왜 화내는 거지?'
 척착호는 머뭇거리며 말했다.
 "어…… 하지만…… 우려했던 일이 실제로 일어나지 않았습니까?"
 그 순간.
 퍽!
 용태계의 핏줄들이 터지며, 피가 뿜어져 나왔다. 글자 그대로, 피가 거꾸로 치솟아 칠공토혈(七孔吐血)하는 모습이었다.
 척착호가 당황하는 순간.
 "크크크크……."
 발밑에서 웃음소리가 들려왔다.
 "아하하하하……!"
 피투성이가 된 채 누워 있는 장평은 껄껄 웃고 있었다. 비웃음이 아닌, 순전한 폭소였다.
 '이놈이 미쳤나?'
 척착호가 장평의 머리를 걷어차려는 순간.
 쾅!
 용태계의 일권이 척착호의 몸을 후려쳤다.

척착호는 뒤로 세 걸음 물러나 여력을 흩어내며 자리에 섰다.

"……?"

혼란스러운 표정의 그를 놓아둔 채, 용태계는 장평을 굽어보았다. 장평은 그를 보며 비웃었다.

"할 수 있으니 한다고? 힘이 곧 정의라고?"

용태계의 피가 얼굴을 적시는 가운데, 장평은 킬킬거리며 비웃었다.

"말해봐라. 용태계. 좀 전의 그 잠꼬대. 진지한 얼굴로 천명 운운했던 그 헛소리 말이다."

장평의 비웃음 속에서, 용태계는 주먹을 움켜쥐고 바르르 떨었다.

만신창이가 되어 누워 있는 장평은, 승리자의 시선으로 용태계를 올려보고 있었다. 무림지존 용태계는 패배자의 모습으로 굴욕감에 몸을 떨고 있었다.

"네가 나에게 맞아 죽어 가는 동안, 척착호는 우리 모두를 격퇴 시켰다. 심지어, 너는 척착호의 약점이 되었지."

장평은 비웃으며 말했다.

"이젠 누가 정의고 무엇이 천명이냐? 널 개처럼 두들겨 팬 나? 아니면 나를 비롯한 모두를 홀로 격퇴한 척착호?"

용태계는 하늘을 우러러보았다.

똑. 똑. 또독…….

그의 얼굴 위로 빗방울이 엉키기 시작하더니, 이내 소나기가 되어 세상을 적셨다.

용태계의 핏물이 씻겨지고, 맑은 물방울만이 턱 밑으로 떨어졌다.

내리는 비를 맞으며, 장평은 비웃었다.

"아무도, 그 누구도 네 어리광에 귀 기울이지 않았던 거다. 네 심복인 맹목개조차도!"

"시끄럽다. 패배자!"

그 순간. 불쾌한 표정의 척착호가 장평을 향해 주먹을 내리꽂으려 했다.

용태계는 돌아보지도 않고 척착호의 주먹을 쳐냈지만, 예상했던 척착호는 그대로 발길질을 더했다.

펑!

용태계의 장풍에 척착호의 몸을 밀어내자, 척착호는 다섯 걸음 뒤로 물러났다.

"……그만해라."

용태계가 힘없이 말하자, 척착호는 미간을 찌푸리며 말했다.

"이미 싸움이 끝났는데, 패자의 넋두리를 들어 줄 이유가 있습니까?"

"누가 패자냐?"

"그야, 쓰러져서 죽기 직전인 놈이지요."

"그럼…… 누가 승자고?"

"우리지요."

"……우리가 아니다. 너다."

"무슨 차이가 있습니까?"

그 순간. 장평은 비웃었다.

"잔인하군. 척착호."

"무슨 헛소리냐?"

"넌 이해 못할 거다."

척착호는 현실적이고 실용적인 사람이었고, 백전연마의 노병답게 승패에 일희일비하지 않고 달관할 뿐이었다.

"네 말이, 용태계를 얼마나 비참하게 만들고 있는지……."

용태계가 신념으로 삼고 있던 강함에, 천명이라 여겼던 승리에 아무런 가치를 느끼지 못했다.

심지어, 척착호가 승자이자 강자임을 증명한 이 자리에서…….

용태계는 우울한 목소리로 말했다.

"……돌아가자."

"예."

고개를 끄덕인 척착호는 당연하다는 듯이 장평의 머리를 짓밟으려 했다.

그러자 용태계의 주먹이 척착호를 강타했다.

"가자고 했다!"

쾅!

지금까지의 타격이 가볍게 밀어내는 수준이었다면, 이번에는 꽤나 공력을 기울인 묵직한 정타였다.

척착호도 더는 물러서지 않고 말했다.

"장평은 죽이고 가야 합니다."

"허락하지 않겠다."

"죽일 필요는 있어도 살려 둘 이유가 없습니다."
"죽일 거다. 지금 이 자리가 아닐 뿐."
용태계는 장평을 돌아보았다.
"내가 전력을 다한 것이 아님은 네가 더 잘 알겠지. 오늘 여기서 벌어진 싸움은, 네가 강적이라는 것을 증명했을 뿐이다."
듣고 있던 척착호는 눈을 크게 떴다.
"북경에서 널 기다리겠다. 장평. 내가 가진 모든 것을 다할 테니, 너도 네가 가진 모든 것을 가지고 다시 겨루어 보자."
척착호는 용태계를 바라보았다.
"지금 그냥 가겠다는 겁니까? 복수전을 치러서 알량한 자존심을 세우기 위해서?"
"알량한 자존심이 아니다. 천명이……."
"됐고."
척착호는 용태계의 말을 끊으며 말했다.
"그래서, 저 새끼 안 죽이고 그냥 갈 거냐고."
"그래."
"어린애도 아니고……."
척착호는 짜증스러운 표정으로 바닥에 침을 뱉었다.
"무림맹. 관둔다."
"마음대로 해라."
척착호가 장평을 향해 몸을 돌리자, 용태계는 나직이 경고했다.

"내가 널 죽이게 하지 마라."

"서두를 것 없다. 장평 다음은 너니까."

척착호는 용태계를 노려보았다.

"내 전우가 죽었다. 네 부하가 죽었어. 수십 년을 충성한 충신이, 네 명령 때문에 죽었어! 그런데, 대장이라는 놈이 복수해 주기는커녕 원수를 살려 준단 말이냐? 다시 싸워서 이겨야 직성이 풀리니까?"

"장평과 나는 천명을……."

"알게 뭐야. 등신아!"

척착호는 격노하여 꾸짖었다.

"너는, 충성 받을 자격이 없는 졸장이다!"

"……."

굳은 표정의 용태계를 보며, 장평은 비웃었다.

"틀린 소린 아니로군."

용태계는 척착호를 바라보았다.

"죽인 자와 죽게 만든 자. 호연결의 복수인가."

그는 고개를 끄덕였다.

"그렇다면 너도 북경으로 와라. 네 원한 또한 그 자리에서 해결하자."

"북경까지 기다릴 이유가 없다. 모든 원한은 여기서 끝난다."

"이유가 필요하다면, 내가 만들어 주마."

용태계의 오른팔이 흐릿해진 그 순간.

푸욱!

용태계의 수도(手刀)가 어느새 척착호의 복부를 꿰뚫고 있었다.

"……어?"

척착호가 반응한 것은, 용태계가 손을 뽑고 핏물을 바닥에 털어낸 다음이었다.

투사인 척착호가 장평의 천적인 것과 마찬가지로, 상승무공에 정통한 용태계는 척착호의 천적이었다.

"죽진 않을 거다. 장평이 널 죽이지 않는다면."

용태계는 쏟아지는 내장을 붙든 척착호에게는 눈길조차 주지 않은 채, 장평을 바라보았다.

"북경에서 기다리겠다."

"그래."

용태계는 몸을 돌리고 걸어갔다.

"후……."

패배자의 모습으로.

그리고, 남아 있는 패배자들은 서로를 바라보았다.

"북경에서는…… 뭘로 싸우지?"

파리하는 우울한 표정으로 말했다.

"같은 수로 두 번 놀라울 수는 없는데?"

장평은 모든 패를 선보였으나, 용태계는 살아서 돌아갔다.

이제, 장평은 다시 한번 용태계에게 도전해야 했다. 방심하지 않고 전력을 발휘할 용태계를 상대로, 아무런 무기도 없이.

"그건……."
장평은 씁쓸한 목소리로 말했다.
"나도 모르겠다……."

* * *

비 내리는 하늘. 패배감에 무거운 공기.
음울한 정적을 깬 것은 오방곤이었다.
"일단은 치료부터 하는 편이 좋겠군."
그 자신도 안색이 창백한 오방곤은 무감정한 목소리로 말했다.
"여기서 포기할 생각이 아니라면."
"포기할 생각은 없습니다."
"알았다."
파리하는 턱짓으로 척착호를 가리켰다.
"쟤는?"
"치료해 주자."
척착호는 내장을 움켜쥔 사람치고는 차분한 목소리로 말했다.
"죽일 거 아니면 신경 꺼라."
"적의 적과 손을 잡는 것도 병법 아닌가?"
"너라면 그 소리 할 줄 알고 있었다."
척착호는 장평을 노려보았다.
"그리고, 그게 내가 네 편이 되지 않는 이유다."

1장 〈165〉

그 순간.

아무 말 없이 다가간 오방곤이 척착호의 혈도를 짚어 지혈해 주었다.

"이런다고 내가······."

"너희들 문제는 너희들끼리 해결해라."

척착호의 말이 채 끝나기도 전에, 오방곤은 무감정한 목소리로 말했다.

"나는 내 맘대로 환자를 치료할 뿐이니까."

"나는······."

척착호가 뭔가를 말하려는 그 순간.

"······음."

척착호를 비롯한 사람들은 일제히 한 방향으로 고개를 돌렸다.

"절정고수 열하나. 초일류 마흔."

산 위로 올라오는 인기척을 느꼈기 때문이었다.

장평과 파리하는 서로를 돌아보았다.

규모와 무위로 볼 때, 짐작이 가는 조직이 하나 있었다.

"······창궁단."

남궁세가의 정예 부대. 창궁단.

장평과 밀약을 맺은 남궁풍양의 수하이자, 동부용을 보호한 장평에게 원한을 품은 자들이었다.

맹목개가 예비대로 배치해 둔 것이리라.

"싸울 상황도 아니고, 죽여서도 안 된다."

장평은 차분한 목소리로 말했다.
"안전한 곳으로 대피하자."
"안전한 곳이 있어?"
"신선곡. 일반적인 수단으로는 갈 수 없는 곳이다."
장평은 척착호를 바라보았다.
"치료 중에는 휴전. 이 정도면 어떤가?"
창궁단이 무림맹과 연합하고 있다면, 무림맹을 등진 척착호도 창궁단의 적일 가능성이 높았다.
척착호는 내키지 않는 표정으로 말했다.
"……모산에서만."
응급처치를 마친 사람들을 돌아보며, 장평은 안개 속을 바라보았다.
"가자."
장평은 사람들의 손을 잡은 채 진법을 뚫고 들어갔다.
검후를 등에 업은 오방곤은 신선곡의 하늘을 보며 말했다.
"맑은 날씨군."
모산에는 비가 내리고 있었다. 신선곡은 모산과 같은 하늘 아래 있는 것이 아니라는 의미였다.
"여긴 대체 뭐야?"
파리하는 장평에게 물었으나, 이 장소에 대해 아는 것이 없다는 점은 장평 또한 마찬가지였다.
"나도 몰라."
분명한 것은, 모산이 아니라는 것뿐이었다.

그 순간. 화선홍이 그들을 발견했다.

"장평. 척착호. 그리고…… 오 선배님?"

빨래 바구니를 들고 있던 그는 당혹스러운 표정을 지었다. 화선홍은 장평을 보며 물었다.

"……밖에서 무슨 일 있었나?"

"있었소."

장평은 피곤한 표정으로 말했다.

"아주 많은 일이 있었지……."

* * *

신선곡의 환자들은 모두 중상자였지만, 모두 다 고강한 절세고수들이기도 했다.

"죽진 않을 거야."

화선홍은 탕약을 달이며 말했다.

"얌전히 쉬고 있는다면."

신선곡에서 멀쩡한 집은 단 하나뿐. 좋건 싫건 그들은 같은 방 안에 모여 있어야 했다.

'태허합기공을 들켰다.'

바닥에 누운 장평은 멍하니 천정을 바라보았다.

'같은 수로…… 두 번 기발할 수는 없겠지…….'

북경 습격은 결국, 용태계 앞에 장평을 데려다 놓는 것이 목표였다. 그러나 이제는 정작 장평 본인이 용태계를 이길 방법이 남아 있지 않았…….

'그래도…… 척착호를 영입한다면…….'

장평이 무심코 척착호를 돌아본 순간. 척착호는 눈을 감은 채로 말했다.

"할 말이라도 있나?"

"네 도움이 필요하다."

장평은 솔직히 말했다.

"어차피 너도 용태계와는 적이 된 셈이니, 우리들과 손을 잡아서 나쁠 것은 없지 않나?"

"전에도 말했지만, 내가 네 손을 잡지 않는 이유가 바로 그거다."

척착호는 의외로 차분한 목소리로 말했다.

"턱짓으로 사람 목숨 휘두르는 놈들은 지긋지긋하다. 큰 그림을 그리는 놈들. 피로 붓을 적신 주제에 피비린내를 맡지 못하는 놈들이 지겨워서 병사 노릇을 때려 친 거다."

"내가 원했던 결과는 아니다."

"그렇게 그린 그림이 아름답지도 않다면…… 더 상종 못할 놈이겠군."

"나는 최선을 다했다."

"이해를 못 하는군."

척착호는 한숨을 내쉬었다.

"네 문제가 바로 그거다."

"최선을 다했다는 것이? 아니면 최선을 다했는데도 이기지 못했다는 것이?"

"최선을 다해도 이기지 못할 놈과 싸웠다는 것이."

척착호는 피곤한 목소리로 말했다.

"일당백. 일기당천. 잘난 놈은 잘난 놈이고, 강한 놈은 강한 놈이지."

"그렇겠지."

"그 말은 반대로도 읽을 수도 있다. 일당백은 백 명과 맞서 싸워야 하고 일기당천은 천명을 상대해야 한다는 것으로."

척착호는 눈을 뜨고 고개를 돌렸다.

"네 문제는 약하다는 것이 아니다. 상대를 잘못 골랐다는 거지."

"……상대를 잘못 골랐다고?"

"나는 무능한 장수들을 많이 보았다. 그들은 좋은 병사였고, 좋은 군관이었지. 좋은 백인장이었고 몇몇은 천인장으로서도 유능했었지. 그러나, 그 끝은 무능한 천인장. 혹은 무능한 만인장이 될 뿐이었다."

척착호는 쓴웃음을 지었다. 눈앞의 장평이 아닌, 그의 기억 속 누군가를 바라보면서.

"끔찍한 대패를 저지른 졸장과 승승장구하는 명장의 차이는, 능력의 고하가 아니라 어디에 있느냐다. 자신의 능력으로는 감당할 수 없는 지위까지 올라가면, 이길 수 없는 적을 마주칠 수밖에 없으니까."

"용태계와 싸우는 것이 잘못이란 말인가?"

"지금의 우리 꼴을 보면, 네 능력 밖의 일인 것은 분명하지 않나?"

"……."

"멈춰야 할 때 멈췄어야지."

말문이 막힌 장평을 보며, 척착호는 한숨을 내쉬었다.

"최소한, 구휼 의회에서의 너는 존경스러웠다. 네가 거기서 멈췄다면, 우리는 싸울 일도 없었을 것이다."

"나는 그들과는 다르다."

장평은 차분히 말했다.

"내가 택한 것이 아닌, 내가 해야만 하는……."

"……잠깐."

척착호는 한숨을 내쉬었다.

"천명 어쩌고 하는 얘기 하려는 거지?"

"그래."

사람들이 장작처럼 서로 포개진 비좁은 방 안에서, 척착호는 착잡한 표정을 지었다.

"도망칠 곳이 없군……."

장평은 회생옥의 위치를 제외한 모든 것을 밝혔다. 회귀와 백면야차 등의 모든 진실을.

"……다시 말해봐. 뭐가 어떻게 된 거라고?"

단순하고 상상력이 부족한 편인 척착호를 이해시키는 것은 쉬운 일은 아니었다. 하지만, 할 일은 없고 시간이 많다면 이루지 못 할 일도 아니었다.

"그래서, 네 말은…… 용태계는 완벽한 세상을 만들려고 회귀를 반복하고 있다고?"

"그래."

"네 동기가 복수인지 구세인지는 헷갈리지만, 어쨌건 너는 용태계의 회귀를 멈추려고 싸우는 거고?"

"그렇다."

고개를 갸우뚱거리던 척착호의 대답은 장평이 예상하지 못한 것이었다.

"왜?"

"왜냐니? 회귀 때문에……."

"네가 왜 이러는지는 알겠는데, 용태계는 대체 왜 저러는 거지?"

"그야 말했듯이 완벽한 세상을……."

"그러니까, 완벽한 세상을 왜 만들려고 하냐고."

지금껏 생각해 본 적 없는 질문에, 장평은 미간을 찌푸렸다.

"……다시 시작할 수 있으니까?"

"그건 알겠는데, 끝이 어디냐고."

"끝?"

"그래. 용태계는 대체 '왜' 완벽한 세상을 원하는 거냐고."

같은 질문을 되풀이하는 것을 보니, 척착호는 자신이 떠올린 의문을 정리할 언변이 없는 모양이었다.

장평은 생각에 잠겼다.

〈다시 시작해라.〉

장평과 용태계가 방식은 달라도 '다시 시작한다'에 서

있는 사람이라면, 척착호는 그들과는 반대편에 서 있는 사람이었다.
〈멈춰야 할 때 멈춰야 한다.〉
장평 또한 의문을 품었다.
"왜지?"
지금까지는 단 한 번도 품어 본 적 없는 의문을.
"용태계는, 대체 왜 이러는 거지?"

* * *

회귀는. 회생옥은. '다시 시작할 수 있다'는 사실은 사람의 본성을 바꾸기에 충분했다.
하지만, 장평은 백면야차만을 신경 쓰고 있을 뿐. '용태계'라는 사람에 대해서는 별 관심이 없었다.
회귀라는 힘에 취한 광인.
미쳐 날뛰는 무림지존.
그 이상 깊게 생각할 필요가 없기 때문이었다. 하지만 지금. 장평은 처음으로 '용태계'에 대해 생각에 잠겼다.
'왜?'
용태계에 대한 정보들이 하나둘씩 스쳐 지나갔다.
'용태계는 왜 제위를 포기했지?'
그가 백면야차임을 모르던 때에는 그냥 단순히 권력욕이 없기 때문이라고 생각했다.
하지만, 백면야차의 목적은 완벽한 제국. 모든 백성들

이 모든 가능성을 개화시키는 것이었다.

엄청난 집착이자 터무니없는 통제욕이었다.

'풍문처럼 황제가 되지 않으려고 황태자 지위를 내려놓은 것이 아니라면……'

제 손으로 제국을 통치하기 위해, 일가친척을 제 손으로 도륙 냈을 정도였다.

'……그 반대가 되는 건가? 황제가 될 수 없으니 포기해야 했던 건가?'

그 순간, 장평은 문득 무언가가 머리를 스치고 지나가는 것을 느꼈다.

"……아버지?"

황제는 아들을 사랑했다.

그는 자신의 후계자를 보호하기 위해, 이 세상 모든 의술과 영약을 긁어모아 황태자에게 베풀었다.

어떤 독도 먹히지 않고, 어떤 칼도 뚫을 수 없으며, 누구도 그를 해칠 수 없도록.

그리고 황태자는 무림인이 되었다.

그가 배운 것은 무공밖에 없으니까.

널리 퍼진 우화(寓話) 너머에서, 장평은 한 단어를 떠올렸다.

"……환골탈태."

반대편에서 보면, 그 우화는 전혀 다른 이야기가 된다는 것을.

〈알고 있어? 초절정고수들. 아니, 환골탈태한 자들

은…… 자식을 가질 수 없다는 것.〉

파리하의 속삭임이 머릿속을 스친 순간, 장평은 깨달았다.

"가지고 있던 모든 것을 잃었구나."

용태계가 무엇을 얻었느냐가 아닌, 무얼 잃었는지를.

"바랬던 적 없는 힘만을 남겨 둔 채……."

후계자를 얻을 수 없는 황제가 되던가, 원치 않던 무림지존으로서의 삶에 순응하던가.

용태계가 할 수 있는 것은 둘 중 하나였지만, 회생옥의 존재를 떠올린 용태계는 주어진 적 없는 선택지를 택했다.

〈영원의 황제가 되어, 완벽한 제국을 만든다.〉

가진 것이 힘밖에 없으니, 그 수단은 힘일 수밖에 없었다.

"힘이 천명이라고 믿은 것이 아니라, 남아 있는 것이 힘밖에 없으니 힘이 천명이어야 했던 거구나."

장평의 눈앞에 한 소년이 서 있었다.

〈다시 시작할 수 있으니, 다시 시작하자.〉

자신의 존재가, 아버지의 실수임을 인정하고 싶지 않았던 소년. 용태계가.

〈아버지처럼 훌륭한 황제가 될 때까지……〉

아버지에게 받은 분재에, 천하만민이라는 이름을 지었던 소년이.

* * *

벌컥.
방문이 열렸다.
"주군?"
맹목개는 문을 열고 들어오는 용태계를 보며 당혹스러운 표정을 지었다.
용태계가 문을 통해 들어오는 일은 드물었고, 전음 없이 찾아온 것은 처음이었다.
그러나 문제는, 그가 이토록 우울한 얼굴을 한 것은 두 번째라는 점이었다.
"왜냐?"
"무슨 말씀이십니까?"
"왜 척착호를 보냈지?"
"만에 하나, 주군께 무슨 일이라도 생기면……."
용태계는 맹목개를 바라보았다.
"무슨 일이 생길 거라고 생각했구나. 내가 장평에게 질 수도 있다고."
"……!"
그 순간, 맹목개는 흠칫 놀랐다.
장평이라면 무슨 짓을 저지를지도 모른다는 조심성은, 반대로 보면 용태계의 힘에 대한 의심이라는 것을.
"주군……."
그리고 맹목개는 잘 알고 있었다.

용태계에게, 강함은 단순한 능력 이상의 의미라는 것을.

〈나는 내 아버지의 실수인가?〉

맹목개에게 자유를 주던 날. 정확히는 용태계가 무림인으로서 살아가기로 결심한 날.

그는 쓸쓸한 표정으로 말했었다.

그리고 맹목개는. 아직 맹목개라 불리기 전이었던 그는 자신의 주군에게 대답했었다.

〈폐하께서는 제위를 빼앗은 것이 아니라, 더 값진 것을 물려주신 겁니다.〉

심복으로서, 자신의 주군에게 바칠 수 있는 최선의 충언을.

〈영원불멸의 삶과, 무적의 힘을요!〉

옷차림만 바뀌었을 뿐. 용태계는 그 순간과 똑같은 얼굴과 똑같은 표정으로 서 있었다.

"내게 내 힘을 믿으라 했던 너마저도, 내 힘을 믿지 않았던 거구나."

"죽여 주십시오. 주군······."

"무엇이 죽을죄냐? 나에게 내 힘을 믿게 만든 죄? 내 목숨을 걱정한 죄? 아니면, 네게 자유를 명해 스스로 생각하게 만든 죄?"

용태계는 고개를 저었다.

"내게 힘을 준 것은 네가 아니고, 네가 너인 것도 네 죄가 아니다. 내겐 내 백성이 아닌 널 죽일 권리가 없구나."

"주군!"

용태계는 지친 표정으로 맹목개를 바라보았다. 황제가 될 수 없음에 좌절하던 황태자의 눈빛. 맹목개에게 자유롭게 살라고 말했던 그때의 눈빛이었다.

"자유를 얻은 것을 축하한다. 맹목개. 자유롭게 살거라."

"저는 주군의 백성입니다. 저도 백면야차입니다!"

"이젠 아니다."

"주군!"

"네가 내 부하라면, 명령하겠다. 맹목개. 떠나라."

용태계는 지친 표정으로 주저앉았다. 그는 석벽의 차가움에 등을 맡긴 채 눈을 감았다.

"당신이 내 부하가 아니라면…… 부탁하겠소. 날 혼자 있게 해 주시오……."

얼마나 시간이 지났을까.

지친 용태계가 눈을 떴을 때, 그는 빈방에 홀로 남아 있었다.

"……흐."

용태계는 미소를 지었다.

"와라. 장평."

이 세상에 남겨진 것은 오직 하나.

그가 증명해야 하는 것도 하나뿐이었다.

"백면야차는…… 무적이다……."

* * *

장평의 말을 들은 척착호는 미간을 찌푸렸다.
"요약하면, 아버지가 옥좌 대신 무림지존 시켜서 비뚤어졌다는 거지?"
"아마도."
"……."
척착호는 할 말이 많은 표정으로 장평을 바라보았다.
"……넌 어떻게 생각하지?"
"비극적이고 안쓰럽군."
장평은 냉소적인 목소리로 말했다.
"아버지한테 위로받을 수 있게 하루 빨리 저승으로 보내 주고 싶을 정도로."
"죽일 생각에는 변함이 없단 얘긴가?"
"경멸할 이유가 하나 늘었을 뿐이다."
친구였다면 술 한 잔 사면서 다독여 줄 수 있을 만한 사연이었다. 하지만 조카를 죽이고 여동생을 감금했으며 일가친척 모두를 쳐죽인 미치광이를 동정할 정도의 곡절은 아니었다.
특히, 그가 이 세상 전체를 말아 먹으려는 괴물이라면 더욱 더.
"그건 나도 동감이다. 실수는 지 아버지가 했는데 왜 깽판은 남들에게 치는 거지?"
척착호는 한숨을 내쉬었다.

"맥빠지는군. 내가 죽여야 하는 놈이 저런 등신이라는 것도, 저런 등신을 죽여야만 하는 나도. 차라리 이 얘기를 안 들었다면, 강적에 대한 존중이나마 품은 채 싸울 수 있었을 텐데!"

"용태계를 죽일 건가?"

"그래. 널 죽인 다음에."

"그렇다면 일단 함께 용태계를 죽이자. 그 다음이라면 네 원한을 피하지 않겠다."

"내가 왜 네게 이용당해야 하지?"

"회귀를 멈춰야 한다. 내 복수 뿐만이 아닌, 천하만민을 위해서."

"……천하만민?"

"그래."

"천하만민이 여기서 왜 나오는데?"

"응?"

척착호는 고개를 갸웃거리며 물었다.

"그러니까 일단 네 말이 다 맞다 치면, 이 세상은 회귀를 계속하고 있다는 거지?"

"그래."

"용태계를 죽이면 회귀는 끝나고 지금 이 세상이 계속 이어진다는 거지?"

"그래."

"황통은 끊어지고 무림은 어지러운 이 난장판 속에서?"

"……!"

척착호의 질문에는 아무런 의도가 담겨 있지 않았다. 반박이나 비난, 조롱이나 타박이 섞여 있지 않은, 순수한 질문이었다.

"막장이 된 이 세상에서 살아가느니, 그냥 회귀하게 놔두는 편이 낫지 않나? 용태계가 마침내 완벽한 세상을 만들어 줄 때까지?"

"······."

장평의 말문이 막힌 것은, 그 때문이었다.

"어차피, 나는 회귀했다는 사실을 느낄 수도 없을텐데?"

* * *

척착호는 극단적인 사람이었으나, 그의 말이 틀린 것은 아니었다.

'느낄 수 없는 것을 어떻게 이해하는가?'

말문이 막힌 장평은 자신도 모르게 주변을 돌아보았다.

'이해······?'

곤히 잠든 오방곤이 눈에 들어왔다.

〈난 백면야차와 싸울 이유가 없다.〉

〈그들을 방치하면 사람들이 죽을 겁니다.〉

〈역병이군.〉

그는 회귀를 이해하지 못했다. 의원인 오방곤은 장평의 설명대로 역병의 일종으로 받아들이고 있었다.

〈이젠 나도 마교도인가……〉

검후는 회귀에는 별 관심이 없었다. 용태계가 고왕추를 납치했기 때문에 맞설 뿐이었다.

〈미래니 회귀니 하는 것들은 다 잊어버리고 조용히 살면 되잖아요!〉

심지어, 지식으로서 회귀 현상을 인지하고 있던 파리하조차도 자포자기하여 회귀를 받아들이려 했다.

〈내가 등신처럼 보이느냐? 이백 년 따리 용가놈이 천년 남궁세가의 명맥을 끊으려 하는데, 넙죽넙죽 고개를 끄덕일 정도로?〉

역설적이게도, 겪지 않고도 회귀의 해악을 진정으로 이해하는 사람은 단 하나. 남궁풍양 뿐이었다.

세계관으로 직접 '볼' 수 있던 일물자를 제외하면.

'나라고 달랐을까?'

장평은 자기 자신을 되짚어 보았다.

'느낄 수 없었다면 이해할 수 있었을까?'

생각해 보면, 장평은 다른 사람들이 겪을 수 없는 것들을 겪어왔다.

전생의 기억이 있었고, 유해한 기억은 봉해졌으며 '현재'의 세계관을 선물 받았다. 사술사로서 해악을 끼치는 '최초의 장평'을 목격했고, 검은 노인과 흰 노인의 도움도 받았다.

오직, 장평만이.

'입장(立場).'

회귀의 원흉인 용태계와 장평만이 모든 것을 겪을 뿐.
다른 이들은 결국 방관자에 불과했다.
 그리고, 서 있는 곳이 다르면, 보이는 것도 다를 수밖에 없었다…….
 '회귀를 인식할 수 없는 자들에게, 회귀의 해악을 어떻게 이해시킬 수 있을까?'
 장평은 척착호를 바라 보았다.
 '현재'에 속한 자. 오직 눈에 보이는 것만 믿는 사람을.
 "……."
 장평의 침묵이 길어지자, 척착호는 고개를 갸웃거렸다.
 "왜 아무 말도 안 하는 거지?"
 "할 수 있는 말이 없다."
 장평은 착잡한 표정으로 말했다.
 회귀라는 현상에 대한 대화를 나누려면, 그 이전에 합의해야 하는 지점들이 있었다.
 운명과 미래라는 개념에 대한 합의였다.
 척착호는 그 부분에서부터 이미 말이 통하지 않으니, 장평으로서는 도저히 회귀의 폐해까지 말을 이어 갈 수 없었다.
 회귀가 운명을 바꾸고 미래를 빼앗는 행위임을 합의하지 않는다면, 회귀의 해악을 무슨 수로 설명한단 말인가?
 "용태계는 네게 '가능성'의 세계관을 공유해 준 적이 없나?"

"없었다."

"그럴 것 같았다······."

마음을 돌릴 가장 확실한 방법은 직접 보여 주는 것이었다. 문제는, 장평이 지닌 세계관은 '현실'이라는 것이었다.

"지금의 내가 할 수 있는 말은 뻔한 소리밖에 없군. 용태계의 회귀는 미래를 강탈하는 끔찍한 행위라는 말밖에."

"사이비 교주 같은 소리로군."

척착호는 장평을 바라보았다.

"네 얘기는 이걸로 끝난 건가?"

"그래."

"알았다."

척착호는 천천히 몸을 일으켰다.

"······!"

용태계가 배와 등에 낸 구멍은 사람 팔뚝 만했고, 수천 바늘의 바느질로 기워져 있었다.

그러나, 정작 그 바느질 밑의 살점은 상흔만 남아 있을 뿐, 이미 아물어 있었다.

"······벌써 회복한 건가?"

자리에 선 척착호는 장평을 내려다보았다.

"재생공(再生功). 용태계가 가르쳐 준 회복 전용 무공이다. 내공을 퍼부어서 상처를 재생시키는 기술이지."

장평은 용태계의 마지막 말을 떠올렸다.

"죽진 않을 거라는 말이 그거였군……."

"그래."

"우릴 죽일 거냐?"

"아니. 휴전 협정은 신성한 것이니, 너희들을 해치진 않겠다."

척착호는 피곤한 얼굴로 말했다.

"사실, 따지고보면 목숨을 빚지기도 했고."

경이로운 속도로 회복하긴 했지만, 척착호는 아직도 중상자였다. 배에 구멍이 난 상태로 창궁단을 마주쳤다면 꼼짝도 못 했을 터였다.

"사람이라면 목숨 빚은 갚아야 하는 법이지. 화선홍에게 약값으로 재생공을 선물할 테니, 관심 있다면 그에게 배워라."

척착호는 장평을 바라보았다.

"하지만 네게 진 빚은 목숨 빚까진 아니지. 지금 널 살려 두는 것을 포함하여, 휴전 협정의 일부였으니까."

"그렇다면 왜 내게 말을 거는 거지?"

"이야기 값이다. 더 듣고 있으니 여기서 도망치고 싶어질 정도로 시시한 얘기였지만, 어쨌건 나름대로 진솔한 대화를 나눴지 않느냐."

척착호는 흑검을 힐끗 바라보았다.

"이 함정을 팠을 때, 용태계는 네가 암운일섬광을 쓸 거라고 예상하고 있었다. 그는 그럼에도 불구하고 네 앞에 나타났지."

"그래. 오판을 유도하기 위해 많은 공을 들였으니까."

"그 오판 얘기인데, 그는 암운일섬광을 피할 생각으로 온 게 아니었다."

"피할 생각이 아니었다고? 그게 무슨……."

그 순간, 장평의 눈에 보인 것은 아물어 가는 척착호의 상처였다.

〈목 잘리면 꼭 죽어야 한다는 법이라도 있나? 목이 잘린 뒤에도 내가 죽을 마음이 안 들 수도 있잖나?〉

……재생공의 창안자인 용태계는 척착호보다 우수한 신체와 더 많은 내력을 지니고 있다는 사실과 함께.

"이걸로, 이야기 값은 갚은 거다."

이를 악문 장평의 얼굴을 보며, 척착호는 웃었다.

"북경에서 보자. 장평. 너와 용태계 중에서 누굴 먼저 죽이는 게 맞는 건지는 고민 좀 해봐야겠지만, 한솥밥 먹던 정으로 한 가지는 약속하마."

"뭘?"

"네 최후는 깔끔할 것이다. 빠르고 고통 없이 죽을 것이며, 시체 또한 정중하게 매장하겠다."

척착호는 몸을 돌렸다.

"……용태계와는 달리."

* * *

척착호가 떠난 이후.

조용한 회복과 재활의 시간들이 흘러갔다.

"대충 보니까, 진짜 우악스러운 무공이더군."

화선홍은 재생공의 구결과 원리를 설명했다.

"원리 자체는 단순하다. 근골에 내공을 퍼부어 강제로 환골탈태를 일으키는 거지."

"그게 가능한 일이오?"

"될 때까지 내공을 퍼부으면 된다."

무지막지한 내공을 자랑하는 용태계가 만든 무공. 그것도 자기가 쓰려고 만든 독문무공이니, 처음부터 효율은 신경조차 쓰지 않은 모양이었다.

화선홍은 고개를 설레설레 내저었다.

"의술 안 배운 놈들이 만든 무공은 투박하고 우악스럽단 말이지……."

오방곤은 무뚝뚝한 표정으로 물었다.

"무공이라면, 얼마나 난해한 무공이지?"

"이론상으로는, 입신지경의 고수들만 쓸 수 있을 겁니다."

오방곤은 고개를 끄덕였다.

"실험할 필요가 있겠군."

초절정고수 중 내공이 제일 강한 오방곤이 재생공을 시도하자, 쑥쑥 자라난 살점이 상처를 채워 나갔다. 찰흙으로 구멍을 메우는 듯한 경이로운 속도였다.

그러나, 그것도 한순간.

"무리다."

한 호흡 정도 재생공을 운용한 오방곤은 눈에 띄게 지친 모습으로 숨을 몰아쉬었다.

"내력이 부족해."

초절정고수인 그조차도, 실전에서 쓸 수는 없을 정도의 내공 소모량이었다.

"소일거리 삼아 개정판이나 작업해 봅시다."

"그래."

신의(神醫)가 둘. 그것도 무공 전문인 화선홍과, 그 자신이 초절정고수인 오방곤이었다.

그들은 빠르게 개정판을 만들어냈다.

"요양공(療養功)이다."

재생공은 다른 무공과 병행할 수 있는 행공(行功)이었지만, 요양공은 안정성을 깎는 대신 효율을 높인 좌공(座功)이었다.

"운기조식을 하는 동안, 상처의 회복력을 증강시킬 거다."

그러나, 화선홍은 마뜩찮은 표정이었다.

"개량한다 해도 초절정고수가 한계인가……."

"나 또한 아쉽기는 마찬가지다."

오방곤은 무감정한 얼굴로 아쉬워 했다.

"일반인도 이 무공을 사용할 수 있다면, 얼마나 많은 환자들을 구할 수 있을까."

검후는 고개를 끄덕였다.

"어쨌건, 중추절에 늦지는 않겠군."

장평과 다른 고수들은 요양공과 운기조식을 병행하며 빠르게 부상을 회복했다.

"새 이론도 발견하고, 실험체들도 넘치다니. 이번 의서는 정말 잘 뽑힐 것 같군."

한창 의학서를 집필하고 있던 화선홍에게는 즐겁고 보람찬 시간인 모양이었다.

"벌써 걸어다닐 정도인가?"

산책하던 장평과 눈이 마주친 것은, 그가 탕약을 달이는 도중이었다.

"그럭저럭."

장평은 안개 너머를 보며 말했다.

"그건 그렇고, 괴력난신은 안 믿는다고 하지 않았소?"

"그야, 내가 무당집에 사니까."

"그런 것치고는 여기도 확실히 평범하진 않던데……."

비정상적인 안개 속, 도저히 닿을 수 없는 비경. 이 신선곡은 그 자체로 괴력난신의 일부인 셈이었다.

"아직 우리가 규명하지 못한 어떠한 이치에 속해 있는 거겠지."

"너무 속단하지 마시오. 세상에는 생각보다 다양한 일들이 일어나니까."

"구체적으로 무슨 일?"

"회귀라던가."

"회귀? 그게 무슨 원리로 일어나는 거지?"

장평이 말문이 막히자, 화선홍은 코웃음쳤다.

"설명할 수 없는 것을 믿을 수야 없지."

마교의 '과학'과 비슷하면서도, 좀 더 공격적이고 냉담한 태도였다. 아마도, 모산파 출신이라는 점이 역으로 작용하는 모양이었다.

"신선곡에서 태어난 거요?"

"아니. 내 고향은 호북이다."

"어쩌다가 여기까지 오게 된 거요?"

"운무봉 인근에 유명한 의원이 있다는 소문을 듣고 찾아왔지. 월식이 일어나는 날에만 만날 수 있다는 만병통치의 신의를."

장평은 미묘한 표정을 지었다.

'……왜 월식에만 만날 수 있는 거지?'

아무리 들어봐도 설화나 민담의 도입부처럼 들렸기 때문이었다.

"하여튼 백창의선(白氅衣仙)을 만나려고 찾아다니다가, 나도 모르게 신선곡에 들어 온 거다."

"……사람들을 막는 진법을 뚫고서?"

"사람들을 막는 진법 같은게 어디 있어. 낯선 산길에서 안개 때문에 길을 헤맨 거겠지."

화선홍은 코웃음을 치며 말했다.

"하여튼 죽어 가는 노인네가 간청하길래 모산파도 물려받고…… 약재 밭도 가꾸고…… 잉어도 몇 마리 키우고…… 이래저래 보람찬 시간을 보냈지."

화선홍은 흐뭇한 미소를 지었다.

"결과적으로, 여기서 기다린 덕분에 백창의선께 가르침을 받을 수 있었으니까."

"……엥? 백창의선이 실존인물이었소?"

맥락상, 백창의선은 찾을 수 없었지만 신선곡에서의 나날들이 기연이었다고 말할 법한 대목이었기 때문이었다.

"나도 큰 기대는 안 했는데, 의외로 사실이더라고. 월식 동안만 머무시긴 하지만, 많은 가르침을 받을 수 있었지."

"무슨 가르침 말이오?"

"소독(消毒)의 개념이라던가, 내공 관련 지식 같은 거. 알아듣기는 힘들지만, 틀린 말은 안 하시는 분이더라."

화선홍은 하늘을 흘낏 보고는 말했다.

"마침 월식이 멀지 않았으니, 관심 있으면 자네도 참관해 보겠나?"

미묘하게 적극적으로 권유하는 모습에, 장평은 미심쩍은 표정을 지었다.

'아무리 들어봐도 사이비 종교의 종교의식 같은데…….'

그는 미심쩍은 표정으로 말했다.

"그냥 구경만 하면 되는 거요?"

"깨끗하게 씻고, 옷도 새 걸로 갈아입고. 청소만 좀 해놓으면 돼."

"……제물이나 희생공양 같은 건 필요 없소?"

"사이비 종교 아니라니까."

화선홍은 투덜거렸다.

"제단 주변에 열 개의 몽혼향을 피우는 전통이 있긴 하지만."
"음. 그렇구려."
장평은 웃는 얼굴로 말했다.
"난 안 갈 테니, 혼자 하시오."

* * *

"화선홍이 미심쩍은 의식을 준비 중이라고?"
장평의 말을 들은 파리하는 흥미로운 표정을 지었다.
"곧 찾아올 월식에 맞춰서?"
"그래."
"신기하네."
"뭐가 신기하지?"
장평은 미간을 찌푸렸다.
"중원에도 역법(曆法) 정도는 있다. 월식이나 일식 정도는 계산할 줄 안다."
"알아. 너희가 계산할 수 있다는 걸 아니까 신기하다는 거야."
파리하는 밤하늘의 달을 올려다보며 말했다.
"최소한 내년까지는 월식이나 일식이 생길 예정이 없기 때문이거든."
"……그래?"
"가장 가까운 천문이변은 사 년 뒤의 부분월식이야. 우리의 천문학과 동방의 역법 어디에서도, 조만간 월식이 일어날 거라는 예측은 나올 수 없어."

장평은 생각에 잠겼다.

"그럼, 화선홍은 대체 무슨 기준으로 월식을 계산한 거지?"

"나도 그게 궁금하던 참이야. 다른 의문들과 마찬가지로."

"다른 의문거리?"

"왼쪽을 봐. 장평. 고개는 돌리지 말고, 눈동자만 돌려서."

파리하의 말대로 하자, 시야 가장자리에 흐릿한 무언가가 스쳤다.

"……!"

놀란 장평은 반사적으로 고개를 돌렸으나, 흐릿한 무언가는 이미 사라진 뒤였다.

"뭐지?"

"내 착각이 아닌 모양이네."

파리하는 미묘한 불안감을 담아 이마를 찡그렸다.

"가끔씩, 지금처럼 무언가가 보일 때가 있어. 또는 누군가의 시선이 느껴질 때가."

"인기척은 느껴지지 않는다만……."

"그게 문제야. 인기척이 느껴지는데, 아무것도 없다는 것."

파리하는 저 멀리 화선홍이 화로들을 세워 둔 곳을 바

라보았다.

"감각들이 오작동하고 있어. 신선곡은 비상식적인 장소고, 이해할 수 없는 현상들의 빈도는 점점 더 잦아들고 있어."

"빨리 떠나는 편이 나을 것 같나?"

"비과학적인 얘기지만, 불길한 예감이 들어. 최소한, 월식이 일어날 때 여기에 있고 싶지는 않아."

"직감을 무시할 필요는 없지."

장평은 고개를 끄덕였다.

"비과학적이지만."

"그래."

파리하는 장평을 바라보았다.

"그래서, 그 월식은 정확히 언제 일어나는 건데?"

"모른다. 아직 안 물어봤다."

"그럼 물어보고 와."

장평이 몸을 돌린 그 순간, 그가 발견한 것은 화선홍이 제단 주위의 몽혼향들에 불을 붙이고 있는 모습이었다.

'벌써 불을 붙인다고? 아직 오전인데?'

장평이 무심코 하늘을 본 순간.

그는 당혹스러운 표정을 지었다.

"……석양?"

조금 전까지만 해도 떠오르던 아침 해가, 어느새 서산에 걸려 있었다. 진한 노을 속에서, 장평은 본능적으로 화선홍을 바라보았다.

남은 몽혼약 화로는 넷. 그가 불을 붙이자, 해는 어느새 사라지고 달이 뜨기 시작했다.

"……!"

정확한 원리는 모르겠지만, 화로에 불이 붙을 때마다 한 시진 조금 넘는 시간이 흐르는 모양이었다.

기괴함을 느낀 장평은 다급히 외쳤다.

"불 피우지 마시오!"

"엉?"

화선홍은 미심쩍은 표정으로 장평을 돌아보았다.

"무슨 문제라도 있나?"

"하늘을 보시오!"

"하늘?"

밤하늘을 본 화선홍은 고개를 갸웃거리며 말했다.

"밤하늘에 무슨 문제라도 있나?"

"밤이란 게 문제요. 조금 전까지는 아침이었는데, 갑자기 밤이 되었소!"

"……술 마셨나?"

피식 웃은 화선홍은 불을 붙였고, 남은 화로는 둘이 되었다.

"월식이 멀지 않네. 혹시 뒤늦게 관심이 생긴 거라면, 겸연쩍어하지 말고 이리 와서 구경이나 하게나."

화르륵.

이제 남은 화로는 하나.

어느새 중천에 뜬 달 위로 검은 그림자가 드리워지기

시작했다.

"치잇!"

그것도, 오늘이 바로 그 월식의 날이고.

장평은 다급히 경공술을 펼쳐 몸을 날렸다.

'닿는다.'

그의 계산은 정확했다. 화선홍이 든 불쏘시개가 마지막 화로에 닿기 전에 도착할 수 있는 속도였고 도착할 만한 거리였다.

장평의 움직임이 갑자기 수백 배는 느려지지 않았더라면.

"……!"

화륵.

느릿느릿한 속도로 화로에 불이 붙었고, 마찬가지로 느릿느릿한 움직임의 화선홍이 제단 앞에 절하는 모습이 보였다.

그리고 그 모든 것이 점점 더 느려지고 멀어지기 시작했다.

화선홍의 움직임이 느려질 때마다, 그가 멀어지는 속도는 더 빨라지기 시작했다.

"……!"

마침내 화선홍이 도저히 관측할 수 없을 정도로 아득히 멀리 가 버린 순간.

장평은 자신이 아무것도 없는 공간 속에 서 있다는 것을 느꼈다.

'내 주변의 모든 사물이 멀어진 건가? 화선홍과 나와의 간격이 멀어진 것처럼?'

장평이 상황을 추측한 그 순간.

〈그래.〉

누군가가 장평에게 전음을. 아니, 전음과 비슷한 무언가로 대답했다.

장평은 무의식적으로 고개를 돌렸고, 그의 왼쪽에 서 있던 흐릿하고 아른거리는 흰 아지랑이를 발견했다.

그리고, 그 아지랑이는 처음 보는 것이 아니라는 사실도.

"흰…… 노인……?"

장평이 자기도 모르게 읊조리자, 아른거리던 아지랑이는 점점 안정되며 또렷한 형체를 이루기 시작했다.

그곳에 서 있는 것은 흰옷을 입은 백발의 노인이었다.

'검은 노인은 동행하지 않은 건가?'

장평이 무심결에 의문을 떠올리자, 어느새 흰 노인의 옆에 검은 옷을 입은 검은 머리의 노인이 생겨났다.

'내가 추측하니까 형체를 얻고, 내가 떠올리니까 나타난다고?'

흑의흑발의 노인은 고개를 끄덕이자, 장평은 그를 유심히 바라보았다. 그러자, 조금 전까지는 보이지 않던 그의 얼굴이 보이기 시작했다.

"……아버지?"

장평은 무심코 말했지만, 다음 순간 깨달았다. 그는 아

1장 〈197〉

버지와 닮았지만, 아버지가 아니라는 것을.

"……아니. 나다. 늙어 버린 내 얼굴이다."

이제야 보였다. 흑의흑발의 늙은 장평은 슬픈 얼굴로 눈물을 흘리고 있다는 것을.

'그럼, 흰 노인도 나인가?'

장평은 무의식적으로 떠올리자, 흰 노인의 얼굴이 또렷하게 보였다.

차분한 인상의 백발의 장평이.

'나는 여기 있는데, 내 앞의 두 사람 다 장평이라면……'

장평이 깨닫는 순간, 두 장평은 고개를 끄덕였다.

〈그래. 우린 장평이다.〉

〈너와는 다른 삶을 살았고, 너와 다른 결말을 맞이한 장평이지.〉

장평은 두 장평을 바라보았다.

"너희들은, 신인가?"

〈우리는 전지하지도 않고 전능하지도 않으니, 그 단어에는 부적합하다.〉

〈하지만 우리는 널 이해시킬 능력이 없으니, 편의상 승천자라 부르도록 하라.〉

"그래. 승천자."

장평은 고개를 끄덕였다.

"너희들은 왜 나를 도와준 거지?"

〈보고 싶었기 때문이다.〉

"무엇을?"

〈우리들이 걷지 않은 길의 결말을.〉

자세히 보니, 흰 노인이 입고 있는 것은 마교의 학자들이 입는 연구복이었다.

〈나는 마교에 입교했고, 일물자의 제자가 되었다. 시간과 공간에 대한 지식에 회귀를 접목시킨 궁극의 무공을 창안하여, 회생옥을 얻기 전의 용태계를 참살했다. 그리하여, 내 여정은 승리로서 막을 내렸다.〉

검은 장평이 입고 있는 것은 무림맹의 간부가 입고 있는 비단 정복이었다.

〈나는 무림맹에 들어갔고, 용태계의 벗이 되었다. 그의 마음속에 버려진 어린아이가 있음을 깨닫고, 평화로운 방법으로 그의 결핍을 충족시키려 노력했다. 그러나 용태계는 자신의 모순을 넘어서지 못하고 자결했으니, 내 여정은 비극으로 막을 내렸다.〉

승천자들은 장평을 바라보았다.

〈우리는 스스로의, 그리고 서로의 결말에 만족할 수 없었다. 우리가 느낀 것은 패배감과 아쉬움. 후회뿐이었다.〉

〈그래서, 우리는 기다리고 있었다. 우리와는 다른 방식으로 여정을 마칠 또 다른 장평을. 우리가 틀렸음을 증명할, 아니면 우리가 옳았음을 증명할 또 다른 누군가를.〉

"그래서 나를 도와준 거였군."

승천자들은 장평의 기억 일부를 봉했고, 태허합기공을 전해 주었다. 또 다른 결말을 보고 싶어하는 그들은, 사술사의 마수와 장평 본인의 자멸을 막기 위해 개입한 것이었다.

또 다른 장평들이, 끝까지 갈 수 있도록.

"끝까지 간 장평은, 너희들 둘뿐인가?"

〈그래.〉

그리고 그 호의의 이면조차 짐작할 수 있었다.

"태허합기공과 용태계에 대한 적대감은…… 너희들이 갔던 길을 걷지 못하게 만들려던 거였고?"

〈그래.〉

용태계보다 강해질 길을 막고, 용태계와 친구가 되는 길을 막은 것이기도 하다는 사실을.

그들이 보지 못한 결과를 보기 위해서……

"이기적이군."

저들은 호의적이지만, 선하지는 않았다.

하지만, 이 혼란스러운 상황에서 선악을 논한들 무슨 의미가 있을까?

'악하지 않은 것만으로도 다행이라 여겨야겠지.'

사술사를 떠올린 장평은 한숨을 내쉬었다.

"그럼, 이제 와서 내 앞에 나타난 이유는 무엇이지?"

승천자들은 대답하지 않았고, 장평은 눈을 가늘게 뜨며 말했다.

"너희들은 열 개의 화로가 켜진 다음에 나타났지. 정확한 구조나 원리는 모르겠지만, 아마도 그게 규칙이었을 거다."

〈그래.〉

"하지만 너희들은 그전에 손을 썼다. 열 번째 화로를 막으러 가는 나의 움직임을 늦췄지."

장평은 고개를 돌려 화선홍을 바라보았다.

장평이 떠올리자, 아득히 먼 곳에 있던 화선홍은 제단과 함께 순식간에 끌려왔다.

신선곡은. 특히 의식이 진행 중인 신선곡은 분명 천지만물의 섭리에서 벗어난 곳이었지만, 그럼에도 불구하고 나름의 규칙이 있는 것은 분명해 보였다.

"너흰 규칙을 어겼다. 의식이 끝까지 진행되도록. 그리고 그 이유는…… 아마도 지금처럼 우리가 마주하여 대화하기 위해서겠지."

〈그래.〉

"왜 그랬지?"

장평은 두 장평을 바라보았다.

"너희들이 내 결말을 보고 싶은 거라면, 왜 굳이 내 인생이 끝나기 전에 나와 대화하려 한 거지?"

〈우리는, 너를 초대하러 왔다.〉

두 장평은 장평에게 손을 내밀었다.

그리고, 장평은 어느새 자신이 회색 무복을 입고 있음을 깨달았다.

흰 장평이나 검은 장평과 같은, 회색의 장평으로서.

〈너의 삶은 치열했고, 인상적이었다. 회생무사 장평. 네게, 인생 이후의 삶을 권유하고 싶어질 정도로.〉

〈우리들의 손을 잡아, 승천하지 않겠나?〉

장평은 두 장평을 바라보았다.

"내가 왜 그래야 하지?"

〈넌 용태계에게 죽을 것이기 때문이다.〉

"......뭐?"

〈추측도, 예상도 아니다. 우리는 네가 맞이할 모든 미래를 직접 확인했고, 이 세상의 모든 변수를 더해 보았다.〉

〈넌 용태계에게 죽을 것이며, 이 세상 그 무엇도 네 죽음을 막을 수는 없다.〉

두 장평은 장평에게 손을 내밀었다.

〈승천하여 이 세상을 벗어나지 않는다면.〉

"아직 기회가, 아니 변수가 있을 거다."

장평은 이를 악물었다.

"허공무신 허천영이라던가……."

두 장평은 아무 대답도 하지 않았다.

그 순간. 장평은 흠칫 놀랐다.

"……허공(虛空)."

신선곡을 보고.

"무신(巫神)……."

의식을 치르던 화선홍을 보며.

"거짓 하늘의 그림자(虛天影)……?"

그가 두 장평에게 눈을 돌린 순간.

용태계와 척착호의 눈에, 저들이 어찌 보였을지를 깨달았다.

'싸워 이길 수 없는 자.'

장평은 체념과 함께 받아들여야만 했다.

그가 의지했던 최후의 희망. 허공무신 허천영은……

"……너희들이었군."

……지금, 그의 눈앞에 서 있다는 사실을.

〈그래.〉

장평은 두 장평을 바라보았다.

"너희들이 허천영이라면, 용태계를 죽여 줄 수는 없나?"

〈할 수 있지만, 하지 않을 것이다.〉

"왜지?"

〈무의미하다. 네게도. 우리에게도.〉

장평은 직감했다.

"해 봤군."

〈한 사람의 여정이 빛이 바랬고, 우리는 실망했다. 반복하고 싶지 않은 일이다.〉

장평은 자신도 모르게 뒤를 돌아보았다.

그가 관심을 품자 저 멀리에서 화선홍의 집이 끌려왔고, 장평은 그 안으로 들어가 동료들을 바라보았다.

이타적인 이상을 품은 이기주의자. 오방곤.

자존심을 위해서라면 목숨을 버릴 수 있는 검후.

위대한 아버지에 대한 존경심과 열등감에 번민하는 어린 딸. 파리하.

여기에는 없지만, 여기까지 오기까지 함께했던 사람들까지.

1장 〈203〉

소중하지 않은 사람은 아무도 없었고, 잊어도 되는 사람도 아무도 없었다.

"만약 내가 승천한다면, 이들은 어떻게 되는 건가?"

〈네 마음대로 하면 된다. 네가 저들에게 관심을 잃을 때까지.〉

장평은 쓴웃음을 지었다.

"입장의 문제로군."

서 있는 곳이 다르면, 보이는 것도 다를 수밖에 없었다. 높아지면 높아질수록, 멀어지면 멀어질수록 작아지는 것처럼.

"갑자기 무림지존이 되어 버린 황태자처럼……."

머릿속이 어지러웠다. 피로감이 몰려들었다. 장평은 눈을 지그시 감고 벽에 등을 기댔다.

벽의 차가움이 기분 좋았다.

그것이 정말로 벽이 차가워서 기분이 좋은 것인지, 아니면 기분이 좋아지고 싶기에 벽이 차가운 건지는 알 수 없어도……

장평은 분명, 편안함을 느끼고 있었다.

'승천하여, 다시 시작하자.'

그리고, 다른 사람들에게도 이 편안함을 나눠주고 싶어졌다.

'저들에게 미래를, 행복한 미래를 선물해 주기 위해서라도…….'

장평이 두 장평에게 고개를 돌리는 그 순간. 흐르던 그의 시선이 멈춰 버린 파리하의 눈에 박혔다.
 '우리들의 대화를 듣고 있었다면, 그녀는 뭐라고 말했을까?'
 그의 시선은 점차 다른 이들에게 향했다.
 '오방곤은? 검후는? 척착호는? 그리고……'
 장평의 머릿속에 스쳐 지나간 것은, 내리는 빗물 속에서 유쾌하게 웃는 한 사람의 모습이었다.
 '……범소 형님은?'
 슬픔 없이는 떠올릴 수 없는 사람이었고, 후회 없이는 생각할 수 없는 사람이었다.
 하지만, 없던 일로 만들 수는 없었다.
 후회하고 슬퍼할지언정, 잊고 싶지 않았다.
 "다시 시작하라……."
 장평은 두 장평을 바라보았다.
 그가 그들의 눈빛을 주시하자, 두 장평의 눈빛이 장평에게 보였다.
 그들의 눈에 담겨 있는 낯익은 감정.
 갈망과 후회가.
 장평은 자신도 모르게 속삭였다.
 "……멈춰야 할 때 멈춰야 한다."
 두 장평은 서로를 돌아보았다.
 그들은 차분한 얼굴과 슬픈 얼굴로 장평을 바라보았다.
 〈승천을 거절하는 건가?〉
 "그래."

〈왜지?〉

장평은 두 승천자를 바라보았다.

"너희들도 후회하고 있으니까."

얼마나 강대한지는 중요하지 않았다. 얼마나 현명한지도 중요하지 않았다. 승천자들은 너무 멀리 가 버렸고, 그들이 머물 수 있는 곳은 무대 밖 관람석뿐이었다.

그럼에도 불구하고, 그들조차도 나름의 후회를 품고 있었다.

두 승천자와 장평의 차이점은 단 하나.

할 수 없음과 하지 않음의 차이뿐이었다.

"승천해서도 후회에서 도망칠 수 없다면, 차라리 사람들 속에서 후회하겠다."

승천자들은 별다른 감정을 보이지 않았다.

〈그렇다면 넌 용태계에게 죽는다.〉

"그건 정해져 있는 건가?"

〈이 세상의 그 무엇도, 네 죽음을 막을 수는 없다.〉

장평은 반문했다.

"그럼, 내가 용태계를 죽일 수는 있나?"

〈가능성은 낮다.〉

"없진 않군."

〈그래.〉

"그 정도면 충분하다."

장평은 편안한 미소를 지으며 말했다.

"회생옥은 부수고, 용태계는 죽인다. 내 다음 사람들에게 세상을 남겨 줄 수 있다면, 목숨을 던질 가치는 충분히 있다."

〈후회할 거다.〉

"이 모든 것은, 비겁한 한 사람이 후회를 피해 도망친 것에서 시작되었다."

장평은 동료들 가운데에 서서 두 장평을 바라보았다.

"악순환이 너무 길었다. 모든 것은 내 손에서 끝난다."

두 장평은 조용히 몸을 돌렸다.

〈그렇다면, 우리들은 지켜보고 있겠다.〉

〈그 결정이 널 어디로 데리고 가는지를……〉

그 순간. 멀어졌던 만물이 제 자리로 돌아오고, 멈췄던 시간이 흐르기 시작했다.

"……뭐야."

파리하는 눈을 깜빡이며 말했다.

"왜 갑자기 표정이 개운해졌어?"

"개운해졌으니까."

장평은 하늘을 바라보았다.

아침햇살이 신선곡을 비추고 있었고, 저 멀리 화선홍은 재가 담겨 있는 화로들을 정리하고 있었다.

하루가 지난 걸까?

아니면 시작되지도 않은 걸까?

장평은 쓴웃음을 지었다.

'신선곡은…… 정말 이상한 곳이군.'

시간도, 순서도, 인과도, 물리법칙도 엉망진창으로 뒤

엉켜 있었다. 하지만 그렇기에 두 장평과 만날 수 있었고, 그가 북경에서 죽게 될 것임을 예언 받을 수 있었다.

"하지만, 괴력난신은 여기까지다."

장평은 후련한 얼굴로 하늘을 우러러보았다.

차라리 잘된 일이었다. 그가 북경에서 죽을 운명이라면, 북경으로 가면 그만이니까……

어느새 다가온 화선홍은 장평을 보며 말했다.

"구경 오라니까. 왜 안 왔나?"

"그 백 뭐시기는 만났소?"

"만났네. 이번에는 항생제(抗生劑)의 원리를 가르쳐 주셨지."

파리하는 미심쩍은 표정을 지었다.

"항생제가 뭐지?"

"백창의선께서 내주신 숙제다. 나쁜 병귀(病鬼)와 맞서 싸우는 착한 병귀를 만드는 약이지."

"……병귀?"

파리하는 장평에게 속삭였다.

"쟤 귀신 들린 거 아냐?"

"그럴지도 모르지."

피식 웃은 장평은 미묘한 표정을 지었다.

'……아니. 잠깐만. 화선홍 저거 진짜로 무당인 거 아냐?'

생각해 보면, 화선홍은 신선곡의 진법을 인지하지도 못하고 통과했고, 거기에 더해 기묘한 의식까지 치르고 있었다.

심지어, 실제로 대답까지 듣는 모양이었다.

본인이 괴력난신에 냉소적이라는 점만 빼면, 아무리 봐도 신통한 무당처럼 보였다.

'역설적인 일이로군.'

하지만, 아무래도 좋은 일이었다.

그의 길은 그의 몫이고, 장평이 갈 곳은 정해져 있으니까.

"북경으로 가자. 파리하."

그는 파리하에게 손을 내밀며 말했다.

"악순환을 끝내기 위해서."

回生武士

4장

4장

용태계는 북경을 바라보고 있었다.

"……."

그의 얼굴은 심란했고, 눈빛은 흔들렸다.

식사는커녕 물조차 입에 대지 않은 지 오래.

만약 그가 용태계가 아니었다면, 볼은 핼쑥하고 눈두덩이는 퀭했을 것이다.

하지만, 입신지경의 용태계. 특히 북경 안에서의 그는 먹을 필요도 마실 필요도 없었다.

입신지경의 고수가 수십 년간 비축한 진원지기(眞元之氣). 글자 그대로 몸 안에는 담을 곳이 없어서 북경을 흐르게 풀어 둔 기류(氣流)가, 용태계에게 피로와 굶주림을 허락하지 않기 때문이었다.

도시 중의 도시가 북경이듯이, 축일 중의 축일은 중추절.

부귀한 도시가 즐거움으로 물들어 있었다.

"……다들, 즐기고 있구나."

그는 복잡한 눈빛으로 북경의 전경을 굽어보았다. 장평에게 선물했던 녹와원을 비롯해, 모든 건물이 낯익고 모든 거리가 익숙했다.

"북경의 모든 사람들이……."

바뀐 것은 오직 사람들뿐.

천년은 변함없을 돌과 나무들 속에서, 인간은 고작해야 오십 년도 머물지 못하곤 했다.

"사람들은…… 너무 빨라……."

그들은 너무 빠르게 늙고, 너무 간단히 죽었다. 영양이 부족한 빈민들은 말할 것도 없고, 부유한 이들조차 다르지 않았다.

그의 동생도 그러했다.

등에 뾰루지가 솟았다 싶더니, 한 달이 지나자 주먹만 한 종기(腫氣)가 되어 고름을 몇 되씩이나 쏟아냈다.

무능한 어의 놈들이 지어올린 탕약들은 아무 소용이 없었고, 결국 최후의 수단으로 종기를 침으로 터트렸다.

그렇게, 제국의 황제는 병상 위에서 죽었다.

정확한 사인조차 모른 채로.

〈형님……〉

그가 마지막으로 대화한 사람은, 용태계였다.

〈아들놈을…… 부탁드립니다……〉

용태계는 그 순간을 기억했다.

슬픔과 안타까움보다도, 당혹스럽고 이해할 수 없었다. 어린 동생이 제멋대로 늙어가더니, 겨우 쉰 살도 못 살고 죽어 버리는 모습에.

〈네가 왜 죽어야 하는 거냐?〉

〈이것이…… 천명이겠지요……〉

〈천명……?〉

익숙한 말이었다.

〈아버지와 같은 말을 남기는구나……〉

그의 아버지도 마찬가지.

열이 나고 기침을 좀 하는가 싶더니, 닷새도 되지 않아 죽어 버렸다.

〈네 천명을…… 내가……〉

용태계가 제 자리에 서 있는 동안, 세상은 그를 지나 흘러갔다.

사람들은 자라고, 늙고, 죽어 갔다.

용태계가 처음으로 그 사실을 이해했을 때는, 조카가 제위에 오를 때였다.

'이건 좀 비효율적인 거 같은데.'

이십 년을 들여 자라고, 십 년을 헤맨 끝에야 초보자를 면한다. 인생에서 제 능력을 온전히 발휘할 수 있는 시간은 길어야 이십 년.

'삼십 년은 너무 짧지 않나……?'

그것도, 질병과 역병. 사고와 살해 등을 무사히 피할 경우에나 가능한 일이었다.

스무 해마다 한 세대가 늙고, 또 스무 해가 흐르면 그 세대의 절반은 죽어 있었다.

인간의 삶은…… 너무 짧았다.

'나라면 천년은 살 수 있을 텐데?'

용태계와는 달리.

'어쩌면, 내가 입신지경에 오른 것도 천명이 아니었을까?'

그 착각이 그를 백면야차로 이끌었다.

'영원의 황제가 되어 제국을 번영시키라는 천명이?'

그리고 그 오판이 용태계를 여기까지 몰아넣었다.

"아버지…… 이젠 어떻게 하죠……?"

그는 피폐한 눈으로 축제로 물든 북경을 내려다보았다.

"사람들의 세상에…… 저 혼자만 던져 놓으면 어떻게 하란 말이에요……?"

그 때, 용태계의 등 뒤에서 경멸 섞인 목소리가 들려왔다.

"죽으면 되지."

남궁연연이었다.

용태계는 뒤도 돌아보지 않은 채 읊조렸다.

"누굴 위해서?"

"세상 모든 사람을 위해서."

"네 남편을 위해서겠지."

용태계는 피폐한 미소를 지었다.

"곧 내 손에 죽을 네 남편. 장평을 살려보기 위해서."

"물론 장평은 널 죽일 거야. 그리고, 세상을 원래대로 돌려놓을 거야."

그녀는 독사처럼 악의에 찬 목소리로 말했다.

"하지만 넌 대체 뭘 위해 싸우지? 지금의 네게 싸워서까지 지킬 만한 가치가 있는 것은 아무것도 남아 있지 않은데?"

"내 강함의 가치를 증명할 수 있겠지. 내가, 내 아버지의 과오가 아니라는 사실을."

"네 아비는 물려줄 것은 잘못 골랐고, 너는 그 강함조차도 잘못 썼어. 네가 증명한 것은, 네게 복종하도록 태어난 자조차도 널 이해할 수 없었다는 것뿐이야."

"……네 혀는 참으로 날카롭구나."

급소를 찔린 용태계는 뒤틀린 미소를 지었다.

"그래. 나는 이겨 봤자 얻을게 없지. 하지만…… 장평이 이기지 못하게 만들 수는 있다."

"바보 같은 짓이야."

"그가 내 모든 걸 망쳤는데, 내가 그를 망치지 않을 이유가 무엇인가?"

남궁연연은 용태계의 뒷모습을 바라보았다. 동정할 이유도, 생각도 없었다. 그의 어리석음과 완고함에 질릴 뿐이었다.

"차라리 도망이라도 치지 그래?"

그러나, 남궁연연의 목소리는 그녀의 생각보다 착잡했다.
"해동이건 초원이건 도망쳐서……."
"그만."
용태계는 남궁연연의 말을 끊었다.
"그놈의 다시 시작하라는 말은, 이제 지긋지긋하다."
"……용태계."
"너야말로 도망쳐라. 오늘이 지난 뒤에, 북경이란 도시가 남아 있을 거라고 장담할 수 없으니까."
"내 남편이 날 데리러 오는데, 내가 왜 도망치겠어?"
"그럼…… 머리를 숙이고 있어라."
용태계는 동쪽을 바라보았다.
"끔찍한 중추절을 보내게 될 테니까."

* * *

북경의 동문. 성문을 통과한 여행자는 비웃음을 머금고 황궁을 바라보았다.
"……흥."
여행자. 척착호는 고개를 돌려 남쪽을 바라보았다.
"지각이다. 장평."

* * *

북경의 남쪽.

관도로 이어진 백리 밖 작은 마을의 주루에, 사람들이 모여들고 있었다.

 안 그래도 유동인구가 많은 북경 앞 주루.

 평소부터 길 위에서 살아가는 상인이나 짐꾼들이 즐겨 찾는 곳이었지만, 중추절 대목을 맞은 오늘은 더욱 붐볐다.

 미어터질 듯한 주루의 구석진 탁자에, 두 사람이 앉아 있었다.

 '여덟 명짜리 자리를 두 명이서 쓰네.'

 점소이는 불편한 표정으로 그들을 바라보았다. 눈치를 주며 합석 좀 해 달라고 부탁할 생각이었다.

 그 순간. 눈치 빠른 동료 점소이가 그를 제지하며 고개를 저었다.

 "냅둬. 딱 봐도 무림인 놈들이야."

 흥이 나면 거금을 뿌리는 것이 무림인이었지만, 수틀리면 피를 뿌리는 것도 무림인.

 행색이 남다르고 분위기가 특별한 것이, 저 두 남녀는 무림인이 분명했다.

 그때, 눈치를 챈 사내가 웃으며 손을 들었다.

 "점소이 선생. 여기 주문 좀 받아 주겠소?"

 "예. 나으리."

 "일곱 명 분량의 식사를 부탁하오. 술은 다섯 사람만 마실 거요."

 "어떤 걸 드시겠습니까?"

두 남녀는 눈을 마주쳤다.

다음 순간. 키가 크고 육감적인 몸매의 여자는 해맑은 미소를 지으며 말했다.

"비싼 순서대로 하나씩이요!"

점소이들은 술과 요리를 차리기 시작했다.

풍채가 비범한 네 사람이 탁자에 앉은 것은 요리가 거의 다 차려질 무렵이었다.

여자는 반가워하며 자리에서 벌떡 일어났다.

"오래간만이에요! 장……."

여자가 흠칫 놀라며 입을 틀어막자, 장평은 피식 웃었다.

"이젠 남들 눈치 볼 필요 없다. 산도."

"네!"

활짝 웃은 북궁산도는 주인을 맞이하는 대형견처럼 장평을 끌어안았다.

"오래간만이에요. 장평. 잘 지냈어요?"

"……이러라고 한 말은 아니었는데."

투덜대는 것과는 달리, 편안한 미소를 짓는 장평이었다.

"몸은 다 나았군."

"네. 환골탈태 한 번 더 했어요. 아마 이게 마지막 환골탈태일 것 같아요."

"그래서 이렇게 피부가 고왔군……."

"부드럽죠? 만지면 기분 좋죠?"

북궁산도는 배시시 웃으며 말했다.

"비밀인데, 남들 모르게 뱃살을 빼서 가슴을 키웠어요!"
"만져보라는 소리는 하지 마라……."
파리하는 공손히 예를 취했다.
"임무를 완수했습니다. 교주님."
"수고 많았다. 파리하."
마교의 교주. 일물자는 자리에 앉은 채 다른 사람들을 바라보았다.
"십만대산의 일물자가 동방의 맹우분들을 환영하오."
"환대는 고마우나, 별로 반갑지는 않구려."
"음."
검후는 퉁명스레 답했고, 오방곤은 고개만 끄덕였다.
사람들이 자리에 앉자, 일물자는 진중한 표정으로 장평과 파리하를 바라보았다.
"……네 명째?"
"아니오."
장평이 투덜거리자, 일물자는 미묘한 표정으로 파리하를 바라보았다.
"……차였느냐?"
"아니에요."
"장평이 여자를 안 꼬실 리가 없는데……."
일물자가 미심쩍은 표정을 짓자, 북궁산도는 생글생글 웃으며 말했다.
"아직 꼬시는 중일 수도 있잖아요."
"……언니."

그들의 대화를 들은 검후는 혼란스러운 표정으로 네 마교도를 번갈아 바라보았다.

"참으로 마교스러운 인간관계로군……."

장평은 쓴웃음을 지었다.

"일 얘기나 합시다."

그는 일물자를 바라보았다.

"개방을 통해 들으셨겠지만, 용태계에게 태허합기공을 들켰습니다."

"전달 받았네. 이젠 어쩔 셈인가?"

"차선책을 시도해 봐야지요."

"용태계의 두 번째 파훼법 말인가?"

"예."

"알겠네. 내가 선봉을 맡지."

일물자가 담담한 표정으로 말하자, 파리하는 어두운 표정을 지었다.

전술적으로나, 도의적으로나 일물자는 선봉에 서는 것이 맞았다.

하지만 북경의 용태계에게 제일 먼저 덤벼든다는 것은, 첫 희생자가 된다는 의미였다……

북궁산도는 생글생글 웃으며 말했다.

"그럼 제가 두 번째로 들어갈게요."

검후는 침중한 표정으로 물었다.

"장평. 자네의 차선책이라는 것 말인데, 몇 명까지 사석(死石)으로 던질 예정인가?"

"절반 이상 죽을 겁니다."

장평은 담담한 표정으로 말했다.

"전멸일 가능성도 크고요."

그 순간. 오방곤이 입을 열었다.

"그렇다면, 내가 세 번째 사석이 되지."

장평은 고개를 저었다.

"의원님께는 다른 일을 부탁드리고 싶습니다."

"다른 일? 무슨 일을?"

"척착호라는 변수가 있으니까요."

입신지경인 일물자와 초절정고수의 정점인 북궁산도는 전면전에 투입해야 하는 병력이었다.

하지만, 잊지 말아야 하는 것이 입신지경의 또 다른 고수 척착호. 예측불능의 변수인 척착호에 대응할 패를 준비해야 했다……

"나와 남궁풍양을 예비전력으로 빼놓을 셈인가?"

"예."

"남궁풍양은 몰라도, 나는 임기응변에는 자신이 없다."

오방곤이 무감정한 얼굴로 말하자, 장평은 담담히 말했다.

"원거리 전투가 가능한 검후와 파리하를 후방으로 뺄 겁니다. 전황에 따른 지시를 내려 줄 겁니다."

검후는 난처한 표정을 지었다.

"검의 운용에 집중하면, 내 시야는 좁아지게 될 거다. 나 하나의 운신이라면 몰라도, 이렇게 변수가 많은 전장을 지휘할 자신은 없다."

"파리하가 지휘할 겁니다."

장평의 말을 들은 파리하는 미간을 찌푸렸다.

"싫어."

지휘를 맡는다는 것은, 마지막까지 살아 있어야 한다는 말이었다.

"교주님과 산도 언니가 죽는 모습을 멀리서 지켜보고 있으라고? 내가 했던 말 잊었어?"

파리하의 소망은 단 하나. 위대한 아버지 일물자 대신 죽는 것뿐이었다.

그리고 장평은 지금, 정확히 그 반대를 요구하고 있었다.

"용태계와 싸워 본 사람 중에서, 무림인들을 아는 사람은 너밖에 없어. 네가 지휘해야 해."

일물자는 부드럽게 말했다.

"네 지휘라면 믿을 수 있다. 우리가 더 잘 싸우게 만들어다오."

"……."

파리하는 입술을 깨물었다.

"그 대신, 약속해 줘요."

파리하는 일물자와 북궁산도를 바라보았다.

"죽음을 각오하는 것과는 별개로, 삶을 포기하지는 마세요. 살아서 돌아갈 생각으로 싸우겠다고 약속해 주세요."

"안 그래도, 논문을 쓰다 말고 왔단다."

일물자는 편안한 미소를 지었다.

"중력의 영향을 받지 않는 지박령이 실존한다면, 대체 어떠한 힘에 의해 지평좌표계를 유지할 수 있을지에 대한 연구였지. 가능하다면, 돌아가서 끝을 맺고 싶구나."

"싸우기 전에 그런 소리하면 무사히 돌아오지 못하기 마련이던데……."

"이런, 과학자가 미신을 믿는단 말이냐?"

일물자의 너털웃음에, 사람들은 미소를 지었다. 제각기 다른 의미와 속마음이 담긴 미소였다.

"우리 약속, 잊지는 않았죠?"

북궁산도는 장평의 어깨에 머리를 기대며 말했다.

"저는 먼저 갈 테니, 천천히 오세요."

"여한은 없나?"

"없어요."

북궁산도는 생글생글 웃으며 말했다.

"당신과의 나날들은 짧았지만, 그걸로 충분해요. 당신은 아무도 이해하지 못했던 제 마음 속 깊은 곳까지 들어왔잖아요. 아무도 닿은 적 없던 제 몸 속 깊은 곳까지……."

"……으흠."

일물자는 헛기침을 하며 북궁산도의 말을 끊었다.

"그런 얘기는 전음으로 하게나. 아니면…… 싸움 끝난 다음에 방을 잡던가."

"그럴까요?"

북궁산도는 장평의 어깨에 턱을 괸 채 속삭였다.

"혹시 오늘 안 죽으면, 앞으로도 같이 살래요? 십만대산에서 그랬던 것처럼, 침상 밖으로 안 나가고 하루 종일 뒹굴래요?"

"그러지."

장평이 담담한 표정으로 고개를 끄덕이자, 파리하는 놀란 표정을 지었다.

낯 뜨거운 말을 스스럼없이 속삭이는 북궁산도가 아닌, 별다른 고민 없이 고개를 끄덕이는 장평을 바라보면서.

"장평. 너……."

장평은 대답 대신 담백한 미소만 지어 보였다.

'살아남을 수는 없겠지만.'

승천자들의 예언이 아니더라도, 장평은 목숨을 던질 생각이었다. 승천자들의 예언이 바꾼 것은, 장평이 좀 더 편안한 마음으로 죽을 수 있게 된 것뿐이었다.

'회생옥의 망령들은 퇴장할 때가 되었다.'

회귀자는 둘.

용태계 만큼이나, 장평 본인 또한 죄인이었으니까…….

'다른 사람들에게 미래를 선물하기 위해서라도.'

파리하의 눈썹이 잠시 흔들리는가 싶더니, 금세 차분함을 되찾았다.

동고동락한 전우로서, 장평의 결의를 존중하는 것이었다…….

"그건 그렇고, 남궁 가주가 늦는군."
"그 기회주의자, 그새 마음 바뀐 거 아냐?"
그 때, 한 사람이 객잔 안으로 들어왔다.
왠지 모르게 낯익은 기척에, 장평은 뒤를 돌아보았다.
"남궁 가주님?"
그 순간, 장평의 눈에 들어 온 것은 낯익은 모습이었다.
〈아니. 나다.〉
장평과 똑같은 모습의 장평.
어느새 얼어붙은 시간 속. 모든 사물이 정지된 가운데, 장평이 장평을 찾아와 말을 걸고 있었다.
"사술사……!"
모든 악순환의 원흉.
'최초의 장평'이.

* * *

사술사는 전생 그대로의 모습으로 장평 앞에 서 있었다.
그 끔찍스러운 메아리들 없이, 혼자서.
'지금이라면 벨 수 있지 않을까?'
장평이 허리에 찬 흑검으로 손을 움직이려는 순간, 그는 자신의 몸이 움직이지 않음을 깨달았다.
물질적인 시간은 고정된 채, 정신만으로 교류하는 상태. 사술사 본인도 움직이지 못한다는 점에서, 신선곡의 축소판에 가까웠다.
"……무슨 일로 온 거지?"
⟨용태계를 죽이러 가는 것 아닌가?⟩
"맞다."
⟨내가 도와주마.⟩
"필요 없다."
⟨용태계와 싸우면, 너는 죽는다. 승패와 무관하게.⟩
"승천자들에게 들었다. 이 세상 그 무엇도 내 죽음을 막을 수는 없다는 사실도."
⟨살고 싶지 않은가?⟩
"이미 들었다고 했을 텐데."
⟨그들의 예언은 '이 세상'에 속한 것이었다. 그리고 너도 알다시피, 나는 이 세상에 속한 존재가 아니다.⟩
장평은 흠칫 놀랐다.
"그 말은……."
⟨그래. 내가 개입하면, 예언을 회피할 수 있다는 뜻이다.⟩
사술사는 장평을 보며 말했다.
⟨그뿐만 아니다. 내가 협력하면, 희생 없이 용태계를 죽일 수 있다.⟩
"어떻게?"
⟨내가 보유한 메아리들을 충돌시켜서, 용태계가 북경에 비축한 기류들을 소멸시킬 수 있다.⟩
"……그게 가능한가?"

〈가능하다. 처음부터, 용태계의 기류를 파훼하기 위해 메아리들을 모은 것이었으니까.〉

놀란 장평을 보며, 사술사는 간교한 유혹을 늘어놓았다.

〈지금이라면 승산이 있다. 너만큼 강한 자가 나타나는 것은 쉬운 일이 아니며, 백면야차가 지금처럼 약해진 것은 처음이니까.〉

장평은 그의 말에 현실성이 있음을 이해했다.

용태계는 그 어떤 평행세계보다 약해졌지만, 지금의 장평은 사술사가 굴복시키기엔 너무 강해졌다는 것을. 그러니, 협력하여 승리하는 것이 최선책이라는 사실을.

〈승천자들이 방관 중인 지금이 기회다. 같은 장평끼리 힘을 합치자. 증오스러운 백면야차를 무찌르고, 시간을 나눠 갖기로 하자.〉

"……원하는 것이 뭐지?"

〈내가 원하는 것은 단 하나. 이 저주받은 여정을 끝내고, 처음부터 다시 시작할 기회뿐이다.〉

장평은 사술사의 말을 이해했다.

"회생옥?"

〈나는 과거로 돌아가고, 너는 이대로 미래로 나아가는 거다.〉

사술사는 손을 내밀었다.

〈회생옥을 내게 다오.〉

장평은 주저 없이 답했다.

"싫다."

⟨내가 거짓말을 한다고 생각하나?⟩

"그건 중요하지 않다. 중요한 것은, 악순환은 여기서 끝나야 한다는 것이다."

장평은 단호히 말했다.

"백면야차 용태계를 무찌르기 위해, 백면야차 장평을 만드는 것이 무슨 의미가 있나? 너에 비하면 차라리 용태계가 더 나은 사람인데?"

사술사는 장평을 바라보았다.

백면야차에게 배신당하던 그 순간의 귀기어린 눈빛으로.

⟨다시 시작한다면, 지금처럼 되지는 않을 것이다.⟩

"악순환이 너무 길었다. 괴력난신은 여기서 멈춘다."

⟨나는 많은 것을 보았다. 내가 무엇이 될 수 있는지, 어떻게 하면 되는지 아주 잘 알게 되었다. 내게 필요한 것은 기회뿐이다.⟩

사술사는 간절히 말했다.

⟨내가 아는 지식들을 활용하게 해다오. 지금과는 다른 삶을 살아 볼 기회를 다오.⟩

"그 말이 사실이라면, 증명해라."

⟨어떻게?⟩

"속박한 메아리들을 해방 시켜라. 그리하여 네가 더 나은 인간이 될 수 있음을 증명해라."

⟨싸움을 앞두고 힘을 포기할 수는 없다.⟩

"그게 네 대답이라면, 내가 줄 수 있는 것은 경멸뿐이다."

사술사는 잠시 장평을 바라보았다.

〈후회할 거다.〉

사술사는 몸을 돌렸다.

그리고 다음 순간.

다시 움직이는 시간 속에서, 장평의 눈앞에 서 있는 것은 남궁풍양이었다.

"준비는 다 끝났나?"

"……방금 끝났습니다."

장평은 자리에서 일어났다.

"갑시다. 용태계를 쳐죽이러."

* * *

일곱 명.

일곱 명의 강자들이, 북경의 성문을 바라보고 있었다.

들어가고 나가는 인파들 속에, 가만히 서 있는 그들은 냇물의 바위처럼 도드라졌다.

한 걸음만 더 들어가면 적진.

서로 다른 곳에서 태어나고 자란 일곱 명의 무사들이, 제각기 다른 감정을 담아 북경의 성문을 바라보고 있었다.

"여기까지 오긴 왔군……."

장평은 착잡한 눈빛으로 사람들을 돌아보았다.

모두 합쳐 일곱.

한때는 만악의 원흉이라 착각했던 현명한 일물자의 곁에, 순수한 북궁산도가 몸을 풀고 있었다.

교활한 파리하는 평소의 율법과 관습을 무시한 채 본모습으로 서 있었고, 자존심 강한 검후는 칠채보검을 비롯한 세 자루의 비검을 띄운 채 팔짱을 끼고 있었다.

동료가 되리라고는 기대하지 못했던 음험한 남궁풍양은 평소와는 달리 격노와 살의를 드러내고 있었고, 언제나처럼 무심한 오방곤은 장평이 짐작할 수 없는 자신만의 생각을 무감정한 낯빛 안에 담아두고 있었다.

일곱.

계획했던 것보다는 적은 숫자였지만, 각오했던 것보다는 많은 숫자였다.

"그럼…… 갑시다."

그를 시작으로, 일곱 명의 고수는 걸음을 내딛었다.

미친 신의 본거지 속으로.

* * *

일곱.

용태계가 감지한 북경의 강자는 모두 일곱이었다.

"기다렸다. 장평."

용태계는 일그러진 미소를 지었다.

"내 강함을 증명할 기회를!"

구도는 단순했다.

저들은 달려들고, 용태계는 공격하는 것이었다.

그것도, 일방적으로.

용태계가 하늘을 향해 손을 들어 올린 순간.

웅…… 웅…….

북경 전체에 퍼져 있던 기류가 그를 향해 모여들었다.

입신지경의 고수가 비축해 둔 육십 년 치의 내공. 내공만 있으면 무한히 재생할 수 있는 용태계에게, 이 기류는 불사에 가까운 생명력을 보장하는 자원이었다.

하지만 좀 더 직관적인 사용법도 있었다.

내공, 그 자체로서.

발에서부터 휘감겨 올라 온 기류는, 그의 손바닥 위에 집결했다.

파직. 파직…….

기의 구체는 순식간에 집채만 한 크기로 부풀어 올랐다.

"시작은…… 불."

화르르륵!

그 순간. 그 순수한 기의 구체는 태양처럼 맹렬한 폭염이 되었다. 잊혀진 신비문파 태양궁(太陽宮)의 실전된 신공절학. 염제신화(炎帝神火)였다.

"하하하하하!"

용태계가 앙천광소하며 팔을 휘두르자, 염제신화는 북

경 성벽을 갓 뛰어넘은 적들에게 향했다.

후우우웅…….

"포격이다!"

선봉에 선 일물자는 경고했다.

"못 막는다! 흩어져!"

염제신화의 일격은 본질적으로는 파리하의 장풍과 큰 차이가 없었다. 차이가 있다면, 위력과 규모의 차이였다.

파리하의 장풍이나 검후의 비검술이 화살이라면, 용태계의 원거리 공격은 투석기로 집채만 한 포탄을 날려 보내는 것과 같았다.

"폭발한다! 안전거리를 확보해!"

더 큰 문제는, 그 포탄은 폭발한다는 것이었다.

쾅!

염제신화가 성벽에 꽂힌 순간. 간신히 구체의 형태로 얽매여 있던 폭염이 해방되며 사방으로 맹위를 펼쳤다.

"……어?"

일행 중 제일 무위가 낮은 파리하는 당황했다.

'너무 빨라!'

폭염이 전개되는 속도가 그녀의 경공술보다 빨랐기 때문이었다.

그 순간.

"움츠려라."

나직한 목소리와 함께, 오방곤이 그녀의 앞을 가로막았다.

화르륵!

폭염이 오방곤의 상반신을 덮쳤고, 불꽃 속에서 그의 상체가 익어 갔다.

당황한 파리하는 자신을 가로막은 오방곤의 뒷모습을 향해 외쳤다.

"오방곤!"

치이익…….

폭염은 단 한 순간 스쳐 지나갔을 뿐이었지만, 오방곤의 상반신은 끔찍한 화상과 물집으로 엉망이 되어 있었다.

"대체 왜……?"

경악한 파리하를 향해, 오방곤은 고개를 돌렸다. 그는 익어 버린 눈알로 파리하를 돌아보며 말했다.

"앞을 봐라."

짤막하게 답한 오방곤이 정신을 집중하자, 그의 몸이 빠르게 회복되기 시작했다. 찰나 간 발동한 재생공으로 부상을 경감한 것이었다.

"앞을 보고, 지휘해라."

그는 아직 김이 모락모락 피어오르는 몸으로 말했다.

"역병이 횡행하고 있다."

파리하는 이를 악물었다.

합리적이었다.

저 포격은 파리하에게는 치명적이었지만, 오방곤에게는 버틸 만한 공격. 어차피 예비전력으로 대기해야 하는 오방곤 입장에서는, 지휘관인 파리하 대신 맞아 주고 운기조식을 하는 편이 합리적이었다.

그러나, 파리하는 흔들리는 눈동자로 오방곤을 지켜볼 수밖에 없었다.

'입장이 바뀌었다면, 나는 그를 위해 몸을 던졌을까?'

조금 전까지는, 아니었다.

수십 년간 불구대천이었고, 서로가 서로에게 악연이었으니까.

조금 전까지는, 마두와 무림인이었으니까.

이젠…… 아니지만.

파리하는 가슴에 북받치는 감정을 짓누르며 앞을 바라보았다.

전우의 어깨 너머, 흉적을 노려보면서.

〈파리하. 지휘합니다.〉

파리하가 일물자에게 전음을 보내자, 그들은 서로 전음을 주고받으며 통신망을 구성했다.

오방곤은 앞을 바라본 채로 전음을 보냈다.

〈오방곤. 회복 중.〉

파리하는 북경 시내를 외눈으로 훑었다.

"꺄아아악!"

"뭐야?! 웬 폭발이야?!"

조금 전까지 축제였던 북경은 순식간에 아비규환의 난장판으로 변했다.

하늘 위를 날아다니는 사람들과 폭염에 겁먹은 사람들

은 누군지 모르는 위험을 피해, 어딘지 모를 피난처로 무작정 움직이고 있었다.

'무림인들의 싸움을 처음 보는 거구나.'

생각해보면, 이곳은 제국의 수도 북경.

무림맹이 위치한 곳이자, 황궁이 위치한 곳이었다. 세상에 어떤 무림인이 신공절학을 난사하겠는가?

황궁이 옆집인 북경 시민들 입장에서는, 군대가 행군하는 모습은 익숙해도 무림인들의 대결은 경악스러운 것이리라.

〈민간인들이 두려워하고 있어요.〉

파리하의 전음을 받은 일물자는 발을 늦추지 않은 채 눈동자만 옮겼다.

〈용태계는 민간인들을 소개시키지 않은 건가? 이곳이 전장이 될 것임을 알면서도?〉

〈못 시킨 것에 가깝겠죠.〉

용태계는 장평을 북경으로 불렀지만, 정확히 언제 쳐들어올지는 알지 못했다.

제국의 심장. 북경.

족히 백만을 헤아릴 대도시를, 무작정에 무기한으로 소개시킬 수야 없는 노릇이었다.

〈어쩌면, 민간인들의 존재를 아예 생각조차 안 했을 수도 있고요.〉

일물자는 무림맹에 감각을 집중시켰다.

〈그럴 가능성이 더 높군. 정작 무림맹은 소개시켜 둔

것을 보니.〉

 전장이 될 무림맹은 평소와는 달리 조용한 것이, 관계없는 이들은 대피시킨 모양이었다.

〈불찰이다. 중추절이 아닌 다른 날을 골랐을 것을.〉

 그 순간, 용태계는 두 개의 인기척이 이동을 중단하고 대열에서 이탈했음을 감지했다.

"남은 적은 넷인가?"

 북경의 강자는 전부 일곱.

 일격으로 그중 둘이 떨어졌다면, 나쁘지 않은 성과였다.

"다행스럽게도, 북경은 넓다."

 가장 빠르게 쇄도하는 인기척. 일물자의 것이 분명한 자의 최대 속도를 계산해 볼 때, 근접전에 돌입하기 전에 최소한 세 초식은 더 펼칠 수 있었다.

 물론, 그때까지 적들을 살려 둘 생각은 없었지만.

"너희들에겐 불행하게도!"

 용태계는 비웃음과 함께 바닥에 발을 굴렀다.

 콰직!

 두꺼운 판석이 깨지며, 크고 작은 수백 개의 석편이 허공에 떠올랐다.

 용태계가 부드럽게 원을 그리자, 돌조각들은 무형의 기운에 이끌려 대오를 이뤘다.

 파앙!

 용태계가 무형의 기운으로 엮여 있는 석편들에 일장을

후려치자, 수백 개의 석편은 그대로 수백 발의 화살이 되어 날아갔다.

"머리를 조아려라. 오랑캐!"

노리는 것은 선봉의 일물자.

하나하나가 파리하의 지풍보다 더 빠르고 위력적인 산탄이었다.

일물자는 침착하게 계산했다.

'호신공으로 막을 수준은 아니다.'

그러나, 진짜 문제는 그 일초식의 위력이 아니었다.

그 공세가 향하는 방향이었다.

〈파리하. 공격 범위는?〉

〈고지에서 꽂히는 사선.〉

일물자는 침음성을 삼켰다.

〈내가 피하면……〉

〈……지상의 민간인들이 맞을 거예요.〉

상황을 파악한 일물자는 건곤대나이를 펼쳤다.

"흡!"

중력을 조작하는 무공. 호교신공 건곤대나이. 그가 날아오는 중력을 배가하여 석편들을 찍어 누르자, 석편들은 기세가 꺾여 바닥에 후두둑 떨어졌다.

〈이 구도를 의도한 것이라고 보느냐?〉

용태계는 어려서는 제왕학을 배웠고, 청년기에는 이미 신공절학을 섭렵했다.

그는 아둔한 사람이 아니었다.

〈아닐 거예요.〉

그리고 이 경우에는, 그게 더 문제였다.

〈그냥…… 신경을 쓰지 않는 거예요.〉

파리하의 옆에서 상황을 지켜보던 오방곤은 나직이 말했다.

"무시해라."

"용태계는 민간인들을 신경 쓰지 않아요. 무시하면 민간인들이 죽어요."

"죽어야 한다면, 죽게 놔둬라."

민간인들을 신경 쓰며 발목이 잡히느니, 속전속결이 더 인명피해가 적다는 말이었다.

"……냉혹한 말이로군요."

"살처분은 역병을 멈춘다."

오방곤에게 인명이란 무엇보다 존귀한 것.

감히 귀천과 경중을 논할 대상이 아니었다.

하지만 역설적이게도, 그런 오방곤이기에 인명을 숫자로써 다룰 수 있는 것이었다.

세상에 인명보다 귀한 것이 없다면, 결국 인명피해가 적은 것이 최선이니까…….

'다른 방법은 없는 건가?'

파리하는 전황을 살폈다.

지금, 무림인들은 지붕 위를 밟으며 달려가고 있었다. 인파를 피해 가장 빠르게 이동하기 위함이었다.

'진로를 바꾸고 고도를 낮춘다면, 건축물을 엄폐물로

쓸 수 있다.'

오방곤의 말은, 냉혹하지만 효율적이었다.

민간인들도 나름대로 고기방패로 쓸 수 있을 테니까……

〈인명피해를 무시하면 안 된다.〉

그 순간, 두 사람의 대화를 들은 남궁풍양이 파리하에게 전음을 보냈다.

〈내막을 모르는 이들에게, 우리들은 북경을 습격한 마두들에 불과하다. 누구의 소행인지는 따져보지도 않고, 모든 인명피해를 우리 책임으로 돌릴 것이다.〉

그의 정치적인 발언에, 파리하는 미간을 찌푸렸다.

〈정치적인 문제는 싸움이 끝난 뒤에……〉

〈척착호가 보고 있다.〉

파리하는 입술을 깨물었다.

'그 빌어먹을 돌대가리.'

용태계가 머리는 좋은데 상상력이 부족하다면, 척착호는 머리도 나쁘면서 자기가 믿고 싶은 대로 믿는 사람이었다.

지금의 이 복잡미묘한 구도를 어떻게 판단하고 어떻게 대응할지 모르는 일이었다.

〈용태계는 척착호의 눈치를 볼 필요가 없다.〉

전력상 우위인 용태계 입장에서는 딱히 척착호의 도움이 필요 없었다. 그냥 지금처럼 구경만 하고 있어도 충분했다.

〈그러니, 척착호 같은 머저리도 한눈에 이해할 수 있는 구도를 보여 줘야 한다.〉

하지만 열세인 그들에게는 척착호의 가세가 절실했다. 용태계와 똑같이 나쁜 놈이 될 수는 없는 상황이었다.

〈……손해를 감수하는 모습을 보여 줘야 한다는 건가요?〉

〈그래.〉

마음을 굳힌 파리하는 이를 악물었다.

〈교주님. 고도를 높이고, 용태계의 공격을 유도하세요.〉

그녀는 존경하는 아버지를 사지로 내몰았다.

〈누군가 맞아야만 한다면, 가장 강한 교주님이 맞으셔야 해요.〉

〈그래.〉

일물자는 지붕 위로 올라가, 일부러 멀고 높이 도약했다.

더 맞추기 쉬운 과녁이 되기 위해서였다.

'저 반편이가 지금 뭐 하는 거지?'

용태계는 의아한 표정을 지었다.

무작정 뛰어오르는 것은 무학의 기초도 모르는 얼간이들이나 하는 짓이었다.

허공에서 완벽한 재도약이 가능한 것은 장평의 태허진일보뿐. 자세변경이나 허공답보 같은 미봉책은 한계가 있으니까.

'……미친 건가?'

그러나, 고민도 잠시.

'내게 힘이 있는데 왜 적의 의도를 생각해야 하는가?'

멍청한 짓을 한다면, 그 대가를 치르게 만들면 그만이었다.

"추락할 때까지 때려 주마!"

용태계는 탄지신통(彈指神通)의 지풍을 연거푸 펼쳤다.

피잉! 피잉! 피잉!

쇄도하는 지풍들은 서로 속도가 달랐다.

쏘아진 순서는 달라도 맞는 순서는 동일한 그 탄막은, 사천당가의 절기인 만천화우(滿天花雨)의 이치대로 펼치는 기예였다.

"치잇……!"

일물자는 가능한 피하려 노력했으나, 체공 상태에서의 회피 기동은 한계가 있었다.

'이 이상은 무리다.'

일물자는 피하는 것을 포기하고 호신공을 펼쳤다. '맞을 준비'를 하는 것이었다.

두두두두두두!

그러나, 빗발치는 지풍의 위력은 일물자의 상상을 초월했다.

"으…… 으으으……!"

더는 견디지 못한 일물자는 피를 토하며 건물의 지붕 위로 추락했다.

"세 명째다!"

북경의 강자는 일곱. 남은 적은 셋.

"최고수를 너무 쉽게 잃는군. 장평!"

용태계는 비웃었다.

〈일어나세요. 교주님.〉

파리하는 지붕 위에 쓰러진 일물자를 향해, 이를 악물고 전음을 날렸다.

〈버틸 수 있는 만큼…… 맞아 주세요……〉

딸의 무리한 부탁에, 일물자는 휘청거리면서도 자리에서 몸을 일으켰다. 머리를 풀어 헤친 그는 피투성이가 된 얼굴에 희미한 미소를 지었다.

"알았다. 내 딸아."

두두두두두!

빗발치는 탄지신통에 온몸이 너덜너덜해지면서도, 일물자는 조금도 물러나지 않았다.

"네가 원하는 곳이…… 내 자리란다……."

그렇게 일물자가 시선을 끄는 사이, 용태계의 눈을 피한 다른 이들이 일물자를 스쳐 지나갔다.

"앞으로."

내상을 입은 일물자는 피를 울컥 토하며 그 자리에 무너져 내렸다. 그는 웃는 얼굴로 자신을 스쳐 지나가는 북궁산도의 뒷모습을 바라보았다.

"주저하지 말고, 앞으로."

일물자가 무너졌다면, 다른 누군가가 용태계의 시선을

끌어야 했다.

"검후가 여기에 있다!"

자신의 차례임을 직감한 검후는 노호성과 함께 비검들을 펼쳤다.

"내 쌍검을 받아라!"

두 자루의 장검이 현란한 검광으로 눈을 어지럽히는 가운데, 진짜 노림수는 투명한 칠채보검.

용태계의 사각지대를 파고드는 교묘한 일격이었다.

"셋이잖아."

콰창!

그 순간, 용태계는 사각지대의 칠채보검을 후려쳐 부수며 비웃었다. 처음부터 기감으로 전황을 파악하고 있던 그에게, 투명한 검신 따위는 무의미했던 것이다.

"숫자 세는 법을 까먹었나?"

용태계는 나머지 두 자루의 비검을 낚아채고, 검에 남겨진 검후의 여력을 자신의 내공으로 덧씌웠다.

'빼앗긴다.'

본능적으로 직감한 검후는 남은 내력을 충돌시켜 두 자루의 비검을 폭파시켰다.

퍼펑!

비산하는 검편이 용태계를 뒤덮었다.

"뺏기느니 부순 건가?"

그러나, 용태계는 불쾌한 표정으로 손바닥을 펼칠 뿐이었다.

"검후 주제에 욕심도 많군!"

한 줌만 남은 검의 잔해를 움켜쥔 그는, 옛 주인을 향해 쇳조각들을 뿌렸다.

핑! 피피핑!

예리한 검편들이 검후의 몸을 흐르며 여러 줄기의 긴 상흔을 새겼다. 다급히 펼친 호신공이 아니었다면, 긴 상흔이 아니라 급소를 꿰뚫는 관통상이었으리라.

"윽!"

호신공이 부서진 충격은 심각했다. 내상을 입은 검후가 그 자리에 무너지자, 용태계는 비웃었다.

"둘 남았다! 장평!"

북경의 강자는 일곱. 남은 적은 둘.

용태계가 그녀의 목숨을 확실히 끊기 위한 일격을 준비하는 순간.

"이야아아아!"

필사적으로 쇄도한 북궁산도는 몸을 빙글 돌리며 발차기를 날렸다. 돌진한 기세에 더해 전심전력을 실은 묵중한 일격이었다.

"장평보다 먼저 죽으러 왔나?"

용태계는 비웃음과 함께 쌍권을 내질렀다.

쾅!

빠르게 끊어치는 좌권이 북궁산도의 발차기를 되치고.

콰직!

음험한 우권은 북궁산도의 얼굴에 정타로 꽂혔다.

"……윽!"

곤륜파의 절기 음양교룡(陰陽蛟龍). 음험한 우권에 정통으로 얻어맞은 그녀는 허공에서 세 바퀴나 돌아야 했다.

북경의 강자는 일곱. 남은 적은 하나뿐.

"자! 와라!"

이제, 천명을 두고 겨룰 진정한 숙적을 맞이할 차례였다. 용태계는 뒤틀린 미소를 지으며 두 주먹을 움켜쥐었다.

"장평!"

그 순간.

용태계가 마주한 것은 남궁풍양의 경멸 섞인 냉소였다.

"난 남궁풍양이다. 머저리."

"……어?"

용태계는 그 자리에 굳어 버렸다.

'남궁풍양이 왜 내 앞에 있지? 분명히 내 편이 되겠다고 약조했었는데?'

북경의 강자는 일곱.

하나는 저 멀리서 수수방관하고 있는 척착호였고, 남문에서 진입한 고수는 여섯이었다.

'어디서부터 잘못된 거지?'

시야 바깥에서 시작된 싸움. 용태계는 존재감으로 적들을 인식하고 있었다.

'설마, 처음부터?'

1장 〈247〉

대충 엇비슷한 무위인 탓에, 용태계는 남궁풍양을 장평이겠거니 어림짐작하고 있었다.
 착각이었다. 직접 보며 하나하나 구분했다면 언제 바로잡아도 이상하지 않은 사소한 실수.
 '내가 이들을 세어 보지 않을 거라는 가능성에, 여섯 명 전부를 던진 건가?'
 그러나 장평은 가지고 있는 모든 전력을 판돈으로 얹었다. 그 태연자약한 무모함이 이 조잡한 눈속임에 치명적인 설득력을 부여한 것이었다.
 용태계는 이 싸움이 시작된 이후, 처음으로 두려움을 느꼈다.
 '……그럼, 장평은 지금 어디에 있는 거지?'

 * * *

 척착호에게 너무 신경을 쓴 탓일까?
 아니면 남궁풍양의 배신을 알지 못했기에?
 그의 눈을 속인 장평이 어딘가에 도사리고 있었다.
 이제, 눈앞의 남궁풍양 따위는 문제가 아니었다.
 쾅!
 보지도 않고 대충 후려친 용태계는 당황한 눈으로 주변을 돌아보았다.
 '안 온 건…… 아닐 텐데……?'
 감각에는 아무 이상이 없었다.

고수의 존재감은 전부 일곱. 몇 번을 확인해봐도, 초절정고수인 장평의 존재감을 도저히 찾을 수 없었다.

당황한 용태계를 보며, 만신창이가 된 일물자는 히죽 웃었다.

"영문을 모르겠나, 용태계?"

일물자는, 그리고 마교는 피의 혼례식에서 비싼 값을 치렀다. 압도적인 무위의 용태계에게 학살당하는 악몽 같은 기억은, 천금 같은 정보였다.

"너는…… 너무 쉽게 사람을 무시해."

싸우고 있는 상대방이 누구인지도 신경 쓰지 않을 정도였다.

"오냐. 네놈 먼저 죽여 주마."

격노한 용태계가 그를 향해 쇄도하자, 일물자는 그를 향해 검지를 겨누었다.

"그걸로 뭘 하려고?"

그러나, 용태계는 비웃음과 함께 돌진했다.

"지풍 따위를 신경 쓸 것 같으냐?"

재생력을 가진 용태계에게, 지풍은 가장 비효율적인 타격법이었다. 굳이 내공을 써서 방어할 필요도 없이, 관통상을 입은 다음에 맞아봤자 재생하면 그만이기 때문이었다.

"아니. 내 전공과목은…… 중력과 시간이다."

일물자는 미소를 지었고, 용태계는 비웃음을 지었다.

"쓸모없기는 너도 마찬가지다. 반편이 천마! 네 건곤대나이는 덜떨어졌어!"

 피의 혼례식 당시, 용태계는 일물자의 건곤대나이를 맞아 보았다. 중력을 배가시키는 독특한 무공이긴 했지만, 만근을 짊어질 수 있는 용태계에게는 별 의미 없는 헛손질이었다.

 "그래. 나도, 상상력이 부족했지."

 일물자는 손가락을 들어 하늘을 가리켰다.

 "하늘로 버려져 본 적 있나?"

 "그게 무슨······."

 용태계의 주먹이 일물자를 박살 내기 직전.

 용태계는 갑자기 몸이 가벼워지는 기묘한 감각을 느꼈다.

 "······어?"

 비유나 묘사가 아니었다. 정말로, 그의 몸이 정체 모를 힘에 붙잡혀 떠오르고 있었다.

 쿠르르릉!

 그것도, 용태계가 겪어 본 적 없는 파괴적인 힘과 속도로!

 '안 돼.'

 순식간에 북경 절반을 날아간 용태계는 이를 악물었다.

 '이대로는 북경에서 쫓겨난다!'

 북경 안에서만 무적일 뿐. 북경 밖에서는 일개 무림지존에 불과했다.

 '만약 장평이 북경 밖에서 대기하고 있다면······!'

용태계는 두려움에 식은땀을 흘렸다.

"익……! 이이이익……!"

용태계는 전력을 다해 경공술을 펼쳤으나, 그가 낼 수 있는 최고의 속도보다 그를 끌어당기는 정체불명의 힘이 압도적으로 강력했다.

"무슨 사술을 쓴 거냐?!"

"공부를 했지."

장평은 천근추의 파훼법. 밀어낼 수 없을 때는 당겨서 무너트리는 발본지족의 개념을 일물자와 공유했고, 일물자 또한 건곤대나이에 그 발상을 접목했다.

'누를 수 없다면, 띄울 수는 없을까?'

그 발상이 바로 눈앞에서 펼쳐지고 있었다.

'중력'의 세계관을 지닌, 일물자의 손에 의해서.

"너와 연결된 중력들을 끊었다."

"그게 뭔 개소리야?!"

"지구는 자전하는 동시에 공전하고 있는데……."

학자답게 무심코 설명하려던 일물자는 피식 웃었다.

"아니. 됐다."

어차피 이해하지 못할 사람에게 강의하는 것이, 무슨 의미가 있겠는가?

"사술이다. 세상이 널 버리게 만드는 사술."

격노한 용태계가 일갈하려는 순간.

그는 문득, 개전 이후 처음으로 자신의 발밑을 바라보았다.

'민간인들……?'

용태계는 북경의 강자들을 인식했지만, 그 안에 장평은 없었다.

하지만, 무위를 낮출 수 있다면?

일반인과 큰 차이가 없는 수준으로 존재감을 약화시킬 수 있다면?

'봉마인……!'

용태계는 감각을 확장시켰고, 수십만에 가까운 인간들의 존재감에 머리가 지끈거리는 것을 느꼈다.

"장평……!"

그리고, 그 안에서 약하지만 낯익은 존재감을 느꼈다.

"사람들 속에 숨어 있었구나!"

그 순간.

인파 속에서 하나의 인영이 솟구쳤다.

건곤대나이에 발이 묶인 용태계를 향해, 봉마인을 뜯어낸 장평이 비상하고 있었다.

"안 돼……."

좌절한 용태계가 한탄한 순간.

파앙!

태허진일보를 펼친 장평이 초음속으로 쇄도했다.

"이게, 네 두 번째 약점이다."

그와 동시에 일물자는 건곤대나이를 해제했고, 중력과 장평이 악랄한 손아귀를 뻗어왔다.

"약한 사람에게 관심이 없다는 것."

툭!
'또냐.'
용태계는 하늘을 우러러보며 한탄했다.
'나는, 또 장평에게 꺾이는 거냐.'
용태계에게 남은 유일한 가치인 입신지경의 무위를 지워 버리는 피할 수 없는 손길을……
"빌어먹을……"
인세를 걷는 신이, 사람들 속으로 추락했다.

* * *

쿠웅!
추락한 용태계 위에, 장평이 있었다.
퍽! 퍽! 퍼퍽!
장평은 용태계의 얼굴에 주먹을 꽂으며 뇌진탕을 일으켰고, 고수들은 몸을 추슬러 장평의 곁으로 다가왔다.
장평이 제압하고, 다른 이들이 죽인다.
그게 계획이었다.
"누가 끝낼 거지?"
장평이 묻자, 주변을 돌아본 남궁풍양이 검을 뽑았다.
"칼 든 사람이 나밖에 없군."
남궁풍양은 용태계의 엉망이 된 얼굴을 보며 비웃었다.
"아직도 천명이 너와 함께하느냐?"
푸욱!

남궁풍양은 용태계의 심장을 찔렀다.

하지만…….

그의 심장에서 검을 뽑는 순간, 마치 칼로 물을 벤 것처럼 그대로 재생되었다.

그 모습을 본 오방곤은 차분히 말했다.

"죽여도 안 죽는군."

"예."

장평도 딱히 놀라는 기색 없이 주먹질을 반복했다.

"그럼, 죽을 때까지 반복하면 되겠지요. 비축해 둔 기류를 모두 소진할 때까지."

싸움은 끝났다. 죽이는 과정에 시간이 조금 필요할 뿐.

그때, 저 멀리서 한 사내가 천천히 걸어왔다.

"……척착호."

그는 마치 뒷산에 산책 나온 사람처럼 느긋하게 주변을 돌아보았다.

제각기 상처를 돌보는 부상자들과, 길고 고통스러운 죽음을 맞이할 용태계의 모습을.

"이겼군."

그의 짧은 말은, 여러 가지 감정이 섞여 있었다. 승리라는 단어 그 자체가 그러하듯, 다채로운 의미들이.

"이기는 중이지."

장평은 용태계를 짓이기며 말했다.

"그래. 나와 용태계 중 누굴 먼저 죽이기로 했나?"

"더 쓰레기 같은 놈."

"용태계겠군."

척착호는 일물자를 힐끗 바라보았다.

몸의 상처 자체는 재생했지만, 그의 옷은 피에 젖은 누더기가 되어 있었다. 그가 치른 악전고투를 증명이라도 하듯이.

척착호는 일물자를 보며 말했다.

"의도가 뻔히 보이는 위선이었다."

"그래."

"하지만…… 악행보다는 위선이 낫지."

척착호는 북경의 거리를 바라보았다.

만약 일물자가 용태계의 공격을 몸으로 받아내지 않았다면, 도시의 절반은 폐허가 되어 있으리라.

"결과가 좋으면, 속셈이 무엇이건 무슨 상관이겠어?"

척착호는 느긋한 표정으로 장평을 바라보았다.

"그럼…… 시작할까?"

"운무봉에서 네가 확인사살을 했다면, 우리가 다시 만날 일이 있었을 것 같나?"

"……."

척착호는 납득한 표정으로 고개를 끄덕였다.

"기다려 줄 테니, 확실히 끝내라."

"그래."

그때, 파리하가 척착호를 바라보았다.

"용태계가 죽으면, 장평이랑 싸울 생각인가?"

"그래."

"넌 혼자고, 우린 일곱인데도?"

"그건 내가 고민할 문제지, 너희가 걱정해 줄 문제가 아니다."

"좀 더 현명한 해결책이 있을 거다."

"그것도 내가 판단할 문제고."

팽팽한 긴장감 속에서, 척착호는 아무렇지도 않은 듯이 자리에 앉았다.

"……."

어쨌건, 지금 당장 싸우진 않을 모양이었다.

"그럼…… 그럭저럭 끝난 모양이네."

파리하는 장평을 향해 고개를 돌렸다.

"황궁에 사람을 보낼까?"

단순한 안부 인사가 아니었다.

황궁의 지하에는 회생옥이 있었다.

황제만이 물려받는 질문과, 청소반이 가지고 있는 답. 제국이 풍전등화의 위기를 겪을 때를 대비한 최후의 수단을 두 개의 전승으로 감춰두고 있었다.

문제는, 용태계가 두 조각 중 하나를 파괴했다는 것이었다. 자신의 조카를 죽인 탓에, 황제만이 물려받는 질문이 사라진 지금은 이 세상 그 누구도 회생옥을 찾을 수 없게 되었다.

전생의 기억을 지닌 유일한 자. 장평을 제외한 이 세상의 그 누구도.

"이미 보내 뒀다."

장평은 용태계에게 주먹을 꽂아 넣으며 말했다.
"믿을 만한 사람을."

* * *

콰릉! 쿠르릉!
북경의 하늘 위에서, 굉음이 울려 퍼지고 있었다. 황궁 사람들은 얼마 전의 괴변을 떠올리며 두려움에 몸을 떨었다.
"천벌이다. 천벌이야."
"선황을 비롯한 황족들이 당했던 천벌이, 북경 전체를 덮은 게야."
용윤의 병실에 앉은 남궁연연은 주변 어의들을 다독였다.
"천벌이 아니에요. 그냥, 무공이에요."
"무공이란 건 창칼을 다루는 기술이 아닌가요?"
"그것도 무공이고, 저것도 무공이죠."
"사람들이 싸우는데 불벼락이 내리고 우박이 수평으로 난다고요?"
"무공이란게 원래 그래요."
무림명가 출신인 남궁연연은 사람들을 안심시켰다.
"사람이 아닌 사람들이 쓸 뿐이죠."
그 순간.
파앙!

저릿한 파공음과 함께, 장평이 용태계를 대지로 끌어내리는 모습이 눈에 보였다.

'장평……!'

남궁연연은 용윤의 손을 잡았다.

마침내, 기다리던 순간이 도래한 것이었다.

인세를 거닐던 흉신. 용태계가 장평의 의지에 격추당하는 날이.

"우리가 이겼어요. 공…… 아니. 황제 폐하."

남궁연연은 후련함 속에서, 사소한 아쉬움을 느꼈다.

'용태계…….'

동정하지는 않았다. 그는, 동정 받기엔 너무 끔찍한 짓을 저질렀으니까. 그러나 그와 나눴던 마지막 대화를 떠올리며, 남궁연연은 씁쓸함을 느낄 수밖에 없었다.

'그가 제대로 된 조언자를 만났다면, 이렇게까지 되진 않았을 텐데.'

그의 아버지가 남겨 준 유산은, 천하와 용태계 모두에게 불행이 되었을 뿐이라는 사실이.

잠시 뒤. 사방이 소란스러워지고, 사람들이 이리저리 뛰어다녔다.

어의들도 서로 뭔가를 속닥거리더니, 하나둘씩 슬며시 사라졌다.

마침내, 단 두 여자만이 남은 병실.

문밖에서 낯익은 목소리가 들려왔다.

"남궁 부인?"

"오연?"

녹와장의 총관 노릇을 하고 있는 하오문의 두목. 좌불안석 오연이었다.

"들어가도 될까요?"

"들어와."

그녀가 들어오자, 남궁연연은 반가운 미소를 지었다.

"네가 여기까지 어떻게 들어왔어?"

"장평 가주님께서 보내셨어요. 두 분을 모시라고요."

"……장평이?"

"예."

오연은 환한 미소를 지으며 말했다.

"장평 가주님이 용태계를 때려눕혔어요!"

"응. 나도 봤어."

"미소공…… 아니, 폐하는 좀 어떠세요?"

"여전히 잠들어 계셔. 어의들도 속수무책이야."

"그런가요?"

오연은 용윤의 머리를 잠시 살피더니, 미간을 찌푸렸다.

"음. 역시, 실혼인(失魂印)이네요."

"그게 뭐야?"

"무림인들 중에서 가장 악독한 자들이 쓰는 암수에요. 평범한 의원들은 진단조차 못 하는 악독한 술수죠."

그녀는 용윤의 머리에서 긴 장침을 뽑아냈다. 그와 동시에, 용윤의 눈꺼풀이 파르르 떨리기 시작했다.

"……폐하."

남궁연연은 기대 반 걱정 반 섞인 표정으로 그녀의 손을 잡는 가운데, 용윤은 마침내 눈을 떴다.

"……연연 언니."

"폐하……."

남궁연연은 눈시울을 붉혔다.

"정신이 드세요?"

"예……."

그녀는 힘없는 목소리로 말했다.

"제 몸 안에서, 계속 듣고 있었어요. 언니가 제 곁에서 해 줬던 말들을요……."

"……다 끝났어요. 폐하."

"윤아라고 불러줘요. 우리끼리 있을 때만이라도……."

"예. 윤아."

남궁연연은 오연을 바라보았다.

"도와줘서 고마워. 나가서 어의와 궁녀들을 불러줄래?"

"무림인의 수법이니, 제가 돌보는 것이 더 나을 거에요."

"이미 깨어나셨잖아. 몸단장도 하고, 죽이라도 드셔야지."

"……."

잠시 침묵하던 오연은 비릿한 미소를 지었다.

"……뭐가 문제였지?"

남궁연연도 차가운 눈으로 그녀를 노려보았다.

"장평이 보냈다고 했을 때부터."
"그렇군. 미리 준비해 둔 암호가 있었던 거군……."
문을 열고 들어 온 것은, 남궁연연과 용윤 모두 본 적이 있는 얼굴이었다.
"맹목개……!"
오연은 어깨를 으쓱하며 맹목개에게 말했다.
"난 할 만큼 했어요."
"안다. 성공 보수는 지급하겠다."
오연이 밖으로 나가자, 맹목개는 그 어느 때보다도 냉혹한 눈빛으로 두 여자를 바라보았다.
"……다 끝났어. 맹목개."
남궁연연은 용윤의 앞을 막으며 말했다.
"용태계는 쓰러졌어."
"백면야차는 여기에도 있다."
"용태계는 널 버렸어!"
"나는 자유인이고, 내 의지로서 주군을 섬긴다."
맹목개는 남궁연연을 간단히 밀어냈다.
"아악!"
"언니!"
용윤은 이를 악물었으나, 그녀는 몸을 일으키는 것조차 불가능했다.
"……원하는 것이 뭐지? 복수인가?"
"복수는 패자들을 위한 것이다. 그리고, 백면야차는 아직 패하지 않았다."

맹목개는 용윤의 턱에 손을 얹으며 말했다.
"회생옥이, 이 모든 것을 없던 일로 만들어 줄 테니까!"

* * *

"왜 여기서 행패야?"
남궁연연은 이를 악물었다.
"회생옥이 어디 있는지는 우리도 몰라!"
"회생옥은 내가 알아서 찾을 것이다."
맹목개는 용윤의 목에 손을 얹은 채로 말했다.
"청소반을 불러라."
"난 그들을 부르는 방법을 모른다."
"그냥 부르면 된다. 네가 황제이니, 그들이 올 것이다."
용윤이 잠시 머뭇거리자, 맹목개는 남궁연연을 턱짓으로 가리키며 말했다.
"내가 필요한 건 '황제' 뿐이다. 내가 남궁연연을 고문하게 만들지 마라."
남궁연연이 이를 악물고 도망치려 하자, 맹목개의 지풍이 그녀의 볼을 스치고 벽에 구멍을 냈다.
"너도. 내가 널 해치게 만들지 마라."
남궁연연은 용윤을 보며 말했다.
"하지 마세요."
"언니……."
"놈이 뭘 요구하건, 절대 들어주지 말아요. 장평이 곧 올 테니, 그때까지만 견뎌요."

맹목개는 용윤을 바라보았다.

"피비린내를 맡아야 정신을 차리겠는가?"

"……."

잠시 고민하던 용윤은 이를 악물었다.

"청소반! 청소반은 짐의 명을 받들라!"

"용윤!"

"굴복한 게 아니에요. 언니. 장평이 올 때까지 시간을 벌려는 거예요."

맹목개는 차분히 말했다.

"현명한 판단이다."

그 순간. 궁녀 하나가 용윤의 앞에 예를 표했다.

"청소반이 황제 폐하를 뵙습니다."

맹목개는 냉혹한 시선으로 그녀를 바라보았다.

"오래간만이구나. 서수리."

"황제 폐하께 이 무슨 무례지?"

서수리는 무감정한 눈빛으로 맹목개를 바라보았다.

"나는 대체 왜 부른 거고?"

"시치미 떼지 마라. 서수리. 내 등에 칼을 꽂은 것이 청소반이었음을 잘 알고 있으니까."

정보 오염을 겪은 맹목개가 제일 먼저 의심했던 것은, 정보의 수집 단계. 그러니까 하오문이나 개방에서 들어오는 정보의 오염이었다.

하오문을 잘라 낸 뒤에는 개방을 의심했다.

개방은 방대하니, 그 일부가 불의한 백면야차에게 항거하는 것도 있을 법한 일이기 때문이었다.

그러나, 개방의 방주인 범소가 왔다.

'개방 전체의 총의'를 모은 평화협정을 제안하면서.

남은 것은 금의위와 동창.

그러나 그 두 조직은 상호감시와 견제가 잘 되어 있는 조직이었다.

둘 중 하나가 수상한 짓을 했다면, 다른 하나가 바로 고발했을 터였다.

그렇다면 남은 용의자는 단 하나.

"청소반."

그 두 조직 모두에 손을 뻗을 수 있는 조직. 청소반 뿐이었다.

"장평에게 뭘 받았기에 나를 방해했지?"

"증오."

무감정의 탈을 벗은 서수리는 비웃었다.

"혼자서만 해방된 배신자를 파멸시킬 동기를 주었지."

"그럴 거라 생각했다."

"황제 폐하를 놓아 드려라."

"내 주군을 위해, 안 된다."

"네가 뭘 원하는지는 모르겠지만, 폐하도 나도 줄 수 없는 것이다. 그러니, 폐하를 놓고 개들끼리 짖도록 하자."

"너희가 회생옥을 모른다는 사실은 나도 잘 안다. 그게 너를 찾은 이유니까."

맹목개는 용윤의 목덜미를 어루만지며 말했다.

"나는 전력을 다해 회생옥을 찾았다. 태조의 행적을 쫓아, 태조께서 남기신 모든 유물과 유적들을 뒤졌지."

"그런데?"

"회생옥의 단서조차 찾을 수 없었다."

맹목개는 서수리를 바라보았다.

"황궁을 제외한 모든 곳을 뒤졌는데도."

"나는 회생옥이 어디 있는지 모른다."

"청소반 자체가 태조께서 남긴 유산이다. 태조께서 아무도 몰라야 하는 무언가를 남기려고 하셨다면, 너희들이 제격이지."

"우리는 회생옥이 어디 있는지 모른다."

"그랬겠지. 알게 되면 너희들이 훔쳐서 회귀할 수도 있으니까."

맹목개는 용윤의 목줄기에 손가락을 댔다.

"하지만, 청소반에는 남아있을 거다. 너희들이 뭔지는 모르는, 태조가 남긴 무언가가. 그리고 그게 회생옥이 분명하다면, 후대의 황제들이 그걸 찾을 수 있게 준비했겠지."

절정 고수의 늙고 거친 손가락은, 용윤의 희고 가는 목을 뚫고도 남는 흉기였다.

"명령해라. 황제. 태조가 남긴 것을 내놓으라고."

"……싫어."

"남궁연연을 죽일 거다."

용윤의 눈동자가 크게 흔들렸다. 그러나, 그녀는 이를 악물고 남궁연연을 바라보았다.

"……미안해요. 언니. 거절해야 하는 요구예요."

"아냐. 그게 옳은 일이야."

남궁연연은 맹목개를 비웃었다.

"멍청한 협박이었다. 장평까지 셋 다 죽느니, 우리 둘만 죽는 편이 훨씬 나으니까."

"너희들의 생각은 중요하지 않다."

맹목개는 서수리를 바라보았다.

"서수리. 네 생각이 중요하지."

"……무슨 소리지?"

"네가 거절하면, 황제는 확실히 죽는다. 너희가 지키는 것이 회생옥이 아닐 수도 있는데, 황제를 살릴 기회를 그냥 놓칠 것인가?"

"……!"

서수리는 두 여자와 맹목개를 번갈아 바라보았다.

"날 봐라. 청소반장. 네가 불충하지 못하리라는 증거가 바로 나니까."

맹목개는 타이르듯 말했다.

"자유로움과 불충함은 별개의 문제다. 용윤은 네 황제고, 네게 어떠한 잘못도 저지르지 않았다. 그럼에도 그녀를 죽게 만들 거냐?"

"……."

"너는 정말로 시해자에 살인자가 될 용기가 있나? 네가 배우고 지켜 온 모든 가치를 한 번의 선택으로 저버릴 각오가 있느냔 말이다."

용윤은 고개를 저었다.

"황명이다. 청소반장. 놈이 이기게 두지 마라."

"너는 죄책감이란 감정을 상상할 수 있나, 서수리? 후회를 느끼는 것이 두렵지도 않아?"

두 사람을 번갈아 보던 서수리는 한숨을 내쉬었다.

"……네가 이겼다. 맹목개."

서수리는 체념한 표정으로 말했다.

"유명을 말해 줄 테니, 폐하를 놔줘."

"황제가 없으면 무엇으로 널 협박하지?"

"굴복해도 황제 폐하를 살릴 수 없다면, 네게 굴복할 이유가 없다."

"시간 끌지 말고 빨리 유명이나 말해라!"

맹목개가 가볍게 손가락을 움직이자, 용윤의 목에 얕고 가느다란 혈선이 그어졌다.

"주군께서 죽어간단 말이다!"

그 순간.

펑!

옆방에서 굉음이 들려왔다. 뭔가가 폭발하는 소리였다.

'벽력탄?'

맹목개는 흠칫 놀라며 고개를 돌렸다.

'아니다. 그냥 소리만 큰 폭죽이다.'

그 순간. 한 자루의 창이 반대편 벽을 뚫으며 뻗어 나왔다.

"……음?!"

벽을 사이에 두고 있음에도 불구하고, 맹목개를 정확히 노리는 창날. 초일류 무림인의 솜씨였다.

턱!

맹목개가 창대를 움켜쥔 순간.

콰직!

우람한 체구의 사내가 정문을 뚫고 뛰어들었다.

"……으읏?!"

한 손은 용윤의 목. 한 손은 창.

엉거주춤한 자세의 맹목개를, 황소 같은 기세의 사내가 몸으로 들이받았다.

"컥!"

콰직!

"이야아아아!"

사내는 맹목개를 들이받은 채로, 창문 밖으로 밀어붙였다.

콰직!

창문을 뚫고, 맹목개가 저 멀리 날아갈 때까지.

"남궁연연!"

"모용평!"

장평의 벗. 모용평이었다.

그가 활짝 웃으며 인사를 하려 하자, 남궁연연은 그의 말을 끊으며 말했다.

"암호."
"……엉?"
"장평이 보냈으면 암호도 들었을 거 아냐!"
"어…… 타…… 타…… 타자왕?"
그 순간, 창날이 솟아 나온 벽을 부수며 한 사내가 들어왔다.
"타화자재천왕이다. 모용평."
관천화창 악호천. 장평이 가장 신뢰하는 옛 상관이었다.
"세상에. 겨우 여섯 글자도 기억 못하나?"
"머리를 부딪히는 바람에 헷갈렸지 뭡니까. 헤헤."
옆방에서 폭죽을 터트려 주의를 끈 장본인. 장신구 상인이 문 안으로 들어왔다.
"자리를 비워 죄송합니다. 주군. 저들을 입궐시키는 그 사이에 변고가 생길 줄은 몰랐습니다."
"아니다. 네가 우리 모두를 살렸다."
"맹목개 놈이 이렇게까지 폭주할 줄은 몰랐습니다. 용태계 몰래 주군의 머리에 침을 박은 것까지는 알고 있었지만, 설마 천자를 인질로 삼을 줄이야."
"광기지. 황궁이 만들어낸 광기."
씁쓸한 표정의 용윤을 보며, 악호천은 입을 열었다.
"장평의 전언이오. 청소반을 불러 황궁 지하로 가시오. 그곳에 숨겨진 무언가를 부수시오."
용윤과 남궁연연은 눈을 마주쳤다.
장평의 말이 분명했다.

"혹시 다른 말은 없던가요? 우리가 보고 싶다던가, 기다리게 해서 미안하다 같은 말?"

"그런 말은 없었소."

악호천은 미안한 표정으로 말했다.

"혹시 청소반장이 자기랑 잤다는 얘기 하면 절대 믿지 말라는 말은 했소만."

용윤과 남궁연연은 착잡한 표정으로 서수리를 바라보았다.

"……장평이 또?"

"진짜 장평이네요……."

그저 떠밀렸을 뿐인 맹목개는 금새 자리에서 일어났다.

"주군께서 기다리신다. 주군께 내 도움이 필요하단 말이다!"

그 모습을 본 악호천과 모용평은 전투태세를 취했다.

"가시오. 여긴 나와 모용평이 시간을 벌 테니, 도망치시오."

악호천은 모용평을 보며 말했다.

"우리들을 턱짓으로 부리던 재수 없는 꼰대를 두들겨 팰 기회다. 마다하진 않겠지?"

"좋긴 한데, 좀 더 쓰시죠. 오늘 저녁에 천당각 어때요?"

"거기 이제 문 닫았잖나."

용윤은 걸어 나가는 두 사내의 등을 보며 말했다.

"살아서 돌아오면, 제왕루에 보내 드리죠."

"거긴 사신단의 대표나 왕후장상만 출입할 수 있다던데……."
"저, 황제예요."
모용평은 피식 웃으며 악호천을 바라보았다.
"친구 마누라한테 얻어먹는 술자리라니. 이거 최고 아닙니까?"
"최고지."
그 순간. 맹목개가 흉악한 살의와 함께 쇄도했다.
"회생옥을! 주군께 다시 시작할 기회를!"
장신구 상인은 용윤을 들쳐 업었다.
"제가 모시겠습니다."
악호천과 모용평이 요격하러 나가는 모습을 보며, 남궁연연은 외쳤다.
"둘 다, 살아 돌아와야 해!"
서수리는 그들을 인도했다.
"이쪽으로."
싸우는 소리가 점점 멀어지고 있었다. 서수리는 지나가던 내시나 궁녀들과 눈빛을 주고받았고, 고개를 끄덕인 청소반들은 최대한 시간을 벌기 위해 걸음을 옮겼다.
"안돼. 맹목개는 절정고수다. 무공을 모르는 사람들을 보내면……."
"칭찬해주시면 돼요. 폐하."
서수리는 용윤의 말을 끊으며 말했다.
"저들은, 충신으로 죽기를 택했으니까요."

서수리가 그들을 데리고 간 곳은 용윤도 알고 있는 비밀통로였다. 그러나 그녀는 그 통로 중간에서 기관을 조작해 용윤도 모르는 비밀문을 열었다.
"절차는 절차니까, 명령해 주세요."
"짐을 태조가 남기신 것으로 인도하거라."
"태조의 유명을 이루겠나이다."
용윤이 말하자, 서수리는 엄숙히 예를 표했다.
그 순간.
장신구 상인은 용윤을 내려놓고 그녀의 목에 맺힌 피를 옷소매로 닦았다.
"뭐 하는 거야?"
장신구 상인은 차분한 표정으로 자신의 목을 긁어 상처를 냈다.
"맹목개는 피냄새를 쫓아 올 겁니다. 시간을 벌겠습니다."
"하지만…… 그럼 너는……."
용윤이 만류하려 하자, 서수리는 그녀의 말을 끊으며 말했다.
"칭찬해 주시면 돼요. 폐하."
"……그래."
용윤은 입술을 깨물었다.
"너는 내 수족이었고 이목이었다. 네 삶과, 네가 행한 모든 일들에 감사한다."
"예. 주군."

용윤을 업은 서수리와 남궁연연이 들어가자, 비밀문이 닫혔다.

장신구 상인은 원래의 비밀통로로 나아갔다.

그가 발을 멈춘 것은 비밀통로 끝의 외딴 방이었다.

"이 방은 오래간만이군."

용윤이 첩보의 길로 들어섰을 때, 그녀에게 배정된 심복인 그는 황궁 지하의 비밀통로들에 대해 배우게 되었다.

그중에서도 제일 먼저 배운 것이, 이 방의 위치와 용도였다…….

탁. 탁. 탁…….

저 멀리서부터 묵직한 발소리가 들려왔다. 일반인에게는 불가능한 속도로 가까워지는 그 소리에, 장신구 상인은 방구석의 석곽에 편히 앉았다.

쾅!

석문이 부서지는 것과 동시에, 피에 물든 악귀가 문 안으로 들어왔다.

"용윤! 서수리!"

부러진 창대가 옆구리에 꽂혀 있었고, 얼굴 전체를 가로지르는 긴 도흔은 코뼈가 보일 정도로 깊었다.

여기저기에 암기들이 꽂혀 있었고, 헐떡이는 거친 숨결 속에는 진한 독향이 섞여 있었다.

만신창이가 된 맹목개의 몸은 그가 이곳에 도착하기 위해 겪은 악전고투를 보여주고 있었다.

"……장신구 상인."

"맹목개."

둘 다, 그들의 부모가 지어 준 이름이 아니었다. 그들은 축복 대신 난처함 속에서 태어났고, 부모 대신 교관들의 손에 자랐다. 그러나, 그 둘 모두 자신의 원래 이름이 무엇이었는지는 신경 쓰지 않았다.

주군이 정한 이름이, 그들의 이름이니까.

"날 유인했군."

"그래."

장신구 상인은 담담한 표정으로 말했다.

"주군을 위해 시간을 벌 생각이다. 하고 싶은 말이 있다면 얼마든지 들어주마."

"네 주군은 이미 다른 사내의 품에 안겼고, 이제부터도 안길 것이다."

맹목개는 집념에 찬 눈빛으로 말했다.

"너는 여기서 홀로 죽을 텐데 말이다."

"당연한 일 아닌가?"

장신구 상인은 고개를 갸우뚱거렸다.

"그게 무슨 문제라도 되나?"

"좀 더 네 주군의 곁에 남아있고 싶지 않나? 그녀의 침실 앞을 지키는 대신, 그녀와 같은 침상을 쓸 수 있다는 생각을 해 본 적은 없나?"

맹목개는 간교한 목소리로 설득했다.

"지금 장평이 끼어든 자리에, 네가 있을 수도 있었다는 상상을 해 본 적은 없나?"

"상상한 적 없다."

"그럼, 이 기회에 상상해 봐라. 네 주군이, 네 품에 안겨서 헐떡대는 모습을. 네 곁에서 함께 아침을 맞는 모습을."

"상상할 수 없다."

장신구 상인은 고개를 갸웃거렸다.

"너는 상상할 수 있나? 너와 용태계가 몸을 섞는 것을?"

"상상할 수 있다."

"그런가. 나로서는 상상할 수 없는 일이군."

"너도 할 수 있다. 상상할 수 있도록 도와 줄 수 있다."

맹목개는 장신구 상인에게 손을 뻗었다.

"아직도 욕망이 생기지 않는가? 할 수 있다는 것을 알면서도, 해 보고 싶은 충동이 느껴지지 않는가?"

"……."

잠시 침묵하던 장신구 상인은 흥미로운 미소를 꾸며냈다.

"정말로 나도 해 볼 수 있나?"

"그래."

"뭘 원하지?"

"비밀문의 위치."

"좋다. 거래하지."

그 순간. 장신구 상인의 차분한 눈빛을 본 맹목개는 미간을 찌푸렸다.

"거짓말을 하는 중이군."
"그래."
"시간을 끄는 중이고."
"그래."
"시간 낭비였군……."
뚜둑!
맹목개는 장신구 상인의 목을 꺾었다.
툭.
그리고, 그의 시체가 맥없이 무너지는 그 순간.
텅!
맹목개는 장신구 상인의 손가락에 검게 물들인 쇠줄이 걸려 있음을 깨달았다.
텅!
쇳소리와 동시에, 두꺼운 철문이 내려와 출구를 막았다.
〈너는 여기에 갇히리라.〉
그 철문에 적힌 글귀를 보며, 맹목개는 이를 악물었다.
"……안 돼."
쩌적. 쩌저적……
그와 동시에, 봉인실(封印室)의 천장에 금이 가기 시작했다.
"주군!"
쿠르르릉!
돌무더기가, 그의 절규를 덮었다.

* * *

쿠르르릉……

제법 먼 곳에서 일어난 진동이었으나, 좌중의 모든 이가 무림 최고 수준의 고수들.

장평 일행과 척착호는 깜짝 놀라 진원지(震源地)를 돌아보았다.

"황궁…… 지하?"

파리하는 장평을 바라보았다.

"……맹목개."

또 하나의 백면야차. 맹목개.

용태계의 심복이었다.

그리고 두 사람은 그리 어렵지 않게, 황궁 지하에 무엇이 있는지를 떠올렸다…….

〈회생옥?〉

회생옥에 대해 전부 아는 것은 마교도뿐. 남궁풍양은 존재는 알아도 위치를 모르고, 검후나 오방곤은 존재조차 몰랐다.

〈회생옥이 있는 곳이 저기 맞아?〉

파리하의 조심스러운 전음에, 태허합기공을 펼쳐야 하는 장평은 말로 대답했다.

"아마도."

〈맹목개가 대체 어떻게 알게 된 거지?〉

"그건 문제가 아니다."

문제는, 황궁 지하에서 굉음이 들렸다는 것이 아니었다.
쿵. 쿵. 쿵…….
작지만 규칙적인 진동이 아직도 이어지고 있다는 점이었다.
"그가, 아직 죽지 않았다는 것이 문제지."
아직 꺼지지 않은 맹목개의 존재감과 함께.

* * *

쿠르르릉……
그리 멀지 않은 곳에서 일어난 무거운 진동에, 세 여자의 표정이 어두워졌다.
"……장신구 상인."
용윤은 탄식했다.
"하다못해, 제대로 된 이름이라도 지어 주었어야 했는데……."
그러나 다음 순간.
쿵. 쿵. 쿵.
좀 전에 비하면 작지만 반복되는 진동에, 용윤은 이를 악물었다.
"맹목개를…… 죽이지 못한 건가?"
장신구 상인이 개죽음했다는 생각에, 용윤은 고통스러운 표정을 지었다.
"죽이지 못한 것이 아니에요."

그러자, 서수리는 그녀를 위로하듯이 말했다.
"처음부터, 시간을 벌려고 간 거니까요."
비밀통로는 결국 황궁 지하의 땅굴. 절정고수 같은 강자를 죽일 정도로 파괴적인 함정을 설치하면, 비밀통로 전체가 무너질 수 있었다.

황궁의 지반이 폭삭 내려앉는 것이었다.
"북경에 무림인을 들이지 않았던 것이…… 이 때문이었군……."
"예."
황실은 북경에 무림인이 들어올 수 없도록 엄격히 규제했다. 무공을 익힌 사람이 필요할 때도, 호룡반처럼 세뇌된 자들만을 부렸다.
"무림맹 때문에 무력화된 방어체계죠."
용태계가 무림맹을 북경에 설치하기 전까지는 지켜졌던 철칙이었다.
"자. 다 왔어요."
마침내, 그들의 눈앞에 수백 명이 지낼 수 있을 법한 거대한 공동이 보이기 시작했다.
그리고, 그 정중앙에 위치한 낡은 사당이.
"저 사당 안에, 가묘가 있어요."
세 사람은 그 사당 안으로 들어갔다.
"맹목개의 추측이 사실이라면, 회생옥은 이 가묘 안에 있을 거예요. 청소반장의 임무는 이 사당에 아무도 들이지 않는 것이었으니까요."

비좁은 사당 안에는 투박한 석비 하나만 세워져 있었다. 봉분조차 없는 허술한 가묘였지만, 그 비석에 새겨진 것은 분명 태조의 친필이었다.

그리고 남궁연연과 용윤은, 비석 뒤의 땅이 자연적인 암반이 아님을 깨달았다. 일부러 지반을 깨서 구멍을 판 뒤, 타지에서 옮겨 온 흙으로 채운 것이었다.

"……땅을 파죠."

남궁연연이 두 손으로 흙을 파내는 그 순간.

흠칫 놀란 서수리는 용윤을 내려놓았다.

"청소반장……?"

불길함을 느낀 용윤이 조심스럽게 묻자, 서수리는 심각한 표정으로 말했다.

"봉인실이 뚫렸어요."

맹목개가 오고 있었다.

용윤은 초조한 표정으로 읊조렸다.

"장평은 대체 언제 오는 거지?"

* * *

"맹목개를 막아야 해."

장평은 초조한 표정으로 말했다.

파리하는 심각한 표정으로 말했다.

"용태계는 언제쯤 죽을 것 같아?"

"모른다."

장평은 초조한 표정으로 말했다.

"분명히 내공이 막혔는데도 계속 재생하고 있다."

"빌어먹을 괴물 놈……."

파리하는 황궁을 돌아보았다.

마교도인 그녀는 황궁의 구조에 대해 아는 것이 없었다. 당연하지만, 황궁 지하의 비밀통로는 존재조차 모르고 있었다.

장평이 가야 했다.

문제는, 이 자리에서 빠질 수 없는 유일한 인물이 장평이라는 점이었다.

"내가 갈게."

파리하는 결단했다.

"너로 변장해서 입궐하면 되지?"

"길은 아나?"

"몰라. 절정고수의 존재감을 쫓아가 봐야지."

장평은 착잡한 표정을 지었다.

"암호는 타화자재천왕이다. 가라."

파리하는 전력을 다해 경공술을 펼쳤다.

그 순간. 황궁 지하에서 전해지던 규칙적인 진동이 끊겼다. 길을 뚫은 모양이었다.

'늦었다.'

파리하가 날아가는 모습을 보며, 장평은 본능적으로 직감했다.

설령. 천운이 있어 파리하가 길을 헤매지 않는다고

해도…….

'파리하는…… 늦을 거다.'

맹목개가, 그녀보다 먼저 도착할 거라는 사실을.

* * *

서수리는 침착한 목소리로 말했다.

"시간을 벌어야 해요."

향로에 향을 피웠다. 내공을 마비시키는 황실 비전의 향기. 신선폐가 피어올랐다. 그녀는 용윤에게 붓 모양의 암기를 건네주었다.

"본 다음에 쏘면 늦어요. 문이 열리면 바로 쏘세요."

"너희들은…… 왜 나를 위해 죽는 거야……?"

용윤은 흐느꼈다.

"황실은…… 우리 집안은…… 너희들의 모든 것을 빼앗았는데……?"

"그야, 폐하는 청소반이 만난 최고의 황제니까요."

서수리는 양손에 두 자루의 암기를 쥔 채 장난스러운 미소를 지었다.

"제위에 오른 동안, 단 한 명의 백화요원도 만들지 않았잖아요."

"그야…… 나는 실혼인 때문에……."

서수리는 용윤의 말을 끊으며 말했다.

"약속해주시면 돼요. 폐하."

"그래. 청소반장. 약속할게……."

용윤은 울먹이며 말했다.

"내가 살아 있는 한…… 그 누구도 마음을 빼앗기지 않을 거라고……."

"예. 폐하."

서수리는 가벼운 발걸음으로 사당 밖으로 나갔다. 문이 닫히는 것과 동시에, 용윤은 흐느낄 수밖에 없었다.

"또 빚을 졌어요. 언니…… 황제로서 아무것도 이룬 것이 없는데…… 너무 많은 빚만 져버렸어요……."

"……그런 것 같네요."

"우리가…… 그녀를 다시 볼 수 있을까요……?"

그 순간.

뚝!

그리 멀지 않은 곳에서, 고기가 끊어지는 섬뜩한 소리가 들려왔다.

용윤과 남궁연연 모두, 그 의미를 잘 알고 있었다. 이 모든 희생에도 불구하고, 맹목개를 막지 못했다는 냉혹한 현실을.

"이렇게 많은 사람이 죽었는데도……?"

용윤의 한탄에, 남궁연연도 눈 앞이 깜깜해지는 것을 느꼈다.

'장평. 너는…… 너무 늦었어……'

그 순간.

턱.

그녀의 손끝에, 흙과는 다른 감촉이 느껴졌다. 차갑고 단단한 감촉이었다.

"……!"

남궁연연이 무심결에 뽑아낸 것은, 주먹보다 조금 큰 작은 상자였다.

촛불의 흐릿한 빛조차도 빨아들이는, 광택 없는 검은 물질로 이뤄진 검은 상자.

'이 물질. 전에 본 적이 있는 것 같은데……'

남궁연연이 기묘한 기시감에 혼란스러워하는 순간. 용윤은 뒤를 돌아보았다.

"찾은 거예요?"

"이게 회생옥이 맞는지는 모르겠지만요."

용윤은 다급히 말했다.

"그럼, 상자를 열어 봐요."

"……열고 싶지 않아요."

"대체 무슨 말이에요?"

"그게…… 저도 모르겠어요."

남궁연연은 당혹스러운 표정으로 말했다.

"이유는 모르겠는데…… 이 상자를 열 마음이 안 들어요."

이성과 합리를 추구하는 그녀였으나, 지금 남궁연연을 사로잡은 것은 형언할 수 없이 이질적인 압박감이었다.

"그럼, 제가 열게요."

탁!

검은 상자를 낚아챈 용윤은 남궁연연과는 달리 간단히 상자를 열었다.

그 안에는 투명한 보주가 들어 있었다. 완벽한 비율의 구체였고, 불순물 하나 없이 투명했다.

처음 보는 물건이지만, 두 사람은 그 정체를 직감했다.

"회생옥……."

홀린 눈으로 회생옥을 바라보는 용윤을 보며, 남궁연연은 불길함을 느꼈다.

"……윤아?"

"보세요. 언니. 제 손 안에 회생옥이 있어요."

"그래요. 저도 보여요."

남궁연연은 성난 맹수를 달래듯 차분한 목소리로 말했다.

"그리고 우린, 그걸 부수러 온 거예요."

"부수면, 그다음은요?"

용윤은 회생옥에서 눈을 떼지 않으며 말했.

"우리에게 맹목개를 막을 방법이 있어요?"

"신선폐가 있어요. 암기도 있고요."

"그걸로는 부족하다면요?"

"그렇다면……."

남궁연연은 이를 악물었다.

"……아니. 그렇다 해도, 우린 사람으로서 죽어야 해요."

"왜요?"

"악순환을 끊기 위해서요."

"악순환은 제가 끝낼게요."

그 순간, 남궁연연은 깨달았다.

"……부탁이야. 용윤."

지금 이 순간에도, 용윤은 그녀가 아닌 회생옥을 보고 있다는 사실을.

"백면야차가 되어선 안 돼……."

"용태계는 사악하고 이기적이었죠. 저는 아니에요. 저는 선하고 이타적인 길을 걸을 거예요. 청소반이 절 위해 희생했듯이, 영원의 황제로서 백성들에게 헌신하는 여정을요."

"선악의 문제가 아니야. 용윤. 그게 문제가 아니란 말이야……."

스윽…… 턱. 스윽…… 턱.

절룩거리는 발소리는 느리지만 분명히 다가오고 있었다.

용윤은 마음을 굳혔다.

"언니는 이 순간을 기억하지 못하겠지만, 저는 이 순간을 영원히 기억하겠어요. 천수천안(千手千眼)의 관세음보살이 되어, 그 누구의 고통도 외면하지 않고 모든 사람의 손을 잡아주기로 맹세한 이 순간의 결심을요."

"천 개로 늘어 봤자 무슨 의미가 있어?"

남궁연연의 눈에 보이는 것은, 구세주의 탄생이 아니었다. 죄책감과 무력감에 자포자기한 한 사람의 겁쟁이였다.

"겨우 두 개인 지금도, 회생옥에 붙들려 있는데?"
"……극락정토에서 다시 만나요. 언니."

용윤은 회생옥을 상자에서 꺼내어 높이 들어 올렸다.

"제 여정이 끝나는 그 자리에서요!"

용윤의 염원을 품은 회생옥은, 신비로운 서광을 발했다. 새로 태어나는 별처럼 힘차고 고귀한 빛이었다.

그 순간, 남궁연연의 시선이 향한 곳은 별처럼 빛나는 회생옥이 아니었다.

바닥에 떨어진 검은 상자였다.

'흑검. 장평이 가진 흑검이었어.'

남궁연연은 문득 깨달았다.

'저 상자는, 흑검과 같은 물질이야.'

별의 빛이 사당을 채우자, 용윤의 그림자가 짙어졌다. 그리고 그 그림자 속에서, 흉험하고 불길한 무언가가 손을 뻗었다.

'회생옥을 담을 상자는, 저 물질이어야만 했던 거야.'

그림자에서 솟아난 자. 장평이지만 장평이 아닌 존재가, 용윤의 머리를 짓밟으며 회생옥을 빼앗고 있었다.

〈네 여정은 여기서 끝났다.〉

남궁연연이 아는 장평은 결코 짓지 않을, 비열한 미소와 함께.

〈다시 시작하는 건…… 나다!〉

"아……!"

용윤의 얼굴이 절망으로 물든 그 순간.

"회생옥을 놔라. 장평."

왼쪽 눈과 오른쪽 다리에 철침이 박힌 맹목개가 문을 열어젖혔다.

"회생옥은…… 주군의 것이다!"

텁!

맹목개의 손이, 회생옥을 쥐었다.

〈놔라! 노예놈아!〉

두 사람이 손을 대자, 회생옥이 뿜어내던 휘광은 그대로 잠잠해졌다.

〈이번에는 내 차례란 말이다!〉

"네 차례 따윈 없다. 장평!"

맹목개는 필사적으로 매달리며 부르짖었다.

"다시 시작해도 되는 것은 세상에 단 한 사람. 주군뿐이시다!"

맹목개가 용을 쓰자, 장평이 아닌 자의 몸이 깜빡거렸다. 신선폐로 내공이 봉해진 만신창이의 맹목개였지만, 힘으로는 이길 수 없는 모양이었다.

〈지긋지긋한 놈!〉

장평이 아닌 자가 격노하자, 어둠 속에서 불길한 악령들이 스멀스멀 기어 나오기 시작했다.

그 순간.

"원리는 모르겠지만, 어쨌건 이 상자는 못 건드리는 거지?"

검은 상자를 든 남궁연연이 장평이 아닌 자를 후려쳤다.

장평이 아닌 자가 바람 앞의 연기처럼 사라지는 순간.
"맹목개!"
팅!
용윤이 무작정 쏜 암기가 맹목개의 왼쪽 다리를 꿰뚫었다.
"……윽!"
툭!
회생옥이 바닥에 떨어지는 것과 동시에, 두 다리 모두 망가진 맹목개도 그 자리에 무너져 내렸다.
"회생옥……."
그는 버둥거리며 손을 뻗었다.
"회생옥은…… 주군의 것이다……."
"아니. 악순환은 여기서 끝이다."
회생옥을 주운 남궁연연은 번쩍 들어 올렸다. 벽에 던져 깨트리기 위해서였다. 그 순간, 팔을 뻗은 맹목개는 남궁연연의 발목을 낚아채 넘어트렸다.
"윽!"
비좁은 사당 안에, 세 사람이 뒤엉켰다.
움직일 수 없는 용윤과, 움직일 힘이 없는 맹목개. 그리고 맹목개의 손을 피할 도리가 없는 남궁연연이.
"……야. 맹목개."
잠시 고민하던 남궁연연은 물었다.
"네가 직접 회귀할 생각은 아니지?"
맹목개는 죽어 가는 목소리로 말했다.

"회생옥은…… 주군의 것이다……."
"그래. 그거면 됐어."
남궁연연은 맹목개에게 검은 상자를 던졌다.
"마지막에 누가 챙기건, 일단은 그 상자에 담아. 좀 전의 가짜 장평한테 뺏기기 싫으면."
그녀가 바닥에 떨어진 회생옥을 발로 밀어 주자, 잠시 주저하던 맹목개는 회생옥을 주워 상자에 담았다.
"언니!"
깜짝 놀란 용윤이 외치자, 남궁연연은 안심하라는 눈짓을 보냈다.
'시간을 끌면 장평이 곧 올 거야. 장평 본인이 못 오더라도, 다른 누군가를 보냈을 거고.'
회생옥을 담은 검은 상자가 닫힌 그 순간.
〈안 돼!〉
사악하고 불길한 절규가 사방을 뒤흔들었다.
쿠르르릉…….
쩌적. 쩌적……
동굴 천장에서 들려오는 불길한 소리에, 남궁연연은 용윤을 바라보았다.
"혹시, 이 사당 안에 비밀통로 같은 거 있어?"
"저도 여기 처음이에요……."
"아, 맞다. 그랬지……."
남궁연연은 쓴웃음을 지으며 맹목개를 바라보았다.
"설마, 이제 와서 회귀하진 않겠지?"

"회생옥은…… 주군…….."
"알았어. 닥쳐."
남궁연연은 두 발을 뻗고 편히 누웠다.
"어쨌건, 악순환은 여기서 끝날 테니까……."
모두가 빨랫감처럼 널브러진 사당 안. 유일하게 꼿꼿한 석비를 보며, 남궁연연은 사소한 궁금증을 품었다.
'이 가묘의 주인은 누구였을까? 누구였길래 태조가 황궁 지하에 가묘까지 만든 걸까?'
그 석비에는 학자인 그녀도 처음 보는 이름이 적혀 있었다. 영문 모를 묘호(廟號)와 함께.
하지만, 궁금증은 오래가지 않았다.
쿠르르릉…….
지하동굴이 무너져 내렸기 때문이었다.
그 위에 있는, 황궁과 함께.
"아, 맞다."
그 순간, 남궁연연은 죽기 전에 꼭 해야 하는 말이 있다는 사실을 떠올렸다.
"양심이 있으면…… 서수리가 끝이겠지……?"
당사자는 결코 듣지 못할 핀잔을.
"안 그래. 장평……?"

再生武士

5장

5장

쿠르르릉…….

북경 전체가 뒤흔들렸다.

조금 전의 진동이 발밑이 흔들리는 정도였다면, 지금의 강진(強震)은 선 사람이 넘어지고 허술한 담이 무너질 정도로 격렬했다.

"……?!"

장평과 무림인들은 반사적으로 지진의 진원지를 쫓아 고개를 돌렸다.

그 덕분이었다.

쩌적. 쩌저저적.

견고하던 지반에 균열이 가는 동시에…….

쿠르르르르!

……황궁의 궁궐들이 폭삭 내려앉는 대참사를 두 눈으로 똑똑히 목격할 수 있었던 것은.

"이건…… 무슨……."

모든 이들은 할 말을 잃고 그저 눈만 껌뻑일 뿐이었다. 피어오르는 흙먼지가, 그 모든 참상을 뒤덮을 때까지…….

"대체 무슨 일이 벌어진 거지?"

천하의 장평도, 멍한 표정으로 황궁을 뒤덮은 흙먼지를 바라볼 뿐이었다.

'……?!'

그 순간, 본능적인 섬뜩함을 느낀 장평은 반사적으로 몸을 비틀었다.

펑!

다음 순간. 허공에서 작은 폭발이 일어났다.

조금 전까지만 해도 장평의 몸. 정확히는 폐가 위치했던 장소에.

장평이 채 상황을 파악하기도 전에, 여섯 번의 폭음이 연거푸 이어졌다.

'내파?!'

호흡에 섞여 폐부로 스며든 기류를 폭파시키는 용태계의 독문 무공. 내파.

방어불능의 일격을 피한 것은 오직 장평뿐.

다른 여섯 번의 폭발은 빗나가지 않았다.

"어……?"

당황한 남궁풍양이 칠공토혈하며 그 자리에 무너지는 것을 시작으로, 검후와 오방곤. 북궁산도까지 모두 피를 뿜으며 쓰러졌다.

무방비상태에서 내파를 얻어맞은 것은, 입신지경의 두 고수 또한 마찬가지.

"……커억!"

"큭!"

이미 부상이 심한 일물자는 피를 칠공으로 토하며 휘청거리고 있었고, 유일하게 만전의 상태였던 척착호만이 안색이 창백해진 상태로 피와 내장조각을 뱉어냈다.

"큭큭큭큭……."

멀지 않은 곳에서, 웃음소리가 들려왔다.

"아하하하하……!"

경멸과 자조가 반씩 섞인 비웃음 소리였다.

'어디지? 누가 비웃는 거지?'

머리가 멍해진 장평이 주변을 두리번거리자, 척착호는 피비린내 나는 목소리로 외쳤다.

"아래!"

그 순간, 장평은 용태계와 눈을 마주쳤다.

"용태계……?!"

몸 아래에 깔린 용태계가, 장평을 올려다보고 있었다. 자기 자신과 장평 모두를 비웃는 눈빛과 함께.

'뇌진탕이 풀렸다.'

황궁 붕괴 때문에 잠시 한눈을 판 사이, 용태계가 정신을 되찾은 것이었다.

'하지만…… 태허합기공은 지금도 그의 내공을 봉인하고 있는데……?'

이해할 수 없는 일이 벌어지고 있었다.

"장평. 너는…… 나를 너무 얕보았구나."

당황한 장평을 보며, 용태계는 자조적인 미소를 지었다.

"나 자신도 내 힘을 얕보았듯이……."

그 순간, 허공에서 뻗어 나온 무형의 채찍이 장평을 향해 쇄도했다.

"치잇!"

불안한 자세에도 불구하고 장평이 그 공격을 회피할 수 있던 것은, 오로지 동인하초로 인한 초월적인 반사신경 덕분이었다. 그러나, 장평의 얼굴은 좌절감으로 물들어 있었다.

'태허합기공은 풀리지 않았다.'

태허합기공은 분명히, 용태계가 보유한 모든 내공을 봉했다. 용태계란 인간이 몸 안에 지니고 있던 모든 내공을.

"이…… 괴물놈……!"

문제는, 용태계의 몸 밖에도 내공이 남아 있다는 점이었다.

기류. 북경을 흐르는 용태계의 내공은, 태허합기공으로 막을 수 없었다.

용태계는 천천히 몸을 일으키고 있었다. 장평은 발악하

듯 주먹을 휘둘렀지만, 침착함을 되찾은 용태계는 그의 주먹을 움켜쥔 채 자리에서 일어나고 있었다.

'막을 수 없다.'

용태계는 장평을 내팽개쳤다.

〈후회할 거다.〉

승천자들의 예언이 머릿속을 스치는 가운데, 몸을 일으킨 장평은 인세를 걷는 신을 우러러보았다. 유일한 족쇄였던 태허합기공마저 떨쳐낸, 무적의 무림지존을.

"포기할 건가?"

"아니."

장평은 내공을 일주천하며 정신을 예리하게 벼렸다.

피하고, 피하고, 또 피한다.

용태계라는 생물체가, 파괴될 때까지.

그러나 장평을 포함한 모든 이의 눈에는, 이 싸움의 끝이 뻔히 보였다.

〈그렇다면 넌 용태계에게 죽는다.〉

그리고, 장평은 마침내 깨달았다.

그들의 예언이…… 곧 이뤄지리라는 것을.

* * *

이후의 싸움은 필사적이고 처절했다.

장평은 태허진일보를 활용한 속도전과 심리전으로 용태계를 일방적으로 두들겼고, 척착호는 직선적이고 맹렬하게 용태계와 격돌했다.
 하지만, 무의미했다.
 '……시시하다.'
 용태계는 공허감을 느꼈다.
 파괴력이 부족한 장평의 공격은 맞아 봤자 재생하면 그만이었고, 뻔히 보이는 척착호의 공격은 가장 단순한 무공으로도 흘려낼 수 있었다.
 '나는 지금 대체 뭘 하고 있는 걸까……'
 용태계는 주변을 돌아보았다.
 비명과 절규로 가득 찬 도시 속. 폐허가 된 황궁을 등진 세 사람은 피차 무의미함을 잘 알고 있는 싸움을 이어가고 있었다.
 '내가 이기고 있는 거 맞나?'
 그렇다면, 그 승리는 무엇을 남기는가?
 백성들은 고통받고 황궁은 무너졌는데, 이제 와서 장평을 때려눕힌들 뭐가 남는가?
 "가르쳐다오. 장평."
 쾅!
 용태계는 끈질기게 달려드는 척착호를 때려눕히며 물었다.
 "이 싸움에 대체 무슨 의미가 있지?"
 장평은 대답하지 않았다. 그저, 빈틈을 찾거나 실수를 유도하여 최선의 일격을 가할 뿐.
 그렇게 입힌 최선의 일격이 무의미함을 알면서도, 장평

은 굴하지 않고 싸움을 이어 가고 있었다.

"나는 대체 무얼 위해 싸워야 하는 거냐?"

그의 삶이, 아버지의 과오임을 인정하고 싶지 않았다. 이 또한 천명이며, 무적으로 존재하는 것으로 천명을 증명할 수 있다 믿었다.

"내가 상속한 무위로는 끝까지 너를 이길 수 없었는데."

비참하게 격추된 용태계를 다시 일어서게 만든 것은, 아버지가 남겨 준 입신지경의 무위가 아니었다.

용태계가 허송세월했다 생각했던 육십 년. 무림지존 따위가 되는 바람에 방황했던 육십 년 동안 비축한 기류가 그를 일으킨 것이었다.

그것은 승리가 아니었다.

그 반대였다.

아버지가 물려 준 힘은, 충분하지 않았음을 증명했을 뿐이었다.

그것은 천명으로 삼을 만한 것이 아니었음을.

"난 대체 무얼 위해 살아야 하느냐?"

인세를 걷는 신. 세상에 버려진 소년은 자신의 앞을 막아서는 숙적을 보며 물었다.

"그리고 너는, 대체 무얼 위해 싸우고 있는 거고?"

"너를 막기 위해 싸운다."

장평은 건조한 목소리로 말했다.

"백면야차는 죽어야 하니까."

"이긴 뒤에는? 날 죽인 뒤에는 어떻게 할 건가?"

퍼억!

용태계는 척착호를 걷어차 멀리 날려 보내며 물었다.

"너는 이대로 살아갈 수 있는 건가?"

용태계의 거듭된 회귀 속에서, 지금처럼 몰락한 경우는 없을 것이다.

"이 비참한 현실에 만족하면서?"

그러나, 그것은 장평 또한 마찬가지였다.

용윤과 남궁연연은 황궁 지하에 묻혔다. 북궁산도는 내파로 쓰러졌고, 의형인 범소는 이 파국을 막으려다 죽었다.

'너무 많은 것을 잃었다.'

여기까지 오는 동안, 잃어서는 안 될 이들을 너무 많이 잃어버렸다. 그들의 빈 자리는 장평의 가슴을 너덜너덜하게 만들었다.

다시 시작하겠다는 결심은 변함이 없었다. 포기하지 않겠다는 다짐도 변함이 없었다.

'나는 정말로, 이길 준비가 된 걸까?'

하지만 문득. 서늘한 가을바람이 공허한 가슴을 스칠 때면, 장평은 시린 가슴에 몸을 떨 수밖에 없었다.

'나는 정말로, 이 세상 속에서 혼자서 살아갈 수 있을까?'

죽음은 두렵지 않았다.

두려운 것은 삶이었다.

이뤄야 할 목적도 없고, 사랑하는 이들은 사라진 삶.

겨우 백 년도 안 되는 시간 동안 생로병사를 거치는 필멸자들 속에서, 홀로 영원불멸로서 살아간다는 것은 결코 축복이 아니었다.

'인세에 버려진 신은, 정말로 행복할까?'

장평은 용태계를 바라보았다.

길을 잃고 헤매는 소년을.

"가르쳐다오. 장평."

용태계는 장평을 바라보았다.

증오하는 자가 하필이면 용태계였기에, 너무 멀리까지 와 버린 사내를.

"내가 틀린 거냐?"

"네 눈으로 직접 봐라."

북경의 여기저기는 불타고 있었다. 비명과 절규. 슬픔과 고통만이 가득했다.

그리고, 황궁.

아버지와 함께 살았던 곳. 여동생이 살고 있는 곳이 폐허가 되어 있었다.

주변을 돌아본 용태계는 무기력한 목소리로 말했다.

"나는 이런 것을 원한 것이 아니었다."

황족들을 도륙했고 제국을 어지럽혔다. 모든 사람들은 등을 돌렸고, 유산의 가치를 증명하는 것마저도 용태계 본인의 삶에 의해 부정 당했다.

그리고 이젠, 아무것도 남지 않았다.

"내가 원하던 것은 이런 것이 아니었어……."

"그게 네 문제다."

동정하지는 않았다. 그는, 동정 받기엔 너무 끔찍한 짓을 저질렀으니까. 자신이 지른 불 속을 헤매는 잃은 소년을 보며, 장평은 착잡한 마음을 감출 수 없었다.

"네가 정말로 원하는 것이 뭔지도 모르면서, 너무 멀리까지 와버린 것이……."

"모르겠다. 나는 모르겠어."

용태계는 하늘을 우러러보았다.

"나의 천명은 무엇이었을까?"

물려받은 힘이 천명이라면, 장평이 부쉈다.

장평 따위에게 부서진 것은, 천명일 수 없었다.

"나는 어떤 삶을 살아야 했던 것일까?"

장평은 착잡한 목소리로 물었다.

"너는…… 하고 싶은 것이 없나?"

"없다. 아무것도 없어……."

하고 싶은 것이 없기에, 할 수 있는 것을 했다. 그러나 그것이 틀렸음을 안 지금, 용태계는 한탄할 수밖에 없었다.

"그럼 결국…… 다시 시작할 수밖에 없구나."

"또 회귀할 생각이냐?"

용태계는 피폐한 눈으로 주변을 돌아보았다. 파국이라 불러 마땅한 북경의 참상을.

"다음 번의 나는, 지금보다는 잘하겠지."

"지금이라도 늦지 않았다. 악순환을 여기서 끝내라."

용태계는 장평을 보며 물었다.

"내가 왜 그래야 하지?"

비난도, 반박도, 조롱도 아니었다.

용태계를 떠받치고 있던 신념은 천명에 대한 확신. 심지가 부러진 지금의 용태계에게는 그럴만한 심력이 없었다.

"몇 번을 회귀하건 마찬가지다. 너는 답을 찾을 수 없다."

"네가 나를 막을 테니까?"

"그래."

"그렇다면, 그때마다 너를 넘으면 되는 것 아닌가? 무한히 반복한다면, 조금씩이라도 진전하고 개선되지 않겠는가?"

용태계의 진솔한 대답에, 장평은 대화가 미묘하게 헛돈다는 사실을 깨달았다.

"용태계. 혹시 너는……."

그리고, 용태계는 회생옥에 대해 아는 것이 없다는 사실도…….

"……회귀하면 무슨 일이 벌어지는 건지 모르나?"

"새로운 삶을 시작할 수 있게 되겠지."

"그럼, 남은 사람들은?"

"뭐?"

"회귀한 뒤에 버려진 사람들이 어떻게 될지 생각해 본 적 있나?"

"사람들이 버려진다고……?"

용태계가 흠칫 놀라는 그 순간.

〈네가 버린 자들은, 여기에 있다.〉

청량한 중추절의 맑은 하늘을, 고통 받는 악령들이 뒤덮었다.

두 사람을 경멸 섞인 눈으로 노려보는 것은, 다름 아닌 '최초의 장평'이었다.

"사술사……!"

하늘은 악령들로 뒤덮여 있었다. 저 멀리 지평선에 닿은 하늘 전체가.

정신이 아득해질 것 같은 악몽 같은 모습에, 용태계는 멍한 표정을 지었다.

"이건…… 무슨……."

〈네 예상대로다. 백면야차.〉

어렴풋한 불안감을 느끼는 용태계를 보며, 사술사는 비웃었다.

〈이들은, 네가 회귀할 때마다 버려진 사람들이다!〉

용태계가 눈을 껌뻑일 때마다, 그의 얼굴은 점점 희게 질려갔다. 수를 세어 볼 때마다 아득하고, 전경을 바라볼 때마다 까마득했다.

"……저 마물의 말이 사실인가. 장평?"

용태계는 겁에 질린 목소리로 물었다.

"나는 정말로, 이렇게 많은 백성을 학살한 것인가?"

장평은 순간적으로 주저했다.

'용태계가 현실을 받아들일 수 있을까? 현실도피로 다시 한번 회귀하려 들지 않을까?'

그 주저는 충분한 대답이었다.

용태계는 창백한 얼굴로 악령들을 마주했다.

"사실이구나. 저들은…… 내 회귀의 업보였던 거구나"

"그래."

장평은 이를 악물었다.

"그러니까, 지금이라도 멈춰야 한다. 저런 자들을 늘리지 않기 위해서라도."

"멈추면, 그다음은?"

용태계는 흔들리는 눈으로 그가 버린 백성들을 바라보았다.

"내가 무슨 수로 저들을 감당하라고?"

길 잃은 아이에 불과한 용태계를 떠받치고 있던 것은, 천명에 대한 확신이었다.

옳건 그르건 그 확신은 용태계의 뿌리였고 기둥이었다. 하지만 지금, 그 심지는 장평에 의해 꺾여 있었.

〈좋은 방법이 있다.〉

사술사는 이 기회를 빌어, 용태계의 마음을 완전히 부서트리려고 하는 것이었다.

〈저항하지 않고 죗값을 치러라. 네 모든 것을 저들에게 바치면, 최소한의 속죄는 될 것이 아니냐?〉

용태계의 눈동자가 흔들리자, 장평은 그를 다잡았다.

"놈의 말을 귀담아듣지 마라. 사술사는 너보다 더 사악한 놈이며, 널 죽이고 회생옥을 가로챌 생각뿐이다."

사술사가 용태계의 기류를 상쇄시킬 수 있다면, 용태계의 기류도 사술사의 악령을 공멸시킬 수 있을 터.

좋건 싫건 용태계만이 그와 싸울 수 있었다.

"이것이야말로 너의 천명일지도 모른다. 흑막 속을 배회하는 사술사를 물리치는 것이!"

"천명……?"

용태계는 악령으로 뒤덮인 하늘을 바라보았다. 지옥으로 변해 버린 지상의 북경도 바라보았다.

"놈을 죽이는 것이, 나의 천명이라고?"

"오직 너만이 죽일 수 있는 만악의 근원이, 지금 이 자리에 나타났다. 이것이야말로 천명이라 부를 만한 일이 아닌가?"

용태계는 지그시 눈을 감았다.

다음 순간.

결의에 찬 그의 눈이 강렬한 안광을 발하는 것과 동시에, 북경의 기류가 맹렬한 소용돌이를 만들어 내기 시작했다.

"이것이 나의 천명이라면, 외면하지 않겠다."

하늘의 악령. 땅의 기류.

인외의 두 존재가 전력을 다하려는 그 순간.

〈천명? 네가 감히 천명을 논하느냐?〉

사술사는 비웃었다.

〈너야말로 천명이 존재하지 않는다는 증거이거늘?〉

"무슨 헛소리냐?"

장평이 반박하자, 사술사는 비웃었다.

⟨황궁 지하의 가묘. 청소반이 지키고 있는 태조의 유명이 무엇인지 알기나 하나?⟩

"모른다. 관심도 없다."

딱 잘라 말한 장평과는 달리, 용태계의 눈동자는 흔들리기 시작했다.

"……설마."

황태자였던 그는, 그의 선조인 태조가 회귀자였다는 사실을 알고 있기 때문이었다.

⟨그 가묘의 주인은 주팔. 대명제국을 건설해야 했던 자, 홍무제(洪武帝) 주원장이다.⟩

용태계의 마음이 어지러워지자, 응집된 기류가 흩어지기 시작했다.

⟨주팔의 졸병이었던 네 선조는, 회생옥으로 천하를 훔쳤다! 주원장이 이뤘을 모든 것을 가로챘지!⟩

사술사는 악령들을 풀어놓았다.

버려지기 전까지는 살아있었던 자들을.

아아아아아……

하늘이 내려앉는 그 압도적인 위용 속에, 장평은 반사적으로 용태계를 바라보았다.

⟨천명이 정말로 존재한다면, 너는 태어날 수도 없었을 거다. 도둑놈의 아들아!⟩

모든 존재 가치를 부정당한 자.

싸울 이유를 잃은 채, 멍한 눈으로 하늘을 보고 있는 용태계의 모습을.

콰르르릉……!

악의의 격류가, 그들을 집어삼켰다.

멍한 눈으로 악령들에 의해 뜯겨나가는 용태계를 보며, 장평은 절망했다.

"안 돼……!"

그것이, 장평의 유언이었다.

* * *

그렇게, 장평이란 인간이 죽음을 맞이했다.

그러나, 그게 장평의 최후는 아니었다.

"……뭐지?"

시간이 멈춰 있었다. 신선곡과는 또 다른 풍경이었다.

장평은 정지된 세상을 돌아보았다.

하늘에서부터 악령들을 뿌려대는 사술사와, 멍한 눈으로 온몸이 뜯겨 나가고 있는 용태계.

그리고…… 목줄기가 반 넘게 뜯겨진 장평 본인의 모습을.

"나는…… 죽은 건가?"

"그래."

장평의 자문에 답한 것은, 어느새 곁에 나타난 흰 노인이었다. 과학자의 연구복을 걸친 그는 장평의 앞으로 다가왔다.

"네 몸은 곧 죽는다. 두 번의 심장 박동이 지나면."

장평은 왠지 모르게, 신선곡에서 만났을 때보다 대화하기 쉽다는 것을 느꼈다.

말하는 그가 변한 것이 아니라, 듣는 장평이 바뀌었기 때문이리라.

"그럼, 너랑 얘기 중인 나는 뭐지?"

"네 정신을 잠시 불러냈다."

"무엇을 위해서?"

슬픈 얼굴의 검은 노인. 무림맹 간부의 정복을 입은 그가 장평의 옆에 서 있었다.

"지금이라도 승천할 생각이 있는지 다시 한번 물어보기 위해서."

"거절한다면 어떻게 되지?"

"저 자리로 돌아가겠지. 가치관에 따라서는, 그게 더 현명한 판단일 수도 있다."

"그렇구나. 나는, 정말로 죽은 거구나……."

장평은 그제서야 실감했다.

눈앞에, 목줄기가 뜯겨진 장평과 악령에게 뜯겨 나가는 용태계의 모습이 보였다.

"이 싸움이 이런 식으로 끝날 줄이야."

장평은 착잡한 표정으로 읊조렸다.

"나는…… 내가 용태계를 쓰러트리고…… 세상을 구할 거라고 믿고 있었는데……."

"죽음은 대개 계획과는 다른 법이지."

검은 노인은 위로하듯 말했다.

"삶이 그러하듯이."

장평은 눈앞의 풍경을 바라보았다.

자신이라는 것이 믿어지지 않는 비열한 얼굴의 사술사와, 백면야차라는 것이 믿어지지 않는 멍한 얼굴의 용태계를.

"사술사는 태조가 회귀자고, 천명을 훔쳤다고 말하더군. 그 말이 사실인가?"

"사실이다."

"정확히 무슨 일이 일어난 거지?"

흰 노인은 무감정한 목소리로 말했다.

"원나라 말기. 주팔이 홍건적에 들어갔을 당시, 용삼은 그와 같은 부대에 속해 있던 병졸이었다. 그는 신참인 주팔이 자신을 제치고 승진한 것은 운이 좋았기 때문이라 생각했고, 그가 주원장으로 이름을 바꾸고 제국을 세우는 것을 보며 질투심을 느꼈다. 운이 좋았다면 자신이 저 자리에 있었을 거라고 믿으며 벽촌의 촌로로 늙어 죽었다. 이것이 원래 일어나야 했던 정사(正史)였다."

"뭐가 어떻게 바뀐 거지?"

"확정되지 않은 변수로 인하여, 용삼은 회생옥을 손에 넣었다. 그는 주저하지 않고 젊은 시절로 회귀해, 주팔을 죽이고 그의 삶을 훔쳤지."

"주팔…… 아니, 주원장은 어떤 황제였지?"

"네 관점에서는 명군일 것이다."

"태조에 비하면?"

"네 시점에서는 태조만 못하다."

장평은 그의 말을 잘 알고 있었다.

회귀를 반복한다면, 결국 언젠가는 완벽한 결과를 낼 수밖에 없다는 것을.

"그럼, 용삼은 어떤 사람이었지? 천운이 따랐다면 주원장만큼 대성할 인물이었나?"

"용삼은 처자식에게만 용맹하며, 발뺌할 때만 현명했다. 그가 네 번의 죽을 위기를 넘겨 촌로로 늙어 죽을 수 있었던 것은, 오로지 주원장이 그를 안쓰럽게 여겨 돌봐준 덕분이었다. 황궁 지하에 주원장의 가묘를 남긴 것은 회귀 도중 그 은혜를 깨달았기 때문이나, 진실을 알게 된 이후에도 주팔을 죽이고 운명을 훔치는 것을 멈추지는 않았다."

"버러지로군."

장평은 씁쓸한 표정으로 말했다.

"내가 기억하는 태조는…… 천고일제(千古一帝)였는데……."

"시점을 바꾸면, 많은 것이 바뀐다."

"그래."

장평은 용태계를 바라보았다.

요순도 부럽지 않은 성군의 후예라 믿었던, 버러지의 후손을.

"정말…… 많은 것이 바뀌는군……."

장평은 검은 노인을 바라보았다.

"결국, 용태계는 태조가 사기꾼임을 깨닫고 자살하는 건가? 자신이 추구했던 천명은 허상에 불과했다는 모순 때문에?"

"그래."

용태계는 무적이며, 이 세상 누구도 그를 막을 수 없었다. 하지만 용태계는 내면의 모순을 감당하지 못하고 언젠가 자결하게 되니, 이 모든 것은 되풀이될 뿐이었다.

"용삼은 악인이자 소인배였지만, 목표는 분명했다. 그는 만족했고, 포기했다. 그리하여 그의 회귀는 끝났다."

"하지만 용태계는 아니다. 그는 가야 할 곳이 무엇인지 모르는 채로 시작하고, 내적인 모순 때문에 끝까지 가지 못한다."

"이 모순. '백면야차 현상'은 지금껏 모두를 붙들고 있었다. 용태계와 인과가 이어진 모든 자를."

장평은 고개를 갸웃거렸다.

"그럼, 용태계가 회귀하지 않고 죽으면 그걸로 끝나야 하는 거 아닌가?"

"장평이 용태계의 회생옥을 깨트린 순간, 용태계가 죽어도 장평이 남는다."

"장평과 용태계, 둘 다 회귀하지 않고 죽으면?"

"둘 다 죽어도 끝나지 않았다."

두 승천자는 사술사를 바라보았다.

"악순환을 시작한 자. '최초의 장평'이 남아 있었으니까."

"해 봤다는 말이 그거였군."

장평은 미간을 찌푸렸다.

"그럼. 장평과 용태계 둘 다 회귀하지 않고 죽으면 사술사만 죽이면 되는 건가?"

"그것으로 '백면야차 현상'은 끝난다."

검은 노인은 용태계를, 흰 노인은 장평을 바라보았다.

"그리고, 방금 끝났지."

"……뭐?"

두 승천자는 장평을 바라보았다.

"너는 죽었고, 용태계도 곧 죽는다. 사술사는 회생옥을 얻어 새로운 회귀를 시작할 것이다."

"이로서, 장평이 용태계의 회생옥을 부수며 시작된 장구한 악순환. '백면야차 현상'은 종결되었다. 이제부터는 사술사의 여정이고, 목적지가 있는 이상 그 회귀는 언젠가는 끝날 것이다."

"우리가 기대했던 결말은 아니다만, 어쨌건 모든 것은 끝났다. 마침내 숙원을 이룬 사술사의 집념에 갈채를 보내도록 하자."

장평은 멍한 표정으로 주변을 돌아보았다.

죽은 동료들과 무너진 황궁.

비열한 미소를 짓고 있는 사술사와, 무기력한 눈으로 온몸이 뜯겨 나가는 용태계. 그리고, 이미 목줄기가 뜯어진 장평 자신까지.

"이게…… 끝이라고?"

"그렇다."

"하지만…… 아직 내가…… 그리고 너희들이 남아 있는데……."

"시간은 사바세계의 풍습이고, 우린 이미 승천하여 인과를 넘어섰다. 미련이 남아 서성대고 있었다만, 범속한 사술사의 천박한 여정까지 지켜볼 이유는 없구나."

검은 노인은 장평을 위로하듯 말했다.

"네 앞에는 광대무변한 피안(彼岸)이 기다리고 있다. 속세에서의 일은 그저 추억으로 흘려보내도록 하자."

있었던.

그 말이 장평의 가슴을 아프게 만들었다.

'이젠…… 있었던 일인 거구나…….'

그랬다. 현실의 장평은 이미 목줄기를 뜯겼고, 승천자들이 초대한 그의 정신만이 잠시 머무르고 있을 뿐이었다.

'이젠…… 다 끝난 일인 거고…….'

체념한 장평은 검은 장평을 바라보았다.

"……내가 이미 죽었다면, 왜 나를 초대한 거지?"

"네 여정에 감명받았기 때문이다."

장평은 목줄기가 뜯겨진 자신의 모습을 바라보았다.

"나는…… 실패했는데?"

"너는 깨달음을 얻었고, 그 깨달음을 실천했다."

"……깨달음? 나한테 그런 게 있었다고?"

"다시 시작하라. 하지만 멈춰야 할 때를 알아야 한다. 이 정도면 충분한 깨달음 아닌가?"

흰 노인은 무감정한 얼굴로 말했다.

"지금껏 존재했던 모든 장평 중에서, 네가 최선의 장평이었다. 너는 후회에서 도망치지도 않았고, 싸워 이길 수 없는 용태계를 굴복 직전까지 몰아갔으니까."

"내가 최선이라면, 장평의 가능성은 정말 하찮았던 모양이군……."

"너는 나보다는 낫다."

검은 노인은 장평을 다독였다.

"속세에서의 나는, 네 기억 속 맹목개와 다를 바 없었다. 나는 용태계가 원하는 모든 것을 이루어주었지만, 용태계는 결국 자결하고 말았지. 그것이 내 후회였고, 나는 네 여정 속에서 답을 얻었다."

"무슨 답?"

"용태계를 구원할 수도 있었지만, 내가 잘못했을 뿐이라는 사실을."

흰 노인도 타이르듯 말했다.

"나 또한 답을 얻었다. 장평이란 인간의 최선이 무엇인지 확인했으니까."

두 승천자는 장평에게 손을 내밀었다.

"그러니, 이젠 떠나도록 하자."

"더 높은 곳으로."

그러나, 장평은 그들을 보고 있지 않았다.

그는 망설임이 섞인 눈으로 세상을 바라보고 있었다.
"왜 그러지?"
"눈을 뗄 수가 없다."
장평은 힘 없이 말했다.
"떠나야 한다는 것을 알면서도, 도저히 눈을 돌릴 수가 없어……."
"그건 미련이다. 너야말로 최선이었고, 우리에게 답을 준 것은 네 여정이었다."
"그래도……."
검은 노인은 타이르듯 말했다.
"무엇이 너를 붙잡는가? 용태계를 회개시키지 못했다는 것이?"
"아니. 용태계는 용서하기엔 너무 멀리 가버렸다."
흰 노인은 무감정한 목소리로 말했다.
"그렇다면, 용태계를 네 손으로 죽이지 못한 것이 아쉬운 건가?"
"승패에 집착할 정도로 떳떳한 삶은 아니었다."
"그럼, 뭐가 문제지?"
장평은 하늘을 우러러보았다.
'백면야차 현상'이 이어지는 내내 사술사가 주워 모은, 죽은 세상의 망자들이.
"저 안에, 남궁연연이 있는 거지?"
"그렇다. 네 남궁연연은 아니겠지만."
"저 안에, 용윤이 있는 거지?"

"그렇다. 네 용윤은 아니겠지만."

"내가 사랑했던 사람들. 이 세상 모든 사람도 저 꼴이 되는 거지?"

흰 노인은 고개를 끄덕였다.

"그렇게 될 거다."

"이미 회생옥을 얻은 사술사에게 저들이 필요할까?"

"필요할 일은 없겠지만, 굳이 버릴 이유도 없다. 사술사는 자신이 가진 것을 아무 이유 없이 포기할 사람이 아니다."

"그런 말을 듣고 어떻게 떠날 수 있겠어?"

장평은 힘없이 웃었다.

"내가 지켜 주지 못한 사람들이 겪을 일이, 하늘을 덮고 있는데?"

두 승천자는 불쾌감을 드러냈다.

"멈춰야 할 때 멈춰야 한다는 것이 네가 얻은 깨달음이었을 텐데?"

"너희들조차도 후회하고 있었잖나. 내가 너희들의 답이 되기 전까지는, 너희들도 기다리고 있었잖나."

장평은 악령으로 들끓는 하늘을 바라보았다.

"내가 저들을 외면하면, 나는 영원히 이 순간을 후회할 거다. 그리고 너희들과는 달리, 내 후회를 멈춰 줄 장평은 나타나지 않겠지……."

"사족을 더해 네 여정을 범속하게 만들지 마라. 너야말로 최선의 장평이었다."

"저들을 외면하는 것이 최선이라면, 나는 최선의 장평이 될 그릇이 아닌 모양이다."

두 승천자는 경멸감을 드러냈다.

"승천 권유를 거절하겠다면, 강요하지는 않겠다."

"하지만 네게 남은 것은 두 번의 심장 박동 뿐. 그 사이에 네가 뭘 할 수 있겠는가?"

장평은 흰 노인을 바라보았다.

"내가 최선의 장평이라면, 더 나아질 수도 있는 거겠지?"

검은 노인을 바라보았다.

"내가 하기에 따라서는 용태계가 회개할 수도 있는 거지?"

두 승천자는 장평을 바라보았다.

"그가 회개하려면, 네가 용서해야 한다."

"……."

"너는 정말 용태계를 용서할 수 있나? 만악의 근원이자, 상황을 여기까지 몰고 온 불구대천의 원수를?"

"그 수밖에 없다면, 그래야겠지."

장평은 하늘을 우러러보았다.

"분하고 억울하지만…… 그게 악순환을 끝낼 유일한 해법이라면……."

하늘을 뒤덮은 악령들 너머에 있을, 중추절의 푸른 하늘을.

"네 심장은 두 번만 뛸 것이다."

"뭘 할 생각이건, 서둘러야 할 것이다."

두 승천자는 장평의 등을 밀어주었다.

십만대산에서 사술사를 뿌리쳤던 그때처럼.

〈후회하고 싶지 않다면.〉

그들의 존재감이 아득히 멀어지는 그 순간.

* * *

두근!

육신으로 돌아온 장평을 사로잡은 것은 끔찍한 허탈감이었다.

'목이……'

통증 따위는 느껴지지 않았다. 누군가가 목덜미에서부터 생명 그 자체를 빨아들이고, 그 자리에 공허감만을 쑤셔 넣고 있었다.

그는 죽어가고 있었고, 말할 수도 없었다.

가능한 것은 전음 뿐. 그것마저도 길게 보낼 수는 없었다.

장평은 용태계를 바라보았다.

만악의 근원이자, 악순환의 시발점.

세상을 이 지경으로 만든 철부지이자, 찢어 죽이고 싶은 철천지원수 백면야차를.

〈백면야차는 죽어야 한다.〉

장평이 보낸 전음에는, 수많은 감정이 겹쳐 있었다.

분함과 억울함. 슬픔과 무력감. 평생의 오욕칠정과, 그 모든 것을 덮은 용서.

그리고 그 무엇보다 간절한 염원이.

〈너는, 그보다는 나은 사람이 되어야 하니까.〉

두근.

전음을 보낸 순간, 두 번째로 심장이 뛰었다. 장평은 차가운 무력감이 온몸을 사로잡는 것을 느꼈다.

끝이었다.

'범소 형님. 저는 최선을 다했습니다. 하지만 이걸로 부족하다면, 조금 더 도와주세요.'

그 무력감은 편안함과 닮아 있었다.

'어렵게 전한 제 선의가, 여기서 끊어지지 않도록……'

그 순간, 흐려져 가는 시야 사이로 분명히 보였다.

땅에서 솟구친 기류의 소용돌이가, 하늘까지 이어진 모습을.

하늘을 가득 덮고 있던 악령들이 기류와 함께 사라지며, 서광이 세상을 비추는 모습을.

'천하의 용태계도…… 철이 들긴 드는군…….'

풀썩.

미소와 함께, 장평의 몸이 쓰러졌다.

드높은 중추절의 하늘 아래에서.

* * *

두 승천자는 속세를 지켜보고 있었다.

"이로서, 장평의 삶은 끝났다."

"용태계를 용서하는 것으로."

승천하지 않은 필멸자들은, 시간의 본질을 온전히 이해하지 못했다. 그들은 시간을 과대평가하고, 시간을 우악스럽게 다루곤 했다.

마치, 회생옥처럼.

뭔지도 모르고 쓰는 법도 틀렸다면, 사고가 일어나는 것이 당연했다. 인과가 꼬이고 순서가 뒤바뀌어 감당할 수 없는 지경에 이르면, 마침내 역설이 되곤 했다.

백면야차 역설.

〈회귀를 시작한 자가 끝을 맺을 수 없다면, 고립된 시간선 속에서 일어나는 무한 순환을 어떻게 해결해야 하는가?〉

흔하다면 흔한 사례지만, 해결하는 것은 쉽지 않은 문제였다.

―용태계를 죽이면 되지 않을까?

흰 노인. '최강의 장평'이었던 천마 장평은 용태계를 죽였다. 그는 회귀하지 않고 삶을 이어갔고, 승천자의 경지에 이르렀다.

그의 세상은 미래로 나아갔다.

하지만, 백면야차 현상은 끝나지 않았다.

―용태계가 만족하면 끝나지 않을까?

두 번째로 승천한 것은 검은 노인. '최악의 장평'이었던 총관 장평이었다. 그는 용태계의 친구로서 용태계를 바로 잡으려 했으나, 용태계는 절망하여 자살하고 말았다.

그의 세상은 미래로 나아갔다.

하지만, 백면야차 현상은 끝나지 않았다.

-회귀하기 전에 용태계를 죽이면 되지 않을까?

두 승천자가 해결책을 찾는 사이, 그들과 접촉한 '가장 어리석은 장평'은 두 승천자에게 제안했고, 두 승천자는 그의 제안대로 회귀하기 전의 용태계를 죽여 보았다.

그리고, 가장 어리석은 장평은 그대로 소멸 되었다.

그 세상은 탈선한 채로 이어졌다.

하지만, 백면야차 현상은 끝나지 않았다.

-시간 자체를 부수면 해결할 수 있지만, 그건 답이 아니다.

승천한 그들이 백면야차 현상을 힘으로 해결하지 않은 것은, 그들 또한 알고 싶었기 때문이었다. 백면야차 현상의 해답과, 생전에는 얻을 수 없었던 답을.

그래서, 백면야차 현상을 끝내지 않았다.

-실마리는 장평에게 있을지도 모른다.

그들은 여러 가지 시도를 반복했고, 장평이란 인간이 본질적으로 지니고 있는 변수들에 간섭했다.

맞설 수 있지만 이길 수는 힘. '현실.'

도망치거나 외면할 수 없는 족쇄 '목적.'

실패한 길을 고르지 못하게 만든 채, 수많은 평행우주의 장평들을 관측했다.

-나 혼자서라도 도망치면 된다.

그리고, '최초의 장평'을 발견했다.

그가 이후의 모든 세상에 인과를 남긴 이상, 장평과 용태계가 죽어도 백면야차 현상이 끝나지 않는 것이었다.

죽일 수 있었다. 끝낼 수 있었다.

하지만, 그건 해답은 아니었다.

-이제, 남은 것은 기다림뿐.

그리고, 또 하나의 장평이 나타났다.

그는 가장 강한 것도 아니고, 가장 현명한 것도 아니었다.

실수하고 오판했으며 후회하고 절망했다.

장평답지 않은 장평이었다.

실수와 실패가 쌓일수록, 점점 더 장평스러움에서 멀어져 가기 시작했다.

다시 시작할 수 있고, 멈춰야 할 때 멈출 수 있는 자.

두 승천자는 마침내, 그들이 기다렸던 장평이 나타났다는 것을 깨달았다.

-우리는 대체 무엇을 보고 싶었던 것일까?

마교는 장평에게 과학을 보여 주었고, 범소는 의로움을 가르쳐 주었다. 가장 많은 실수를 반복한 최선의 장평은, 그 어떤 장평보다 나은 사람이 되어 있었다.

세상을 위해서라면, 죽을 수도 있는 사람이.

-지금의 너라면, 용태계마저도 용서할 수 있을까?

-누군가가 기회를 준다면, 용태계도 더 나아질 수 있을까?

두 승천자는 장평을 바라보았다.
"보여다오. 장평."
"우리가 얼마나 나아질 수 있는지를."

* * *

두근.
장평의 심장이 뛰었다.
'……세 번째?'
심장이 사지육신으로 생기를 밀어내는 순간, 조금 전까지 온몸을 사로잡았던 공허감은 거짓말처럼 부서졌다.
두근. 두근. 두근. 두근…….
격렬한 심장박동 속에서, 장평은 지금껏 느껴 본 적 없는 강대한 힘이 끊임없이 밀려드는 것을 느꼈다.
지금까지 보이지 않던 것이 보였고, 이제까진 느낄 수 없던 것이 느껴졌다.
'환골탈태.'
그리고, 장평은 깨달았다.
그가, 초절정고수의 이상의 경지에 도착했다는 것을.
그에게는 허락되지 않으리라 여겼던 경지.
입신지경의 무위를!
"깨달음?"
깨달음을 얻어서 더 높은 경지에 오른다.
"……내가?"

없는 일은 아니지만, 흔한 일도 아니었다.

특히, 평생에 걸쳐 정진한 도사나 스님들이라면 모를까, 잡념이 많고 세속적인 그에게는 일어날 수 없는 일이었다.

그 순간, 장평은 쓴웃음을 지었다.

"……장평 같은 놈들."

두 승천자도 결국 장평이었고, 마지막까지 거짓말을 한 것이었다.

궁지에 몰아넣고 쥐어 짜내어, 장평 속 깊은 곳에 남아 있는 진심을 마주할 수 있도록.

증오와 원한을 이겨 내고, 용태계조차 용서할 수 있는 사람이 될 수 있도록 압박한 것이었다.

기연이었다.

장평이 지금까지의 여정에서 얻은 깨달음을 실천할 기회를 준 기연.

'용태계……'

장평은 애증을 담아 용태계를 바라보았다.

용태계는 흐느끼고 있었다.

"아아아아아!"

만악의 근원. 도둑놈의 후예. 일가친척의 학살자. 가진 적도 없는 천명에 짓눌려, 시공을 넘나드는 대재앙을 일으킨 철부지.

제위 대신 무공을 받았다고 칭얼대던 철부지 소년은, 감히 바랄 수 없는 선의에 목매어 흐느끼고 있었다.

기연이었다.
'아무것도 없다면, 다시 시작할 수 있겠지.'
중추절의 하늘에서, 사술사가 절규하고 있었다.
〈내 차례다! 이젠 내 차례란 말이다!〉
사술사는 필사적으로 악령들을 밀어붙였지만, 무의미한 일이었다.
악령들이 기류를 소진 시키듯이, 기류는 악령들을 소멸시키고 있었으니까.
'가야 할 곳으로 가는 거구나.'
장평의 눈에는 보였다. 해방된 영혼들이, 하늘을 가로지르는 은하수를 이루고 있는 것을.
더 좋은 곳으로, 더 나은 곳으로 향하고 있다는 것을.
"이젠 네 차례다."
장평은 '최초의 장평'을 바라보았다.
퉁!
첫걸음은 대지를 박찼다.
파앙!
태허진일보는 '현실'을 박찼다.
그러나, 장평은 그보다 더 나아갈 수 있음을 느낄 수 있었다.
현실 속에 살아가는 모든 이들은, 두 가지 특권을 가지고 있었다. 현실을 외면하고 도망칠 권리와, 그 너머로 나아갈 권리를.
'진보(進步).'

더 나은 사람이 될 수 있을 때, 더 나은 사람이 되었으니까.

첫걸음은 소리만큼 빨랐고, 두 번째 걸음은 소리보다 빨랐다. 그리고 세 번째 걸음은…… 그를 옭아맸던 모든 것을 뿌리칠 수 있었다.

사술사를 비롯한, 그 누구보다 높은 곳으로.

〈내가 장평이다. 내가 진짜 장평이란 말이다!〉

장평은 차분한 눈으로 사술사를 내려다보았다.

"너는, 용태계보다 못한 놈이다."

그 어느 때보다 초라한 악의.

회생옥을 뺏을 수 있다고 확신하지 않았다면, 결코 모습을 드러내지 않았을 흑막을.

〈넌 내 메아리일 뿐이란 말이다!〉

사술사의 발악을 무시한 채, 장평은 흑검을 손에 쥐었다.

"처음엔 그랬지."

푸욱!

흑검이 사술사의 몸에 박힌 순간, 굽힘도 휘어짐도 모르던 검은 검신은 모래알처럼 흩어졌다.

부서져야 할 때까지 부서지지 않았던 검.

칼 모양으로 이뤄진 미지의 물질은, 마침내 그 본색을 드러냈다. 사술사를 옥죄고 빨아들이는, 끝없는 검은 균열을.

〈네가 나였다면, 너도 나처럼 했을 것이다.〉

사술사는 원한에 찬 표정으로 울부짖었다.
〈이게, 최선이었으니까!〉
턱.
장평은 사술사의 가슴에 발을 딛었다.
"그건, 최선이 아니야."
그리고, 한 걸음 더 나아갔다.
최초의 장평이 균열 속으로 처박히는 것과 동시에, 흑검이었던 검은 균열은 흔적도 없이 사라졌다.
이로서, 악순환은 끝났다.
'하지만…….'
장평은 탁 트인 하늘을 바라보며 중력에 몸을 맡겼다.
'……나는 정말로, 이 세상에서 살아갈 수 있을까?'
용태계는 인세에 적응하지 못했고, 이제 장평 또한 마찬가지였다. 사랑하는 이들은 사라졌고, 해야 할 일은 끝냈다.
남은 것은, 사람.
늙지도 병들지도 않는 몸으로, 남들과는 다른 시간 속을 살아가야 하는 이물질로서의 삶이었다.
장평이라는 인간은, 이제 와서 무얼 위해 살아가야 하는 것일까?
턱.
장평이 땅에 발을 딛었을 때, 용태계는 기진(氣盡)하여 바닥에 누워 있었다.
"……용태계."

"위로하지 마라. 장평."

용태계는 죽어 가고 있었다.

진원지기까지 모두 끌어낸 탓인지, 아니면 이 무지막지한 기류를 한 번에 쏟아낸 여파인지는 모르겠지만 용태계라는 생물체는 한계를 넘은 대가를 치르는 중이었다.

"마음이 후련하다. 태어나서 처음으로 기분이 좋아. 지금 이 순간을, 내가 나쁜 일을 겪는 것처럼 느끼고 싶지 않다."

"칭찬받기를 바라나?"

"용서로도 과분하다. 칭찬까지 받으면, 부끄러워 얼굴을 들지 못할 거다."

용태계는 하늘을 바라보았다.

"영혼들이 흐르고 있구나."

"그래."

"저들은, 더 좋은 곳으로 가는 거겠지?"

"누군가가 부르는 거겠지. 아니면 가야 하는 곳으로 가는 거던지."

"이제야 풀려나는 거구나. 나 때문에 붙잡혀 있던 자들이."

"절반만 자책해라. 절반은 장평 탓이니."

"교활하군. 늘 그렇듯이."

장평의 시야 가장자리로, 용태계의 몸이 가루가 되어 흩어지는 것이 보였다.

근골이 형태를 유지할 남아있을 기운마저 모두 써버린

탓이었다. 장평은 슬쩍 고개를 돌렸고, 용태계는 쓴웃음을 지었다.
"네가 나보다 강해진 것은 처음 아닌가?"
"그래."
"축하한다. 무림지존."
그는 웃으며 하늘을 바라보았다.
"네가 승천하는 모습을 보았다. 그렇게 높은 곳까지 올랐는데도, 결국 하늘의 끝에는 닿지 못했더구나."
"하늘에는 끝이 없다. 하늘 너머에는 우주가 있고, 세상의 중심은 우리 발 밑의 땅 속에 있다."
"그래? 그럼 저 영혼들은, 하늘 너머로 가는 것인가? 우주라는 곳 어딘가로?"
"그럴 수도 있고, 아닐 수도 있다. 어쨌건, 세상에는 이해할 수 없는 것들과 설명할 수 없는 일들을 있는 법이니까."
용태계는 잠시 침묵했다.
허벅지 아래가 모두 사라진 그는, 조용히 눈을 감았다.
"장평."
"왜?"
"싸우던 도중에 내게 물었지? 나는 하고 싶은 것이 아무것도 없냐고?"
"그래."
"평생 잊고 있었는데, 방금 기억났다. 내가 원했던 것이 무엇이었는지."

"황제?"

"아니."

용태계는 편안한 미소를 지으며 말했다.

"나는…… 아버지가 되고 싶었다."

"네 아버지 같은 사람이?"

"아니. 그냥 아버지. 자식을 가진, 아버지."

용태계는 아련한 눈으로 허공을 바라보았다. 그를 남겨두고 죽은 이들과, 그의 손에 죽은 이들을 떠올리면서.

"자식을 낳고 싶었다. 품에 안아보고 싶었다. 커가는 모습을 지켜보고 싶었다. 내 동생은 할 수 있지만, 나는 할 수 없게 된 일을 간절히 원했다."

"……"

"나는 영원히 살고 싶었던 것이 아니야…… 나는 이 세상에 무언가를, 의미 있는 무언가를 남기고 싶었던 거야……"

"자식 대신에, 제국을 남기려고 했던 거였군……"

용태계는 흐느꼈다.

"비웃어다오. 장평. 여기까지 와 버린 내 어리석음을……"

"넌 자식을 가질 수 없다."

장평은 용태계를 바라보았다.

"하지만, 사람이 남길 수 있는 것은 오직 혈통뿐만은 아니다."

"……?"

"마교도들은 지식을 남긴다. 다음 사람이 그 지식을 딛고 더 높은 곳으로 가길 바라며. 설령 자신이 연구한 것이 틀릴지라도, 그 오답조차 의미가 있음을 믿는다."

그는 용태계의 어깨에 손을 얹었다.

"개방은 선의의 연쇄를 남기고, 사람들은 추억을 남긴다. 너는 네 혈육을 남길 수는 없겠지만, 그럼에도 불구하고 내가 약속하겠다."

"무엇을?"

"내가 널 기억해 주겠다."

"너도 자식을 낳을 수 없다."

"하지만, 이야기를 전할 수는 있겠지."

용태계는 흐느낌과 미소가 섞인 표정을 지었다.

"……어떤 사람이었다고 얘기할 건가?"

"솔직하게 말할 거다. 멍청하고 한심한 철부지로 백 년 가까이 살았다고."

장평은 차분한 표정으로 말했다.

"하지만 마지막 순간, 너는 천하만민을 위해 목숨을 바친 고결한 의인으로 죽었음을 기억해 달라고 말할 것이다."

"과찬이야. 거짓말에 가까운 과찬."

"진실이다. 용태계."

장평은 미소를 지었다.

"백면야차는 네 안에서 죽었으니까."

그 순간.

장평은 흠칫 놀라며 고개를 돌렸다.

폐허 속에서, 한 사람이 기어 오고 있었다.

"주군…… 주군……."

"맹목개……."

사지 중 멀쩡한 것이 하나도 없는 만신창이가 된 그는, 검은 상자를 옆구리에 끼고 필사적으로 기어오고 있었다.

"제가 왔습니다…… 주군…… 회생옥을 구해 왔어요…… 이제…… 다시 시작하실 수 있습니다……."

그를 제지하려던 장평은, 용태계를 힐끗 바라보았다.

그리고, 장평은 맹목개를 보내 주었다. 그가, 용태계의 손에 회생옥을 쥐어 줄 때까지.

톡!

바닥에 떨어진 검은 상자는 그대로 먼지가 되어 사라지고, 용태계는 회생옥을 쥔 채로 맹목개를 바라 보았다.

"……그 꼴이 되도록 회생옥을 찾아 다닌 거냐?"

"예……."

"죽어도 이상하지 않은 상처다. 왜 네가 쓰지 않았나?"

"제가 써 버리면…… 주군에게 바칠 수 없으니까요……."

"……맹목개."

맹목개는 용태계를 맹종(盲從)했고, 용태계가 파국에 이른 것은 그의 책임도 적지 않았다.

하지만, 맹목개는 이 자리에 있었다.

용태계는 그를 버렸음에도 불구하고, 그는 용태계만을 따르는 것이었다.

결코 보답 받지 못할 마음에 이끌려······.

"널 만난 행운에 감사한다. 맹목개. 너의 마음은 내가 받아 본 그 무엇보다도 값지구나."

"분에 넘치는 말씀이십니다."

맹목개는 행복한 미소를 지었다.

"주군을 섬기는 것이······ 제 행복입니다······."

그 미소와 함께, 맹목개의 목숨은 끝났다.

"고맙다. 그리고······ 미안하다."

그리고, 용태계는 슬픈 미소를 지었다.

"백면야차는······ 죽어야 하니까······."

콰창!

부서진 회생옥의 파편들이 흩어지는 가운데, 용태계는 편안한 미소를 지었다.

"만약 내게도 다음 생이 있다면, 두 가지를 기억하고 싶구나. 내가 죽인 억조창생에게 죗값을 치러야 한다는 사실과······."

용태계의 목 아래는 모두 흩어진 상태.

그는 조용히 미소를 지었다.

"그 억조창생 중에서, 너 하나만은 날 용서해 줬다는 사실을······."

그 말이, 그의 유언이었다.

파삭!

용태계의 마지막 재가 바람을 타고 흘렀다.

우연일지도 모르겠지만, 바람의 방향은 영혼들의 강으

로 이어지고 있었다…….
"여기서, 모든 것이 끝났군."
눈 앞에는 폐허가 펼쳐져 있었다.
죽은 사람들이 널려 있었다.
세상에는 슬픔과 고통만이 남았으나, 떠난 이들은 돌아오지 않으리라.
'다시 시작하자.'
그럼에도 불구하고, 내일은 찾아올 터였다.
백면야차는 죽었으니까.
'멈춰도 될 때가 올 때까지.'
장평은 눈을 감았다.

* * *

저벅.
발소리에 눈을 떴을 때, 장평의 앞에 서 있는 것은 척착호였다.
"기다려 줘서 고맙군."
"너는 용태계 다음이니까……."
머리를 긁적거린 척착호는 나른한 표정으로 물었다.
"용태계는?"
"죽었다."
"확실해?"
척착호는 고개를 돌려 용태계의 옷가지를 바라보았다.

그리고, 그 곁에서 죽어 있는 맹목개까지.

"요즘, 직접 보고도 믿기 힘든 일을 자주 봐서 말이지."

"최소한, 네가 그를 다시 볼 일은 없을 것이다."

"그럼, 이제 네 차례로군."

장평은 희미한 미소를 지었다.

"내 차례인가?"

"네 차례지."

인세를 걷는 신이었던 용태계는 이 자리에서 그 여정을 마쳤고, 누군가는 그의 빈 자리를 물려받아야 했다.

"이젠, 네가 무림지존이니까."

인세를 견디는 신. 회생무사 장평이.

그리고, 장평의 삶은 용태계의 삶보다 더욱 길고 고통스러우리라.

이 모든 슬픔과 상실을 되돌릴 수 있음을 알면서도, 장평은 마지막까지 인간으로서의 삶을 관철해야 하니까.

'그럴 수 있을까?'

장평은 잠시 생각했고, 질문이 틀렸다는 것을 깨달았다.

'그럴 필요가 있을까?'

사랑하는 이들은 폐허 속에 있었고, 추구해왔던 숙원은 방금 이뤘다. 백면야차가 죽은 이상, 장평이 이 세상에서 이뤄야 할 일은 없었다.

장평은 척착호를 바라보았다.

'생각해보면, 꽤나 상징적인 적수로구나.'

괴력난신에 엮여 입신지경에 오른 장평과 용태계와는

달리, 척착호는 순전히 천부의 재능만으로 입신지경에 올랐다.

그렇다면 그야말로 정당한 무림지존이자 이 시대의 주인이 아니겠는가?

'천명에 맡겨 보자.'

인세의 정점인 투신과 싸워서 꺾인다면, 그 또한 천명. 영겁에 걸친 괴력난신에 종지부를 찍고, 인간들의 세상이 열린다는 뜻이리라.

하지만, 만약 장평이 척착호를 이긴다면?

'그 또한 나의 천명이겠지.'

체념 속에서 여정을 이어가라는 의미이리라.

목표도, 동반자도 없는 고독한 여정을.

장평은 그 모두를 각오했다.

"네 도전을 받아 주마. 척착호."

"규칙은?"

"생사결(生死結)."

"좋지."

"공평을 기하기 위해, 싸우기 전에 말해 두겠다."

장평은 편안한 미소를 지었다.

"나는, 더 이상 네 하수가 아니라는 것을."

장평은 입신지경에 도달했고, 더 이상 척착호의 아래가 아니었다.

한번 싸우기 시작하면, 둘 중 하나. 혹은 둘 다 죽어야 싸움이 끝나리라.

"그러니까 싸우려는 거지!"

차라리 장평이 한 수 아래였다면, 싸울 가치가 없으니 대충 넘어갔을지도 모른다.

하지만 입신지경에 오른 지금의 장평은 척착호와 동격. 천하에서 유일하게 생사결을 벌일만한 호적수였다.

"와라. 무림지존."

척착호는 시원스러운 미소를 지었다.

"첫 초식은 네게 양보하겠다."

"그게 네 최후일 수도 있다만, 그래도 괜찮은가?"

"내가 꺾지 못했던 자를 꺾은 자에게, 이 정도의 예의는 갖춰야 하지 않겠나?"

"그렇다면, 좋다."

장평은 몸을 낮췄다. 수풀 속에 도사린 흑표와 같이, 인간의 반사신경으로는 대처 불가능한 신속함으로 척착호의 숨통을 끊을 생각이었다.

그에 비해 척착호는 몸을 기울여 급소를 가리고 자세를 견고히 했다.

뚫거나, 막히거나.

살거나, 죽거나.

그 명료함이 장평을 흡족하게 만들었다.

더 이상, 궁리할 필요가 없다는 점이.

"멈춰."

그 순간.

장평의 얼굴을 한 누군가가 그들 옆에 서 있었다.

'또 승천자들인가?'

움찔 놀란 장평은 주변을 돌아 보았으나, 시간이 멈춘 것은 아니었다.

그렇다면, 남은 것은 하나뿐이었다.

"파리하인가?"

"그래."

다음 순간. 그녀는 가무잡잡한 피부의 본모습으로 돌아가 있었다.

황궁으로 향했던 탓에, 내파의 범위에서 벗어난 모양이었다.

"살아 있었군."

"그래. 살아 있어."

파리하는 장평을 보며 말했다.

"하지만 너는, 죽을 생각인가 보네."

"내가 이길 수도 있지."

"……장평."

그녀는 장평이 지나온 모든 여정에 엮여 있었다. 무림인이었던 전반에는 숙적으로, 마교도인 후반에는 동지로서.

그렇기에, 파리하는 잘 알고 있었다.

장평에게는, 살아야 할 이유가 남아 있지 않다는 것을.

쓰러트려야 할 적도, 그가 사랑했던 이들도 이곳 북경에서 모두 잃었으니까.

"다시 시작하자. 장평."

파리하는 간절히 말했다.

"십만대산으로 가자. 장평. 과학자들의 보호자로서, 그들이 쌓아가는 지식들을 수호하는 거야. 교주님을 대신해, 새로운 천마로서 살아가는 거야."

장평은 차분한 목소리로 말했다.

"용태계는 겨우 백 년도 못 버텼다. 나도 영원히 버틸 것 같진 않군."

"혼자서라면 그렇겠지."

"난 혼자다."

"내가 있잖아."

파리하는 장평을 보았으나, 장평은 흔들림 없는 눈으로 척착호만을 바라보고 있었다.

척착호는 쓴 웃음을 지으며 말했다.

"댁으로는 부족한 것 같은데?"

"……."

"눈치가 있으면 슬슬 빠져 주지 않겠나?"

그 순간. 파리하는 두 주먹을 옆구리에 장전했다. 척착호는 미간을 찌푸렸다.

"뭐하는 거지?"

"끼어들 거야. 척착호를 방해해서, 장평이 이기게 만들 거야."

척착호는 피식 웃었다.

"무례하게 말하고 싶진 않은데, 개죽음만 당할 걸?"

"끼어들지 마. 척착호. 난 지금 장평이랑 얘기하는 중이야."

파리하는 장평을 보며 말했다.

"내 목숨을 던져서라도, 널 이기게 만들 거야. 넌 이길 거고, 살아가게 될 거야. 그러다 보면 결국 삶의 목표가 되어 줄 십만대산으로 도망치게 되겠지. 하지만, 그때의 나는 네 곁에 없을 거야."

그녀는 태연한 목소리로 말했다.

"네가 잘못된 판단을 한 덕분에, 나는 여기서 죽을 테니까."

"협박처럼 말하는군."

"협박하는 거 맞아."

파리하는 희미한 미소를 지으며 말했다.

"선택해. 장평. 나와 함께 갈지, 아니면 너 혼자 갈지를."

"……."

장평의 눈동자가 처음으로 흔들렸다. 그 순간, 척착호는 불쾌한 표정으로 말했다.

"왜 네 마음대로 동요하는 거지? 나는 보내준다고 한 적이 없는데?"

"그래. 그랬지."

흔들림이 가라앉았다.

장평의 눈빛이 차분함을 되찾은 그 순간.

파리하는 슬픔과 안타까움이 그녀의 마음을 채우는 것을 느꼈다.

'나로는 안 되는 거구나.'

그 순간.

"차였구나. 파리하……."

쇠약한 웃음소리가 들려왔고, 사람들은 모두 고개를 돌렸다.

"교주님!"

피를 왈칵 토해 낸 일물자가 너털웃음을 짓고 있었다.

"……살아 있었소?"

"보다시피……."

척착호는 내파를 거뜬히 버렸으니, 일물자라고 버티지 말란 법은 없었다.

"하던 얘기를 계속하자면, 저 제안에는 나도 동의하네. 자네가 오겠다면 천마 자리를 물려 줄 마음이 있네만, 어떻게 생각하는가?"

장평의 눈동자가 흔들리기 시작한 그 순간.

가냘픈 목소리가 일물자의 말을 이었다.

"아니면, 북해로 떠날 수도 있죠."

북궁산도가 희미한 미소를 짓고 있었다.

"아무도 모르는 설원 속에서, 우리 둘이 조용히 사는 거에요."

"……산도."

장평은 혼란스러운 표정을 지었다.

일물자의 생존까지는 있을 법한 일이었다면, 북궁산도의 생존은 기대하기 힘든 일이었다.

"살아요. 장평. 같이 살아요. 죽음이 절 찾아 올 때, 제 곁에 있어 주겠다고 약속했잖아요……."

하지만, 거기까진 우연이라 할 수 있었다.

"……으음."

"쿨럭!"

"으으……."

오방곤을 시작으로, 남궁풍양과 검후까지 뜨지 않았더라면.

'모두 다 살아 있었다고?'

장평은 혼란스러운 표정으로 주변을 돌아보았다.

'내파를 맞고 살아남을 리가 없는데…….'

애초에 이 작전에서 전속력으로 돌진하기로 했던 것은, 방어 불능의 일격인 내파를 조준할 시간을 주지 않기 위해서였다.

강인한 척착호가 맞고도 버틴 것까지는 확인했지만, 일 물자부터는 예상 밖이었다.

'혹시, 용태계가 손대중을 한 건가?'

장평은 고개를 저었다.

용태계에게는 그럴 생각도, 필요도 없었다.

'우연이 겹치면, 그것이 우연이라 할 수 있는가?'

장평은 자신도 모르게 맹목개의 시체를 바라보고 있었다. 회생옥을 가지고 여기까지 온 비뚤어진 충신을.

'만약, 그가 지하의 가묘에서부터 기어 온 것이라면?'

비현실적이고 미신적인 기대가 장평의 마음을 사로잡

고 있었다.

　혹시, 맹목개에게 죽지 않았다면.

　혹시, 황궁의 붕괴에서도 살아 남았다면.

　혹시, 기적이 일어난다면······.

　장평은 어느새 몸을 돌렸고, 자신도 모르게 황궁으로 달려가고 있었다.

　신속과 초음속. 그리고 그 이상의 속도.

　후회를 뿌리치기 위한 초음속을 넘어, 희망을 쫓기 위한 초신속을 내딛고 있었다.

　'살아 있을 수도 있다.'

　그리고, 사람들이 보였다.

　건물의 잔해에 휩쓸리지 않은 생존자들이.

　'살아 있을 거다.'

　그들 안에는 치료를 받고 있는 악호천과 모용평이 있었으나, 장평은 발걸음을 늦추지 않고 내달렸다.

　마침내, 비밀통로의 출구 앞에 앉아 있는 남궁연연과 용운의 앞에 설 때까지.

　'살아 있다.'

　현실적으로 불가능했고, 우연치고도 과했다.

　'기적이다.'

　어쩌면, 누군가의 선물일지도 모른다.

　지루한 기다림을 끝내 준 것에 대한, 친절한 누군가의 오지랖일지도 모른다.

　하지만, 상관 없었다.

'나는, 아무 것도 잃지 않았다.'
장평은 눈앞이 흐려지는 것을 느꼈다.
그는 목이 메여 두 사람의 앞에 주저앉았다.
"......장평?"
탈진한 남궁연연이 고개를 들어 장평을 바라 본 그 순간.
장평의 눈물이 볼을 타고 흘러 내렸다.
이로서, 북경의 중추절이 끝나고 있었다.
예정되어 있던 끔찍한 결말 대신.
일어나야 했던 씁쓸한 결말 대신.
믿을 수 없을 정도로 행복한 결말을 맞은 채로······.
"그래. 다시 시작하자."
장평은 미소를 지었다.
"멈춰야 할 때가 될······."
"······그전에, 우리 얘기 좀 하자."
남궁연연은 팔짱을 끼며 물었다.
"서수리가 끝이지? 양심이 있으면, 서수리가 끝이겠지?"
피폐한 얼굴의 용윤 또한 싸늘한 눈초리로 장평을 바라보았다.
"설마, 더 있는 건 아니겠지?"
"······."
자신도 모르게 그녀들의 눈을 피한 순간, 구석에서 태평스러운 미소를 짓고 있는 서수리가 보였다.

발뺌할 수도, 도망칠 곳도 없었다.

어느새 눈물이 쏙 들어간 장평은 난처한 표정을 지었다.

"아니. 그게······."

"······있구나. 있어!"

"또 있어?!"

장평은 곤혹스러운 표정을 지었다.

'이게 아닌데······?'

생각했던 것만큼, 완벽한 결말은 아닐지도 모른다는 생각과 함께.

　　　　　　　＊　＊　＊

결과적으로 말하면, 북경의 사망자는 극소수였다.

"비석이 버틴 덕분이었어."

막대한 무게에도 불구하고, 지하 사당의 비석은 끝까지 부러지지 않았다. 바닥에 누워 있던 세 사람은 아슬아슬하게 붕괴에 휩쓸리지 않았고, 남궁연연과 용윤은 맹목개가 뚫은 탈출구를 따라 빠져나올 수 있었다.

"주팔이라고 했던가? 누군지는 모르겠지만, 그 사람에게 신세를 진 셈이지."

서수리를 비롯한 다른 청소반의 사람들도 입을 모아 말했다.

"맹목개요? 암기 맞아도 무시하고 그냥 지나가던데요?"

모용평과 악호천도 같은 말을 했다.

"급하긴 어지간히 급했던 모양이더군. 때려눕힌 우리들을 버려 두고 달려간 것을 보니."

거의 모두가 부상자였지만, 사망자는 열 명도 되지 않았다. 붕괴에 휘말린 몇 안 되는 사망자 목록에는, 좌불안석 오연도 섞여 있었다.

'천하의 맹목개가 확인사살도 안 하고 그냥 지나갔다고?'

굳이 앞뒤를 따져 보자면, 그 판단이 틀린 것은 아니었다. 회생옥을 탈취한 맹목개가 용태계가 죽기 전에 도착할 수 있었던 것은, 그 판단 덕분이었으니까.

"천운이 따랐군."

사람들은 입을 모아 천운이라 말했지만, 장평은 누군가의 손길을 느낄 뿐이었다.

'우연이 거듭된다면, 그것이 우연일 수 있을까?'

그러나, 궁금증은 잠시뿐.

장평은 인과나 모순 따위의 골치 아픈 얘기들은 묻어두고, 순수하게 기뻐하기로 했다.

그때, 장평의 뒤를 쫓아 온 척착호가 주변을 돌아보았다.

"……귀신에 홀린 기분이군."

"그럴지도 모르지."

척착호는 장평을 바라보았다.

"싸울 마음은…… 없어진 모양이로군?"

"그래."

"내가 억지로 덤비면……."

장평은 주저 없이 답했다.

"도망칠 거다."

장평은 입신지경에 오르기 전에도 고금제일의 속도를 자랑했고, 지금은 그보다도 더 빨라져 있었다.

"내 싸움은 끝났다. 이젠, 살아갈 뿐이다."

"……어째, 이렇게 끝날 것 같더라."

맥빠진 척착호가 한숨을 내쉬는 모습을 보며, 장평은 편안한 목소리로 말했다.

"난 도망쳤으니, 승자는 너다."

"그게 무슨 의미가 있지?"

척착호의 대답에, 장평은 쓴웃음을 지었다.

마지막까지, 이해할 수 없는 사람이었다.

그렇게, 척착호는 멀어져 갔다.

그리고, 장평의 삶이 시작했다.

백면야차 이후의 세상이.

* * *

잔치가 끝나면, 뒷정리가 남는 법.

중추절이 지난 뒤의 그들을 기다리는 것은, 망가진 폐허와 풀어야 할 숙제들 뿐이었다.

"이긴 것 같은 기분이 안 나는군……."

용태계는 황족들을 몰살시켰고, 조정에서 손을 놓았다. 무림맹은 와해 되었고, 강호는 급격히 혼탁해진 상태였다.

"제국에는 황제가 필요하고, 무림에는 무림맹주가 필요하다."

용윤은 황제가 되었고, 장평은 무림맹주가 되었다. 하고 싶은 일이 아닌, 해야만 하는 일들을 하기 위해서.

그리고, 분주한 나날들이 이어졌다.

용윤이 조정의 노회한 권신들에 골머리를 썩이면, 장평은 첩보망을 동원하여 그들의 뒤를 털어 주었다.

무림인들이 마교도인 장평에게 곱지 않은 시선을 보내면, 용윤은 황제로서 그를 신임함을 보여 주었다.

남궁연연은 용윤의 정통성을 흔들려는 식자층을 상대로 논쟁을 치렀고, 서수리는 그 모든 이들을 합법적이지 못한 방법으로 도왔다.

"바쁘다. 바빠……."

장평은 받을 수 있는 모든 도움을 받으며, 도울 수 있는 모든 일을 도왔다.

그나마 다행스러운 일은, 국경 일대가 조용하다는 점이었다. 요동은 자기들끼리 다투기 바빴고, 마교는 장평에게 전폭적인 협조를 보내고 있었다.

그럼에도 불구하고 해야 할 일은 많았고, 예상하지 못한 문제는 언제나 터져 나왔다.

일 보 전진 후 이 보 후퇴. 이 보 전진 후 일 보 후퇴.

그렇게 악전고투를 반복하는 사이, 순식간에 몇 년이 지났다.

장평은 무림인들의 마지못한 존중을 쟁취했고, 트집을 잡을지언정 용윤이 황제임을 부정하는 권신들은 없었다.

"고려에서 사신단 왔더라."

"숙부도 오셨소?"

"응."

당연히 장평 때문이겠지만, 이제 해동에서 사신단을 보낼 때는 당연하다시피 김시백도 포함되어 있었다.

"이번엔 어쩔 거요?"

"아무 대답 안 할 거야."

"알겠소. 숙부를 통해 비선(秘線)에서 논의하겠소."

공식 사신단이 정식 절차에 따라 논의하면 수년 후에 거부당할 외교적 안건들도, 장평을 통하면 삼사일 정도면 조율하여 결론을 낼 수 있었다.

고려 조정 내에서 김시백의 입지는 그야말로 하늘을 찔렀다.

덕분에, 김시백은 사신단의 실질적인 대표로서 매번 끌려와야 했다.

"차라리 출사하시는 것은 어떻겠습니까?"

"고려는 정치가 거치니, 정방(政房)에 든 이들 중 시체가 온전한 이가 거의 없다."

못하면 위화도. 잘해도 선죽교.

명장 이성계는 요동 정벌에 반대했지만, 위화도에서 대

패하자 패군지장의 멍에를 쓰고 숙청 당했다.
 명신 정몽주 또한 왕권파의 선봉에 서서 중방과 맞서 싸웠지만, 결국 그를 기다리던 것은 선죽교의 철퇴였다.
 "고려는 망했어야 했다. 충신과 명장을 저리 대하는데, 벼슬을 살아 무엇하겠느냐?"
 "그랬을지도 모르지요······."
 장평은 착잡한 표정을 지었다.
 '고려가 아닌 조선이었다면, 숙부님의 삶은 지금과는 달랐겠지.'
 용삼의 회귀에 휘말린 이들은, 중원인만이 아니었다. 그는 조선이라는 신흥국을 견제하기 위해 이성계를 죽였고, 고려의 개혁을 막기 위해 정몽주를 죽였다.
 '그 죗값은 누가 치를 수 있을까?'
 살아야 했던 자들이 죽고, 태어나야 했던 이들이 태어나지 못한 것이었다.
 '누가 있어 그들을 돌볼 수 있을까?'
 그렇게 승리 이후의 나날을 보내는 장평에게 고민거리가 있다면, 남궁연연이 가끔씩 짓곤 하는 슬픈 표정이었다.
 "······."
 길거리에서 뛰노는 아이들을 바라보는 그녀의 눈빛은, 너무나도 슬퍼 보였다······.
 "조만간, 휴가를 내고 여행이라도 갑시다."
 장평은 그녀를 다독이며 말했다.

"우리도 이젠 한숨 돌릴 때가 되었소."
"휴가보다 먼저 네 고향부터 가야지."
남궁연연은 피식 웃었다.
"나, 아직 시아버지 얼굴도 못 봤어."
"그러고 보니, 뵙지 못한 것이 벌써 십 년이나 되었구려."

장평은 상경한 이후, 장대명과는 일체의 연락을 끊고 관심조차 보내지 않았다. 장평을 노리는 누군가가 장대명을 인질로 삼을 것을 걱정했기 때문이었다.

"갈 때가 되긴 했지. 며느리. 아니, '며느리들' 얼굴도 보여 드려야 할 거 아냐."
"……."
남궁연연의 눈빛에, 장평은 슬그머니 고개만 돌렸다.
"말 나온 김에, 일정 맞춰서 다 같이 가자. 나랑, 윤아랑, 수리와 산도 언니 모두 다."

마교는 정식으로 대사관을 설치했고, 전권대사인 술야의 호위무관이라는 직함으로 북궁산도가 머물고 있었다.

장평의 아내는 넷. 공식적으로는 국서(國壻)의 신분이기에 정실로 인정받지는 못하지만, 네 여자는 모두가 서로를 존중하고 있었다.

백면야차라는 시련을 함께한 전우로서.

"황제의 순행을 수행하는 방식이면 되겠지?"
"괜찮을 것 같구려."
"시아버님도 깜짝 놀라시겠지?"

"금의환향한 아들 덕분에 말이오?"
"며느리가 넷이니까."
"……."
물론, 이 얘기가 나올 때마다 장평을 흘겨보는 것은 잊지 않으면서.

* * *

황제의 순행이 정해지고, 그 경로에는 장안도 포함되어 있었다.
"가는 김에 남궁세가도 들릴까?"
장평이 넌지시 묻자, 남궁연연은 거절했다.
"넌 우리 아버지 만나고 싶어?"
"당신이 원한다면."
"나는 아버지 만나기 싫어. 아버지가 쓸모없을 때의 나를 만나기 싫어했던 것처럼."
장평은 쓴웃음을 지었지만, 굳이 강권하진 않았다. 남궁풍양은 유능한 가주였지만, 좋은 아버지는 아니었다. 좋은 아버지가 아니었다면 좋은 딸을 바랄 순 없는 노릇이 아니겠는가?
"그럼, 장안만 가자."
마침내 출발한 순행길.
장평은 경호 책임자 겸 국서로서 용윤과 같은 수레에 탔다.

'고향인가…….'

생각해보면, 정말 먼 여정이었다.

회생옥으로 인해 꼬여있던 시간들을 모두 더하면, 영원과도 같은 시간이리라.

"무슨 생각해?"

용윤이 묻자, 장평은 피식 웃었다.

"아버지를 만나면, 무슨 말을 해야 할지 생각 중이었소."

"설명할게 많긴 하겠지."

용윤은 피식 웃었다.

"보통은 황제가 후궁들을 거느리지, 국서가 황제를 거느리는 경우는 없으니까……."

"……나 보면 할 얘기가 그거밖에 없소?"

"그럼, 다른 여자 얘기해 볼까?"

"……."

장평은 조용히 고개를 돌렸다.

그 순간, 용윤은 지나가듯 말했다.

"순행을 마치면, 친척 중에서 양자를 들일까 생각 중이야."

그녀는 황제였고, 용씨 황족의 유일한 적통이었다. 자식을 낳지 못한다는 이유로 새로운 국서나 첩을 들이는 대신, 양자를 입적시킨다는 것은 간단한 일이 아니었다.

많은 것을 희생하고, 많은 이를 설득해야 하는 일이었다.

자식을 가질 수 없는 장평을 사랑하는 것은.
"내 아들을 질투하진 않을 거지?"
"노력해 보겠소."
장평은 웃으며 창 밖을 바라보았다.
조금 뒤에서 따라오는 수레에는 북궁산도가 느긋하게 앉아 있었다.
그 순간, 장평의 머릿속에 옛 약속이 떠올렸다.
'만약 중원에 사랑할 사람이 아무도 남지 않을 때가 되면, 십만대산으로 와.'
파리하가 장평을 보며 했던 말을.
'십만대산에서라면, 너와 함께 영원을 걸어 줄 테니까…….'
장평이 쓴웃음을 짓는 순간.
저 멀리, 장안이 보이기 시작했다.
씁쓸한 기억들이 남아 있는 그 풍경 속. 도열한 관중 속에서, 한때 장평을 턱짓으로 부렸던 관원들이 열렬히 친한 척을 하고 있었다.
"국서! 저 장 포두입니다! 저 기억하시죠? 화왕루에서 제가 도와드렸잖아요!"
"아는 사람이야?"
용윤이 묻자, 장평은 무심한 태도로 말했다.
"기억 안 나오."
"네가 잊어버리는 것도 다 있어?"
"기억할 필요가 없거나."

그 순간, 장평의 눈 앞에 화란이 스쳐 지나갔다.
"기억하기 싫은 일도 있는 법이니까."
떠날 적에는 드높아 보이던 성벽은 한 걸음에 뛰어넘을 듯 얕았고, 번화해 보이던 길거리는 조촐하고 허름하게 느껴졌다.

우연히 지나가던 장호겸을 발견한 순간, 장평은 미묘한 착잡함마저 느껴질 지경이었다.

'장호겸이 저렇게 약했나?'

한때는 감히 넘을 수 없는 벽처럼 느껴지던 절정고수 장호겸은, 지금의 장평에게는 단점과 약점들로 가득한 평범한 절정고수에 불과했다.

대운표국도 그러했다.

그가 기억하던 것보다 훨씬 작았고, 훨씬 초라했다.

변하지 않은 것은, 사람뿐.

"아버지."

장대명은, 대운표국의 간판 아래에서 기다리고 있었다.

떠날 때 약속했던 바로 그 자리에서……

"왔구나."

장평은 그제서야 느낄 수 있었다.

그는 더 이상, 대운표국의 파락호가 아니라는 사실을.

하지만, 동시에 깨달을 수 있었다.

그럼에도 불구하고, 그는 여전히 장대명의 아들이라는 것을.

"들어가자."

장대명은 장평의 등을 두드렸다.
"나눌 이야기가 정말 많구나……."
"예. 아버지."
장평은 고개를 끄덕였다.
"나눌 얘기가, 정말 많지요."

* * *

그날 저녁. 대운표국이 세워진 이래, 문지기들은 가장 많은 손님을 돌려보내야 했다.
"평아야. 내가 저분들을 어찌 대해야 하겠느냐?"
"예법은 잊고 여염의 방식으로 대하시면 됩니다."
장대명이 이국적인 풍모의 북궁산도와 황제인 용윤 앞에서 난처해하자, 장평은 웃으며 말했다.
"아들놈이 데려온 며느리로요."
용윤도 웃으며 말했다.
"그냥 며느리 대하듯 대하세요. 아버님. 저희들도 저희들끼리 있을 때는 언니 동생하고 지내요."
"하지만…… 다른 사람들이 보기라도 하면……."
"그럼 보는 눈이 없으면 되는 거죠?"
"……응?"
용윤은 문지기를 불러 말했다.
"황제보다 낮은 관원은 다 돌려보내."
장평도 한 마디를 덧붙였다.

"무림지존보다 약한 무림인들도."
"……."
장대명은 쓴웃음을 지었다.
"들을 얘기가 참 많을 것 같구나……."
북경에 비하면 조촐하기 짝이 없는 잔칫상을 사이에 두고, 장대명은 많이 놀라고 많이 당황해야 했다.
"……아내가 넷이라고? 정말로?"
북궁산도는 명링한 말투로 말했다.
"더 있을 뻔 했어요!"
"난 그렇게 안 가르쳤는데……."
사람들은 많이 웃었고, 많은 얘기를 나누었다. 제국의 황제는 누군가의 며느리였고, 무림지존은 가장 많이 혼나는 처지였다.

그렇게 새벽이 밝아 올 무렵.
장평은 초대한 적 없는 누군가가 그의 앞에 앉아 있다는 사실을 깨달았다.
그러나, 장평은 놀라지 않았다.
친근하고도 소탈한 존재감 속에서, 그가 알고 있는 누군가를 떠올릴 수 있기 때문이었다.
"손님이 오셨구려."
"내가 올 것을 알고 있었나?"
"막연한 느낌 정도만 가지고 있었을 뿐이오. 하지만, 누군가가 나타난다면 당신일 거라는 생각은 하고 있었소."

장평은 손님을 보며 말했다.

"장평이 승천할 수 있다면, 용태계라고 못하겠소?"

용태계였던 누군가는 자애로운 미소를 짓고 있었다. 그가 만나 본 괴력난신 중 가장 소박하고 자연스러운 모습이었지만, 그렇기에 장평은 직감할 수 있었다.

이 손님은, 그가 마주했던 그 누구보다도 초월적인 존재라는 것을.

"내가 당신을 뭐라고 부르면 되겠소?"

"손님으로 왔으니, 손님이라 불러 주게."

"알겠소. 손님."

장평은 편안한 기분으로 말했다.

"북경에서 기적을 베푼 것은, 손님이시오?"

"베푼 것도 아니고, 기적도 아닐세. 일어날 수 있는 일이고, 사소한 일이니까."

손님은 겸허한 미소를 짓고 있었다.

"진짜 기적은, 일어날 수 없는 일이 일어나는 걸세."

"그 기준대로라면, 승천자들조차 그냥 우연한 존재일 뿐이겠구려."

"내가 그렇듯이, 그들도 우연일 뿐이지."

"그럼, 뭐가 기적이오? 시간을 움직이는 회생옥?"

"그건 그저 장난감일 뿐일세."

"때가 되기 전까지는 부러트릴 수도, 굽힐 수도 없었던 흑검은 어떻소?"

"그것도 크게 다르지 않지."

선문답에 불편함을 느낀 장평은 퉁명스럽게 답했다.
"그렇다면, 나는 기적과 우연을 구분할 능력이 없는 것 같소."
"자네는 이미 기적을 일으켰네."
하지만, 손님은 자애로운 미소를 지었다.
"신이 되어버린 사내를 기억하고 있나?"
"백면야차 말이오?"
"그는 착각하고 있었지. 신이 되면, 왕이 될 수 없다고. 그의 어리석음과 집착이, 수레바퀴를 멈췄네. 일어나야 할 많은 일들이 일어나지 않게 되었지."
"착각?"
장평은 고개를 갸웃거렸다.
"신이 되면 아이를 가질 수 없으니, 왕 또한 될 수 없는 것 아니오?"
"되지 못할 이유가 어디 있는가? 신도 왕이 될 수 있고, 왕도 신이 될 수 있는데. 그가 스스로 멈추지 않았다면 신들의 왕이 되지 못할 이유는 어디에 있겠는가?"
"신들의 왕?"
장평은 손님을 바라보았다.
그 순간, 장평은 자신의 실수를 깨달았다.
이름이란 다른 사람들을 위한 것. 자신을 어떻게 불러주길 바라는지 묻는 것은 잘못된 질문이었다.
"사람들은 손님을 어찌 부르오?"
"내 친구들은 나를 손님이라 부르네."

"친하지 않은 이들은?"

손님은 별로 내키지 않는 표정으로 말했다.

"나를 잘 모르는 사람들은, 나를 전륜성왕(轉輪聖王)이라 부르더군."

"전륜성왕……."

불교에서 논하기를, 석가모니는 속세에서는 전륜성왕이 될 것이며 출가하면 부처가 될 것이라 하였다.

깨달음을 얻은 부처가 사방에 가르침을 전하는 것을, 법륜(法輪)을 굴린다 말하곤 했다.

그리고, 속세에는 전륜성왕이 있으니.

전륜성왕은 속세의 왕이자 만인의 왕이며, 전륜(轉輪)으로 세상을 움직이는 존재였다.

그는 사람이 팔만 년을 사는 세상에 나타나, 만인이 해탈하는 용화세계(龍華世界)를 만든다 하였다.

"……신들의 왕."

그리고, 장평은 용태계였던 자를 바라보았다.

백면야차 현상이 끝나고, 시간의 수레바퀴는 다시 구르기 시작했다.

입신지경인 장평은 불로장생이니, 죽을 마음이 없다면 팔만 년도 거뜬히 살리라.

그리고, 죽어 가는 용태계가 마지막으로 품었던 소망은…….

〈만약 내게도 다음 생이 있다면, 기억하고 싶구나. 내가 죽인 억조창생에게 죗값을 치러야 한다는 사실을.〉

억조창생을 해탈로 이끄는 것이었다.

"그럼 당신은…… 전륜성왕으로서 사람들을 구원하려는 거요?"

"빚을 갚는 걸세."

손님은 잔잔한 미소를 지었다.

"백면야차 때문에 죽은 이들과, 태어나지 못한 이들에게."

"엄청난 숫자일 텐데."

"한 세상에 황하의 모래만큼의 영혼이 있었고, 황하의 모래만큼의 세상이 있었네."

"……어떤 식으로 빚을 갚을 거요?"

"삶을 빼앗겼으니, 삶을 줘야지."

손님은 대수롭지 않다는 듯이 말했다.

"그들 모두가 팔만 년을 살도록 돌보고, 한 사람도 빠짐없이 해탈(解脫)에 이를 수 있도록 가르치겠네. 한때는 인세라 불렸던 이 세상이, 용화세계라 불릴 그날까지."

장평은 아득함을 느꼈다.

"불가능하오."

"가능하네. 나는 오래 살 생각이니까."

"그렇게까지 해야 할 필요가 있소?"

"필요는 없네. 하고 싶을 뿐이지."

"죄책감 때문에 고행을 자처하는 거요?"

"아니. 그렇게까지 우울한 길은 아닐세."

손님은 웃으며 고개를 저었다.

"나는 기억하고 있다네. 용태계가 죽어 가며 보았던 하늘. 자유로워진 영혼들이 하늘을 가로지르는 평화로운 풍경 속. 모든 굴레에서 벗어난 자유로움을 말이야."

그는 온화한 미소를 지으며 장평을 바라보았다.

"고행도, 형벌도 아닐세. 나는 그저, 내가 보았던 그 풍경을 보러가는 거라네. 그때 느꼈던 그 자유로움. 열반(涅槃)을 되찾을 때까지."

"까마득하게 멀고, 까마득하게 험한 길일 거요."

"분명 그렇겠지."

손님은 편안한 미소를 지었다.

"하지만, 끝이 있다는 것은 분명하잖나?"

"……."

장평은 한때 용태계였던 자를 바라보았다.

'전륜성왕씩이나 되었으면서, 아직도 용태계스럽군…….'

신혼집이랍시고 녹와원을 건네던 용태계처럼, 터무니없이 거대한 일을 아무렇지도 않게 말하는 손님을.

쓴웃음을 지은 장평은 손님을 보며 물었다.

"그럼, 손님은 왜 여기 계신 거요? 나는 이미 백면야차를 용서했는데?"

"참견하러 왔네. 내가 사람들에게 빚을 갚기도 전에, 나를 용서해 준 특별한 친구를 위해서."

"내게 도움을 주려고 온 거요?"

"도울 일이 있다면."

"내 여정은 이미 끝났소만……."

"끝났다면, 다시 시작할 수도 있겠지?"

손님이 자애로운 미소를 짓는 그 순간. 장평은 자신도 모르게 옆으로 고개를 돌렸다.

"……장평."

안색이 창백한 용윤이 그를 부르고 있었다.

"아무래도 술이 상했나 봐. 나랑 언니들 다 속이 안 좋아."

"다들 배탈이 났다고? 난 멀쩡한데?"

장평이 다시 고개를 돌렸을 때, 손님은 이미 사라지고 없었다.

"보고만 있지 말고, 약 좀 찾아 줄래?"

용윤은 입을 가린 채로 구역질을 참고 있었다.

〈진짜 기적은, 일어날 수 없는 일이 일어나는 걸세.〉

장평은 가슴이 두근거리는 것을 느꼈다.

"용윤."

"왜?"

"우리에게 기적이 일어난다면, 어떤 기적이 일어났으면 좋겠소?"

"배탈약."

심드렁하게 답한 용윤이었지만, 장평의 눈빛을 본 그녀는 혼란스러운 표정을 지었다.

"……진짜?"

여명이 밝아 오고 있었다.

아침 빛이 번져가는 세상을 보며, 장평은 신비로울 정

도의 편안한 기분을 느꼈다.

'내 삶은 완결되지 않았다.'

온 세상이 그를 향해 미소 짓고 있었고, 장평 또한 미소 짓고 있었다.

완결된 인간이었던 장평. 인세에 마모되며 죽어갈 일만 남았던 장평의 눈앞에, 전혀 새로운 미래가 펼쳐지고 있었다.

〈나는 아버지가 되고 싶었다.〉

용태계의 소망을 머릿속에 떠올리며, 장평은 용윤을 향해 미소 지었다.

"내가, 아버지가 되었소."

(회생무사 완결)

환상이 숨쉬는 공간 파피루스 blog.naver.com/gnpdl7

서생, 제갈현몽은 꿈을 꾸었다
무와 협이 아닌, 마법과 모험이 공존하는 신세계를!

『무림 속 마법사로 사는 법』

제갈세가 방계 중의 방계로서
표국의 문사로 일하던 제갈현몽

꿈에서 깸과 동시에 마법을 깨우치고
비범한 활약을 통해 명성을 떨치며
감당하기 힘든 별호를 얻게 되는데

"무후재림께서 오셨다! 무후재림 만세!"
"아…… 아아……."

세상은 영웅을 원하고, 출사표는 던져졌다
고금제일의 마법사, 제갈현몽의 행보를 주목하라!

무림속 마법사로 사는 법

김형규 신무협 장편소설